불의 여신
백파선

불의 여신

백파선

이경희 장편소설

문이당

■ 작가의 말

　무심해질 수 없는 그 무언가에 꽂히면, 도전이라는 불확실한 매력에서 벗어나기 어렵다. 이 소설을 쓰던 해, 나는 소설에 꽂혀 보낸 시간들이 무모한 도전이었나 싶어 무척이나 우울해 있었다. 그러던 어느 날 굵은 빗줄기 사이로 청자 한 점이 푸른빛을 번쩍이며 내게 미소 지었다. 그길로 나는 장대비를 뚫고 다섯 시간을 달려 경남 양산에 있는 전통 가마를 찾아갔다. 언젠가 흙 이야기를 써야 성공할 수 있다고 한 점쟁이 말이 떠오르기도 했지만, 지루한 장마를 더 이상 견딜 수 없어서였다.

　백파선과는 그렇게 만났다. 당차면서도 귀엽고 사랑스러운 여자 백파선, 그녀가 내게 가장 매력적인 도전을 요구했다. 그녀를 알기 위해 나는 기꺼이 부산에서 후쿠오카 가는 배에 올랐다. 그녀가 간 길이라면 나도 못 갈 것이 없었다. 아니, 그녀의 혹독했을 여정을 나도 경험해 보고 싶었다. 그래야만 그녀와 더 가까워지고 더 많이 이해할 수 있을 것이라 생각했다. 난생처음 탄 배는 생각보다 크고 깨끗해 몇백 년 전 목선을 타고 바다를 건넜을 그녀에게 미안한 마음이 들 정도였다. 이래서야 어떻게 그녀의 마음을 헤아릴 수 있을까 하는 염려도 잠깐, 배가 출발한 지 10분도 안 돼 나는 갑판과 화장실을 들락거리기 시작했다. 바다는 마치 내 속에 있는 모든 것을 쏟아 내지 않으면 가만두지 않을 것처럼 나를 닦달하기 시작했다. 죽을 맛이었다. 처음으로 무모한 도전에 대한 후회가 들기 시작했지만 배는 이미 부산보다 후쿠오카에 더 가까워져 있었다. 그녀의 여정을 만만히 보지 않았다면 내 바닷길 탐색은 부끄러워해야 마땅했다.

그녀는 아리타에 있는 호온지報恩寺라는 작은 사찰 뒤꼍에 검은 이끼를 뒤집어쓴 채 초라하게 서 있었다. 백파선이라는 이미지 하나에 꽂혀 달려간 셈이니 실망하는 것이 당연한 일이지만 성씨만 달랑 적혀 있는 도공 비를 마주하니 안타깝고도 막막했다. 엄청난 것을 기대하지는 않았지만 도공 비 하나로 그녀를 되살려 내야 한다고 생각하니 똥물까지 쏟으며 찾아온 것이 후회되었다. 그리고 나는 심한 몸살에 걸려 후쿠오카 역 근처의 허름한 호텔에 머물러 있어야만 했다. 이대로 그녀를 포기해야 한다면, 그건 결국 소설 쓰기를 포기하는 것이라는 마음의 갈등이 더해져 몸살은 쉽게 낫지 않았다. 며칠 앓으며 고민하다 얻은 결론은 여행 경비가 떨어질 때까지만 그녀에 대해 알아보자는 소심한 결정이었다. 이튿날 다시 규슈 지역의 도자기 박물관과 도석 광산을 찾아갔다. 그녀가 만들었다는 도자기는 어느 박물관에서도 볼 수 없었고, 괴기해 보이는 도석 광산에서도 그녀의 흔적은 찾을 수 없었다.

무엇에 꽂힌다는 것은 아마 그런 것인 모양이다. 아리타에서 빈손으로 돌아와 놓고도 나는 그녀를 잊지 못했다. 잊어야 할 백 가지 명분을 생각하면서도 자료 수집이라는 또 다른 이유를 만들며 그녀에 대한 환상을 키워 나갔다. 그러던 어느 날 기약도 없이 양평의 통방산 자락에 있는 한 절에 들어갔다. 나와 그녀에게 마지막 기회를 주기 위해서였다. 비겁한 포기보다는 당당한 추억으로 기억하고 싶어서 일주문 앞마당에 첫서리가 내릴 때까지, 한 계절을 산에서 보내고 나서야 비로소 그녀에 대한 이상한 책임감에서 벗어날 수 있었다.

한 사람을 사랑하는 일도 그렇지만 한 권의 책을 쓰는 일도 완벽한 준비를 하고 시작하기는 어렵다. 처음에 꽂힌 그 하나에 다가갈수록 수십, 수백 개의 갈등과 욕망과 싸워야 한다는 사실을 알게 되었고, 그래서 너무 평평하고 지나치게 보편적인 우리 일상의 깨달음은 생각의 깊이가 아니라 마음의 전환이라는 사실도 알게 되었다. 애써 위로하자면 그런 날들을 잘 지나오고 견뎌 왔다고 하기에는 그 흔적과 깊이가 부끄러워 조심스럽지만, 백파선이라는 여자의 삶을 되짚어 상상해 나가면서 작가로서의 길도 그와 다르지 않음을 확인하는 소중한 시간이었다고 생각한다. 나의 게으름으로 초고를 쓴 지 한참 지나서 책이 나오게 되었다. 일본 여행길에 기꺼이 동참해 주고 가이드 역할과 자료 해석을 도와준 코넬 대학 역사학과 박사 과정 중인 이수진과 문이당 출판사에 고마움을 전한다.

2013년 5월
이 경 희

하카타博多 항에 도착했다. 부산에서 배를 탄 지 꼭 세 시간 만이었다. 항구의 터미널은 국제 여객 터미널치고 매우 소박하고 한산한 모습이었다. 소란스럽지 않고 정갈한 느낌이어서 마음이 편안했다. 바다도 비교적 조용했다. 멀미로 잠깐 어지럼증이 일긴 했지만 구토는 하지 않았다. 타고 온 배는 일본의 작은 여객선으로, 내부가 깨끗한 것이 마음에 들었다. 주중이라 그런지 승객도 중국인 중년 부부와 젊은 일본 여자 세 명이 전부였다. 맨 뒷자리에 자리 잡은 중국인 부부는 잠들었는지 눈을 감은 채 조용했고, 일본인 여자들은 쇼핑한 물건들을 만지작거리느라 꽤 시끄러웠다. 세 여자 중 제법 예쁘게 생긴 한 여자는 핑크색 브래지어를 흔들어 보였다. 다른 두 여자는 머리를 맞댄 채 루이비통과 샤넬 가방의 지퍼를 열었다 닫았다. 마치 털 고르는 원숭이들 같았다. 진짜 같다고 말하는 그들의 감탄사는 한국산 짝퉁에 최고 등급을 매겼다.

초라한 미망인의 모습으로 다시 후쿠오카를 찾으리라고는 생각지도 못했다. 결혼하기 전 나는 게이오기주쿠慶應義塾 대학에서 유학 중이었다. 결혼을 약속한 것은 아니지만 사랑하는 남자도 있었고, 공부를 마치면 일본 대학에서 학생들을 가르칠 생각이었다. 그러나 내 잘못된 선택이 모든 걸 바꿔 버렸다. 배를 타고 오는 동안 나오키가 생각난 것도 아마 꿈꾸던 것들에 대한 미련을 아직 버리지 못했기 때문일 수 있었다.

그날 야간 아르바이트를 하던 편의점에서 그 사람을 만나지 않았더라면 지금쯤 학위 논문을 끝내고 어딘가로 홀가분하게 여행을 떠났을지도 모른다. 아니, 유학 생활이 근근하지만 않았더라도 가이드를 해달라는 시아버지의 부탁을 거절했을 것이고, 그 사람이 나를 적극적으로 유혹하지만 않았더라도 공부를 포기하는 어리석은 결심은 하지 않았을 것이다. 솔직히 그때는 돈을 물 쓰듯 하는 시아버지와 그 사람에 대한 미래가 논문을 쓰는 일보다 훨씬 매력적으로 보였다. 그리고 기대했던 대로 그는 자상하고 능력 있는 남편 노릇과 사치와 호사라는 말이 무엇인지 느끼게 해주었다. 사랑했던 남자를 버리고 선택한 삶을 보상이라도 해주듯 잘살고 있었는데, 남편의 갑작스러운 교통사고로 모든 것이 뒤틀려 버렸다. 말하기 좋아하는 사람들은 내가 수십억 원의 위자료를 받고 우아한 미망인으로 살 거라 생각했을 것이다. 나도 그런 기대를 하지 않은 것은 아니다. 그 사람 앞으로 땡전 한 푼 없다는 말을 듣기 전까지는 위자료 받을 생각에 잠시나마 들떠 있기도 했다. 게다가 아이도 없으니 그야말로 완벽한 솔로로 돌아갈 수 있을 줄 알았다. 그것은 투자 없이 얻으려는 꿈과 기대가 얼마나 허망한 결론에 도달하는지 몰랐을 때 이야기였다. 결국 나는 원망과 억울함만 지닌 채 자유로워지고 싶지는 않다는 결론을 내렸고, 자신이 찾고 있는 것을 대신 찾아 주면 위자료를 주겠다는 시아버지의 제안을 흔쾌히 받아들였다. 비록 몇 년간의 짧은 결혼 생활이었지만 맨손으로 그 집에서 나오고 싶지 않다는 생각도 있었고, 시아버지의 제안을 명분 삼아 나 역시 그 보물을 찾아야 하는 확실한 이유가 있었기 때문이다.

어느 날 시아버지의 보물 창고에서 몇백 년 전에 쓴 한 통의 편지를 발견하지 못했다면, 당연히 시아버지의 터무니없는 제안을 거절하고 홀가분하게 여행을 떠났을 것이다.

시아버지의 비밀 창고에 있던 그 편지는 백파선이라는 사기장이 쓴 것이었다. 나는 오래전부터 집안대대로 전해져 오는 전설 같은 이야기를 조금은 알고 있었다. 조상 중에 백파선이라는 사기장이 있었는데 왜란 때 일본으로 건너간 뒤 소식이 끊어졌다는 정도였다.

그런데 그 전설 같은 이야기가 시아버지가 가지고 있던 편지 속에서 밝혀진 것이다. 말로만 전해지던 백파선이 쓴 편지를 보자 정신이 아득해졌다. 도저히 맞닿을 수 없는 시공간에 있었던 두 존재가 편지로 만난 느낌이었다. 그저 옛날이야기 속 주인공으로만 생각했는데 살아 있는 여인이었던 것이다. 틀림없었다. 백파선이 어머니한테 쓴 편지에서 그녀는, 자신의 두 아들인 홍기와 홍주, 안나라는 여자를 부탁한다고 했다. 그녀는 세 개의 막사발을 구워 두 개는 안나라는 여자를 통해 자신의 어머니에게 보내고, 나머지 하나는 자신이 사랑하는 남자에게 바친다고 했다. 그러니까 시아버지가 탐내는 사발은 백파선이 연인에게 주었다는 그 사발일 것이다.

어떻게 그 두 개의 사발이 시아버지 수중으로 흘러들어 갔는지는 알 도리가 없었다. 다만 시아버지가 다른 많은 값비싼 도자기를 제쳐두고 오직 백파선이 만든 하나 남은 사발을 찾으려 한 것은 그 사발이 단순히 비싸기 때문만은 아니었다. 시아버지는 백파선이 만든 사발의 아름다움과 가치를 누구보다 잘 알고 있었다. 시아버지는 그 사발을 볼 때마다 나머지 한 개를 찾고 싶은 욕망이 수그러들지 않았던 것이다. 그렇다면 시아버지가 조상대대로 물려받아 가지고 있다는 두 개의 사발은 백파선의 두 아들에게 전해진 것이 아니라, 안나라는 여자에 의해 전해진 것이 틀림없었다. 내가 그 편지를 발견하지 못했다면 밝혀내기 어려운 수수께끼가 되었을 것이다. 그 수수께끼를 풀고 나니, 사발을 찾아야 한다는 사명감이 생겼다. 그녀가 내 조상이라서 그런 것만은 아니었다. 뭐라 설명할 수 없지만 고귀한 예술품의 진가는 욕망만으로 채워질 수 없음을 그녀, 백파선을 통해 보여 주고 싶었다.

1

 배는 남해를 벗어나면서부터 어느 순간 세상 끝으로 사라져 버릴 듯 위태로웠다. 시커먼 바다는 당장이라도 배를 삼켜 버릴 듯 사납게 으르렁거렸고, 낮게 풀어진 먹구름은 파도와 부딪칠 때마다 거대한 폭풍을 만들었다. 배 안의 서른 명 남짓 되는 사람 중 반 이상은 조선 사람이고 나머지는 왜인이며, 그들과 전혀 다르게 생긴 홍모인이 딱 한 명 섞여 있었다. 마흔 자가 넘는 목선에는 두 개의 선실과 갑판, 조타실이 칸막이로 분리되어 있고 갑판 아래쪽으로 내려가는 한쪽 구석에는 짐을 쌓아 놓은 나무 창고가 있었다. 수십 개의 밧줄로 연결되어 있는 앞뒤의 돛에는 만개한 벚꽃 문양이 박혀 있고 왜국을 표시하는 깃발들이 수술처럼 달려 있어 겉보기에는 화려했다. 그러나 혹한의 섣달이었다. 선실 주변과 갑판으로 나가는 출입구에

송판으로 만든 엉성한 가림막이 있었지만 살을 에는 바닷바람을 막아 주지는 못했다. 바람의 혀끝에 닿아 있는 작은 대나무 창이 극성스럽게 울었다. 바다는 좀처럼 빈틈을 보이지 않았다. 왜인들이 들어 있는 선실 탁자 위에 놓인 다기 세트가 금방이라도 박살 날 듯 쨍그랑 소리를 낼 때마다 사람들은 지옥문 앞에 서 있는 듯 두려워했다.

왜인들은 그래도 바람막이 상태가 나은 선실을 차지한 데다 선실 한쪽에 장작 난로가 있어 콧물이 얼어붙을 정도의 추위는 피하고 있었다. 반면에 조선인들은 구멍이 숭숭 뚫린 대나무 돗자리에 삼삼오오 웅크리고 앉아 매서운 혹한을 견디느라 대부분 정신이 온전치 않았다. 온기를 느낄 수 있는 것이라고는 서로의 몸뿐인데 배는 잠시도 사람들을 붙어 있게 하지 않았다. 파도가 요동칠 때마다 배는 널뛰듯 했고 사람들은 이리저리 굴러다녔다.

큰 선실에는 하급 무사 다섯 명과 아리타有田 영주 시게마사茂正, 영주의 상급 무사인 다다오忠雄, 스페인 선교사 파스비데스가 묵상을 하듯 고요히 앉아 있었다. 그들은 널브러져 있는 조선인들에 비해 그리 고통스러운 표정은 아니었다. 화승총을 메고 있는 무사들과 칼을 찬 다다오는 배가 뒤집힐 듯 요동칠 때마다 몸을 바르게 하려고 안간힘을 썼다. 힘이 들어간 그들의 눈은 딱히 어느 곳을 응시하고 있지 않았다. 사물을 보기 위한 것이 아니라 자신을 단속하기 위한 눈빛 같았다. 영주 곁에 가까이 서 있거나 시종일관 무릎을 꿇고 있는 다다오의 경우는 더했다. 짙은 콧수염을 하고 있는 그는 무릎까지 닿는 폭 넓은 바지를 입고, 위에는 붉은색과 검은색이 뒤섞인 갑옷을 입고 있었다. 어깨를 덮고 있는 또 하나의 갑옷에는 표주박 모양의 붉은 문양이 박혀 있었는데 갑옷 뒤쪽에 꽂혀 있는 깃발 색과 비슷했다. 다다오는 영주인 시게마사의 찻잔이 찰랑거릴 때마다, 무거운 갑옷의 무게를 견디며 튀어나올 듯 부리부리한 눈으로 탁자의 흔들림을 막으려 애썼다. 그의 발밑에 깔린 대나무 돗자리가 비틀리며 기이한 소리를 낼 때마다 고통을 호소하는 조선인들의 신음 소리도 커졌다.

섣달 초사흗날 진주를 떠난 지 스무 날이 넘었다. 진주에서 아리타까지 열흘 정도 걸린다고 했던 말도 거짓이고 춥거나 배고프지 않을 거라던 말도 거짓으로 드러났지만, 조선인들은 무장한 왜인들을 보는 순간 아무것도 따져 묻지 않았다. 날짜는 물론 끼니때조차 가늠하지 못할 정도로 고통스러워 살아 있는 것만도 다행이라고 생각했다. 바다가 평온해질 때만 아직 살아 있음을 서로 확인하며 왜인들의 동정을 살피는 정도였다. 왜인들은 배 타는 일이 익숙한 듯 폭풍이 몰아칠 때도 큰 소리를 내거나 소란스럽지 않았다. 무사들은 항상 영주 가까이 부동자세로 서 있거나 무릎을 꿇고 있었고, 영주와 신부는 탁자에 마주 앉아 나직이 이야기를 나누었다. 그들은 창고에 쌓아 놓은 수십 개의 가마니 중 하나를 가져다 열어 보곤 했는데, 가마니 속에는 진주에서 가져온 막사발과 차 사발, 항아리 같은 도기들이 가득 들어 있었다. 영주는 가마니 속에서 꺼낸 차 사발들을 불 가까이 대보거나 두드려 보며 탁자 위의 작은 찻잔을 홀짝거렸다. 시게마사 영주의 조선 원정은 세 번째였고, 그가 가져온 도자기들은 모두 진주 일대 가마에서 취한 것이었다. 영주의 눈을 가장 사로잡은 물건은 송촌리 산막 도공들이 구운 막사발로, 그는 지금까지 다른 여러 나라 도자기 중 최고라고 생각했다. 그 도공들을 잘만 다스린다면 더 좋은 물건을 얼마든지 얻어 낼 수 있다는 판단이었다.

조선인들 눈에는 그런 그들이 매우 신기하게 보여 시게마사 영주가 있는 선실을 가끔 흘깃거리게 만들었다. 그들이 마시는 것이 무엇인지도 궁금했고 보잘것없는 막사발을 그리 신중하게 살피는 모양새도 이해되지 않았다.

홍기 어미인 파선은 다다오를 쳐다보다가 흠칫 놀랐다. 영주의 선실에 있는 사람 중 가장 기이해 보였다. 그의 눈은 당장이라도 불을 뿜을 듯 이글거렸다. 손으로 해를 가리지 않고 쳐다보는 일처럼 정면으로 쳐다보기 어려운 사람이었다. 그는 지금까지 한 번도 본 적 없는 기이한 의복을 입었고, 몸과 표정은 돌로 만든 불상처럼 차고 딱딱해 보였다. 시게마사 영주의 의복 역시 문양의 색깔과 머리 위의 장식 개수만 빼면 다다오의 의복과 비슷했다.

파선은 뱃멀미로 똥물까지 토해 내면서도 가끔씩 시선이 다다오가 있는 쪽으로 가는 것을 막을 수 없었다. 다다오뿐만 아니라 그와 함께 있는 사람 모두가 파선의 눈에는 신기할 따름이었다. 생김새는 그렇다 치더라도 그들의 차림새와 말소리도 조선인과 너무 달랐다. 그들이 옆구리에 차고 있는 긴 칼과 어깨에 메고 있는 총이라는 물건의 용도를 처음 안 것은 송촌리 산막을 떠나 배에 오르고 나서였다. 부엌칼이라고 하기에는 지나치게 길고 날카로워서 설마 했는데, 배에 오르는 순간 그들은 그 긴 칼을 휘두르며 산막 식구들을 위협했다. 칼은 보기만 해도 무서웠다. 그들은 모두가 낮은 소리로 말했다. 이가 보이도록 말을 하거나 웃는 사람은 한 명도 없었다. 그중에서도 표정의 변화가 전혀 없는 사람은 다다오였다. 그는 여전히 꼿꼿한 자세로 허공을 응시하고 있어 눈 뜨고 죽은 사람만 같았다. 아무리 흔들어도 머리카락 한 올조차 흐트러지지 않을 듯 보여서 이승의 사람 같지 않았다.

파선은 속이 한결 편해졌다. 뱃멀미가 이력이 나기도 했지만 다다오 일행의 낯선 분위기가 잠깐씩 고통을 잊게 만들었다. 소달구지조차 타본 적이 없어서 배에 올라타는 순간 이젠 죽었구나 싶었다. 창자가 오그라들 정도로 토악질을 해 속을 비우고 나니 콧물이 쩍쩍 얼어붙는 혹한이 살을 파고들었다. 진주의 겨울은 따뜻한 봄이었다는 생각이 들 정도였다. 대한大寒 지나기 무섭게 암탉 뒷걸음치듯 달려오는 진주의 봄은 바닷물에 뛰어들어 멱을 감아도 좋았다. 잘린 소나무 밑동에 앉아 해바라기를 해도 좋고, 불 땐 가마에 기대앉아 낮잠을 자도 좋았다. 진주는 점점 멀어져 가고 있었다. 다른 기억은 떠오르지 않았다. 속은 가라앉았는데 점점 드세지는 바람 때문에 솜바지를 입었는데도 베 고쟁이를 입은 듯 추웠다. 누비버선에 미투리를 신었는데도 맨발인 듯 발이 시렸다. 너나없이 같은 처지라, 다들 누구를 보살필 겨를이 없었고 제 가족 챙기기도 바빴다. 파선은 두 아들과 남편 옆에 바짝 쪼그리고 앉아 겨우 눈동자만 굴렸다. 또 한 차례 멀미를 끝낸 아이들도 잠이 들었는지 움직임이 없었다.

네 살과 여섯 살의 두 아들에게는 너무나 먼 여정이고 감당하기 어려운 현실이었다. 풍족하지는 않았지만 송촌리 산막은 두 아들에게 더없이 평화로운 곳이었다. 소나무 숲이 병풍처럼 둘러싸고 있어 겨울나기도 수월하고 버섯이며 나물이 지천이라 배를 곯지도 않았다. 아이들을 제 자식처럼 돌보아 주는 산막 식구들 덕분에 애들한테 크게 시달리지도 않았다. 파선은 모두 지난일이 되어 버릴 것 같아 갈수록 불안했다. 일이 잘못될 경우 다시 돌아오면 그만인데, 시커먼 바다와 무장한 왜인들을 보면 왠지 송촌리로 다시는 돌아가지 못할 것만 같았다.

두 아들은 남편의 겨드랑이와 가랑이로 파고들어 불편한 몸을 뉘고 있었다. 파선의 움직임에 남편 상근이 잠을 털어 내며 눈을 떴다. 뱃멀미는 멈춘 듯한데 얼굴빛은 좋지 않았다. 전보다 더 검어진 것이 광대뼈까지 툭 튀어나와 보기에 안쓰러웠다. 몸집도 눈에 띄게 줄어들어 저고리가 더 썰렁하게 느껴졌다. 상근은 진주를 떠나면서부터 술과 남령초를 전혀 입에 대지 않았다. 바지춤 어딘가에 감춰 왔을 법도 한데, 한 번도 꺼내서 피우는 걸 보지 못했다. 상근이 양반들이나 피울 수 있는 남령초를 피우기 시작한 것은 남령초를 피우면 소화가 잘되고 추위를 타지 않는다는 말을 왜인들한테 듣고 나서였다. 남령초를 진주 장에서 밀거래하는 왜인 상인들에게 자기를 주고 바꿨는데, 소문과 달리 상근의 병세는 전혀 호전되지 않았다. 그런데도 상근은 남령초를 끊지 못하고 틈만 나면 피워 파선이 잔소리를 했다. 파선은 상근이 즐기는 남령초까지 끊은 걸 보고 산막 식구들을 데리고 왜국으로 가니 마음의 각오를 단단히 한 모양이라고 생각했다. 그러나 상근은 풀어진 옷고름조차 신경 쓰지 못할 정도로 수척해져 파선을 안타깝게 했다. 파선은 상근의 저고리와 그의 가랑이 사이에서 잠든 두 아들의 옷자락을 매만져 주었다.

"당신 얼굴이 좋지 않아요. 그냥 진주에 있을걸 그랬나 봐요."

상근이 돌아누우며 푹 꺼진 눈자위를 제 손으로 가렸다. 파선은 그의 춥고 옹색한 등허리를 바라보았다. 그의 몸은 대나무에 낡은 저고리를 입힌 허수아비 같았다. 지게에 그녀를 지고 산막을 뛰어다니던 예전의 모습은 찾아볼 수 없었다. 아무 때나 매달려도 지친 기색 없이 자신을 안아 주고 업어 주던 그가 병든 노인처럼 제 한 몸 가누기도 힘들어 보였다. 파선은 상근과 두 아들 곁으로 바싹 다가갔다.

으르렁거리던 바다가 잠깐 숨을 골랐다. 배가 잠시 안정을 되찾자 사람들의 몸부림도 잦아들었다. 영주가 있는 선실의 분위기도 한

결 부드러워졌다. 찻잔을 옮기는 영주의 손길과 이를 바라보는 무사들의 표정도 좀 전과는 달랐다. 그들에게도 바다는 만만찮은 상대인 모양이었다. 그들의 칼이 조선인들에게 겁을 주는 일에나 쓸모 있었지, 거친 바다를 상대로는 아무 소용 없었다. 다다오는 여전한 자세로 영주 곁에 서 있었다.

"조금만 참아. 그곳에 가면 굶지 않고 살 수 있다니까 믿어 보자고."

파선이 무엇을 걱정하는지 상근은 알고 있었다. 새로 정착할 그곳이 조선을 뻔질나게 노략질하는 왜놈들의 나라라는 것을 모르지 않았다. 아무리 첩첩산중이던 송촌리 산막에 살았어도 풍문으로 전해지는 세상 소식에 귀를 막을 수는 없었다. 특히 진주는 왜놈들이 떼로 몰려와 놋그릇과 제기, 앳된 처녀들을 수탈해 가기로 유명했다. 상근도 진주 장에서 왜놈들이 행패 부리는 걸 보았다. 그때도 몇몇 상인은 왜놈들에게 꼼짝없이 모든 걸 빼앗겼지만 쉽게 반항하거나 저항하지 못했다. 만일 그랬다가는 그들이 휘두르는 칼에 목숨을 내주어야만 했다. 상근은 겁에 질려 다시는 진주 장에 나가고 싶지 않았다. 산막에서 풀뿌리를 먹고 살지언정 왜놈들이 행패를 부리는 진주 장에는 두 번 다시 가고 싶지 않았다.

그러나 부친의 생각은 달랐다. 왜놈들이 무서워 가마 식구들을 굶길 수는 없다고, 세상을 알아야 더 좋은 그릇을 만들 수 있다고 상근을 나무랐다. 부친의 뜻을 거역할 수 없었던 상근은 왜놈들을 피하기 위해 지고 간 그릇들을 몽땅 안면 있는 방물장수나 옹기장수한테 넘기고는 해가 지기 전에 진주 장을 벗어났다. 그들이 어떤 사람들인지 알기에 그동안 그렇게 피해 다녔는데, 결국 아리타로 끌려가는 신세가 되고 말았다.

"우리만 믿고 따라오는 가마 식구들을 생각하면 여간 걱정되는 게 아니에요. 만일 안 좋은 일이라도 생기면 어떡해요."

파선은 상근을 믿으면서도 한편으로는 불안했다.

"그런 일 없을 거야. 우리보다 먼저 건너간 도공들이 호의호식하며 산다잖아. 기왕이면 풍족하게 밥 벌어 먹고 살 수 있는 곳에서 일하는 것이 좋잖아. 왜놈들이 우리 사발이라면 환장을 하니, 우린 그릇만 잘 만들면 되는 거야."

상근은 눈을 감았다. 왜놈들이 처음 산막에 들이닥쳐 왜국으로 떠날 것을 강요했을 때 상근은 그럴 뜻이 없음을 분명히 밝혔다. 그들은 가마를 불태우고 식솔들까지 죽이겠다고 위협했다. 상근은 겁이 났다. 진주 장에서 구경만 했던 놈들의 행패를 실제로 당하니 무서워서 오줌을 쌀 지경이었다. 상근은 며칠만 생각할 시간을 달라고 했다. 그러나 생각할수록 그들의 요구에 불응할 힘이 없다는 사실만 더 명확해졌다. 약속한 날짜를 하루 남겨 두고 한밤중에 조선인 역관이 상근을 찾아와 조곤조곤 설명했다. 그들이 조선의 도자기를 좋아해 어떻게 해서든지 상근의 가마 식구들을 데려가려 할 것이라고 했다. 그들의 요구를 거부할 수 없을 것이니, 억지로 끌려가지 말고

자발적으로 가는 것이 좋겠다는 은근한 협박이었다. 상근은 밤새 갈등했지만 별수 없었다.

가마 식구들은 상근의 제안을 받아들였다. 왜국으로 가지 않으면 모두 죽임을 당할지도 모른다는 얘기는 하지 않았다. 왜놈들이긴 하지만 자신들을 잘 대접해 준다면 어디든 가야 한다는 쪽으로 의견이 모아졌다. 배를 타기 전 시게마사 영주가 상근을 부르더니 후회하지 않을 것이라며 차갑게 웃었다. 상근은 영주의 말에 안심하면서도 한편으로는 그의 웃음에서 묻어나는 알 수 없는 불안감을 떨치지 못했다. 하지만 가마 식구들은 상근을 믿어야만 했고, 상근은 또 조선 사발을 믿어야만 했다. 상근은 이 불길한 일들이 모두 꿈이길 바랐고 그 꿈에서 한시라도 빨리 깨어나고 싶었다.

또 한 차례 배가 요동을 치는가 싶더니 이내 가라앉았다. 파선은 무시무시한 바다 귀신의 등에 올라탄 느낌이었다. 해신이 바닷속을 헤엄치며 난동을 부리는 것만 같았다. 날이 어두워지면서 두려움은 더 커졌다. 영주가 있는 선실의 호롱불이 유일한 빛이었다. 지칠 대로 지친 상근의 산막 식구들은 옆 사람조차 의식하지 못했다. 한시라도 빨리 빛이 꺼지길 기다리는 사람들처럼 멍한 시선으로 호롱불을 응시할 뿐이었다. 파선은 다시 갑판으로 나갔다 와서는 바다에 널브러졌다. 몸을 가눌 기력조차 없었다. 헛구역질을 하도 해서 목구멍이 찢어지는 것 같았다. 두 아들 역시 기진한 듯 눈을 감고 있었다. 상근도 제 몸 가누기조차 힘들어 파선의 사정을 챙기지 못했다.

파선의 뒤를 따라 갑판으로 비칠비칠 걸어 나와 한바탕 토악질을 해 댄 원숙 어미도 더 이상 버틸 힘이 없는 듯 구석으로 가서 나자빠졌다. 원숙 어미 품에서 떨어진 어린애가 까무러칠 듯 울었다. 원숙 어미는 해산한 지 한 달도 안 되어 산후풍으로 몸이 퉁퉁 부어 있었지만 원숙 아비는 떠나올 때 감춰 온 술병을 비우고 곯아떨어진 지 오래였다. 상근이 장작꾼인 원숙 아비에게 다른 가마를 소개해 줄 테니 진주에 남으라고 했지만 그는 듣지 않았다. 제 마누라보다 타국에서 돈 벌겠다는 욕심만 앞세웠다. 호롱불 하나에 의지하던 밤바다가 어린애 울음소리에 쥐 소리에 놀란 개처럼 예민해졌다. 차를 마시며 지그시 눈을 감고 있던 영주가 불편한 기색으로 원숙 어미를 쳐다보았다. 꼿꼿이 서 있는 다다오는 눈 하나 까딱하지 않았다. 듣지도 보지도 못하는 사람처럼 시선은 항상 어딘가를 향해 있었다. 다다오 옆에 서 있던 무사가 긴장해 영주의 눈치를 살폈다. 영주의 불편한 시선은 원숙 어미를 향해 있었다. 이를 눈치챈 파선은 또다시 온몸에 한기를 느꼈다.

파선이 죽을힘을 다해 원숙 어미에게 다가갔다. 그녀는 죽은 듯 조용했다. 파선은 그녀의 몸을 흔들었다.

"정신 차려!"

파선은 아이를 챙기라고 그녀를 다그쳤다. 그녀가 꿈틀 하고 몸을 비틀더니 느닷없이 일어나 앉았다. 옷고름이 풀어져 앞가슴이 훤히 드러나고 머리는 아무렇게나 흐트러져 있었다. 파선은 다시 한

번 그녀를 흔들며 정신이 들기를 바랐다. 홑저고리만 입은 그녀의 몸에서 냉기가 느껴졌다. 파선은 그녀의 풀어진 옷고름을 묶어 주고 자신의 어깨에 걸치고 있던 솜 덮개로 몸을 감싸 주었다. 숨이 넘어갈 듯 울어 대는 어린것도 그녀의 품에 안겨 주었다. 아이 역시 얼음장 같았다. 젖을 먹지 못한 탓에 살집도 태어날 때보다 못했다. 그녀는 어미 품에 안겨서도 울음을 그치지 않는 원숙을 한참 동안 내려다보며 빈 젖을 꺼내 아이에게 물렸다. 그러나 아이는 이내 젖을 놓고 자지러지듯 울었다. 아무리 빨아도 젖이 나오지 않았기 때문이다. 보다 못한 파선이 달려들어 한 방울의 젖이라도 짜내려고 애썼지만 소용없었다. 산막에서는 그토록 철철 넘치던 젖이 물기조차 내비치지 않았다. 하루 한 끼니로 먹은 보리죽과 조죽도 토악질을 해 젖이 고일 새가 없었다. 파선은 절망했다. 아무리 둘러보아도 원숙 어미와 아이에게 먹일 것이 없었다.

　아이가 계속 빈 젖을 뿌리치자 원숙 어미의 얼굴에 순간 분노가 일었다. 파선이 아이를 챙기려고 끌어당기자 획 뿌리치더니 노여움 가득한 눈으로 아이를 바라보다 벌떡 일어나 갑판으로 달려 나갔다. 아이를 빼앗을 새도 없이 일어난 일이었다. 달걀 하나 들 기운조차 없어 보이던 그녀가 어린것을 안고는 날아가듯 뛰쳐나가 아무도 말릴 틈이 없었다. 파선이 뒤쫓아가려 일어서기도 전에 그녀는 돌아와 바닥에 벌렁 나자빠졌다. 품에 안겨 있던 원숙이 보이지 않았다. 파도 소리만 요란했다. 그녀가 선실 밖으로 뛰쳐나가 무슨 짓을 하고 돌아왔는지 묻는 사람은 아무도 없었다. 또 한 차례의 풍랑에 흔들리던 영주가 찻잔에 다시 찻물을 부었다. 다다오와 무사들은 손가락 하나 까딱하지 않았다. 파스비데스 신부는 내내 엎드려 기도만 했다. 신부는 세상일에 좀처럼 관심이 없어 보였다. 인자하게 웃으며 성호를 긋거나 두 손 모아 기도만 할 뿐이었다. 배에 타고 있는 동안 그는 누구하고도 말을 섞지 않았다. 상근 일행은 그의 답답한 기도가 빨리 끝나길 바랐다. 그의 기도가 끝나면 풍랑도 잠자고 추위도 누그러들지 몰랐다. 상근은 그가 믿는 전지전능하다는 하느님이 모든 문제를 해결해 주길 바랐다.

신부는 왜란과 함께 몰래 조선에 들어왔다가 갑자기 태도를 바꿔버린 도요토미에 의해 추방령이 떨어진 상태였다. 그의 동료 몇은 이미 심한 고초를 겪었거나 자국으로 돌아갔는데, 그는 다행히 천주교 신자인 시게마사 영주와 친분이 두터워 위기를 모면하고 동행하게 되었다.

조선 땅을 밟은 신부는 미개한 조선인들을 보고 몹시 놀랐다. 조선에서 복음을 전파하고 하느님의 사랑을 실천하며 오래 머무를 작정이었다. 그런 그의 의지를 변덕스러운 도요토미가 꺾어 버린 것이었다. 그것은 하느님도 막을 수 없는 가혹한 힘이었다.

신부는 노란 곱슬머리에 키가 매우 컸다. 발등까지 닿는 검은 옷에, 시커먼 가죽 구두를 신고 있었다. 그의 커다란 손에 서책이 들려 있는 걸 보고 파선은 하느님이라는 신이 있다는 걸 알게 되었다. 신부가 믿는 하느님은 조선 사람들이 믿는 신과 다른 듯했다. 신부가 빈손으로 서책을 읽거나 중얼거리듯 노래하며 신을 모신다는 것도 놀라웠다. 부처님께 기도를 올릴 때도 음식을 장만하고 조상을 모실 때도 하다못해 냉수 한 그릇이라도 떠놓는데, 신부가 믿는 하느님께 는 아무것도 올리지 않았다. 사람들의 눈에 신부와 하느님은 상상하 기 힘든 존재였다. 하지만 파선은 신부가 큰 덩치와 어울리지 않게 느리고 조용한 것에 거부감을 느끼지 않았다. 납작 엎드려 기도하는 모습은 잘 길들여진 곰처럼 온순해 보이기까지 했다.

영주는 역관을 통해 가끔 신부와 짧은 대화를 나누었다. 차가운 표정으로 길게 말하는 영주와 달리 신부는 온화한 미소를 띠며 고개 를 끄덕이거나 짧게 말했다. 일본인 역관이 두 사람을 번갈아 쳐다 보며 바쁘게 설명했다. 알아듣지 못한 신부가 고개를 갸웃거리면 역 관은 다시 한 번 손짓을 하며 진땀을 뺐다. 생긴 모습이 다른 것처럼 신부와 역관의 말은 전혀 다르게 들렸다. 파선은 두 사람의 대화에 자꾸 귀가 쏠렸다. 영주가 하는 말은 왜란이 일어나기 전 왜인 장사 꾼들을 통해 들은 적이 있고, 진주 장터에서도 종종 왜국 말을 하는 조선인들을 보았던 터라 그리 낯설지 않았다. 신부의 말은 콩알이 또르르 구르는 것도 같고, 어린애 옹알이 소리처럼 들리기도 했다. 처음 본 서양인의 모습도 신기했지만 그의 입에서 튀어나오는 말은 더더욱 신기했다.

기도를 마친 신부가 영주와 이야기를 나눈 뒤 파선과 상근 일행이 널브러져 있는 선실로 건너왔다. 사람들은 그를 경계하지 않았다. 멀미와 추위에 지쳐 누구를 경계할 힘도 남아 있지 않았다. 신부가 천천히 사람들 곁으로 다가와 성호를 긋더니 낮은 자세로 무릎을 꿇었다. 두 팔을 크게 벌리고 눈을 감더니 혼자 말하듯 기도했다. 정신이 있는 사람들은 신부의 그런 행동을 담담히 지켜보았다. 파선은 신부의 모습이 나쁘게 생각되지 않았다. 그가 순해 보이는 탓도 있지만 아무것도 바치지 않아도 되는 그의 신이 귀해 보이고 신령해 보였다. 원숙 어미는 어느새 신부 앞에 엎드려 흐느끼고 있었다. 정신이 돌아온 모양이었다. 신부가 그녀의 머리 위에 손을 얹었다. 그녀는 바들바들 떨었다. 그녀는 신부의 큰 손바닥에 눌려 꼼짝 못하고 눈물만 흘렸다. 기도를 마친 신부가 원숙 어미의 어깨를 잡아 일으켰다.

신부가 손짓하자 역관이 다가왔다. 역관은 신부의 옆자리에 앉았다. 신부의 말이 역관을 통해 사람들에게 전해졌다.

"하느님은 여러분을 사랑하십니다. 두려워하지 마십시오. 어딜 가든 하느님께서 함께하실 겁니다."

신부의 말을 이해하는 사람은 거의 없었다. 서툰 조선말을 내뱉는 오종종하게 생긴 역관의 입을 신기하게 바라볼 뿐이었다. 하느님의 존재는 이해하지 못하고 하느님이라는 말만 알아들었다. 파선은 신부의 말에 믿음이 갔다. 그의 말을 이해하는 것은 아니지만, 사랑이라는 낯선 단어에 왠지 호감이 생겼다. 사랑이라는 말을 하는 신부가 다르게 보였다. 신부가 사람들을 향해 서책을 높이 들더니, "하느님은 여러분을 사랑하십니다"라고 큰 소리로 말했다.

"언니, 하느님이 정말 저를 용서하실까요?"

신부가 자리를 뜨자 원숙 어미가 파선에게 다가왔다. 그녀의 얼굴은 눈물과 땟국으로 더러웠으나 눈동자는 아까보다 훨씬 또렷했다. 파선은 신부가 그녀의 기억을 되살렸다고 생각했다. 그녀가 원숙을 바다에 던져 버린 사실을 상기하게 만들었지만 그녀는 또다시 신부의 입에서 나온 용서라는 말 때문에 몸부림치며 울었다. 파선이 그녀의 등을 토닥거리며 말했다.

"하느님이 용서하신다고 했으니 괜찮을 거야, 우리 한번 믿어 보자."

"언니, 난 믿을 거예요. 그가 시키는 대로 원숙이를 위해 기도할 거예요."

원숙 어미는 평소에도 파선을 친언니처럼 따랐다. 파선과는 다섯 살 터울이어서 술에 의지해 사는 남편보다 더 미더워했다. 가마 식구로 산 지 벌써 7년이었다. 그동안 두 사람은 혈육 못지않게 끈끈한 정이 들었다. 말 많고 탈 많은 가마 식구들 틈에서 그런 관계를 유지한다는 것이 쉬운 일은 아니었다. 형제가 없는 파선도 자신을 이해하고 배려해 주는 그녀가 더없이 고마웠다.

"그래, 믿어. 신부님 인상도 좋은 것이 거짓말 같지는 않아."

파선은 그녀가 하느님을 의지해 정신을 수습하길 바랐다. 왜국으로 가는데 정신까지 놓으면 큰일이었다. 원숙 아비는 여전히 잠에 빠져 있었다. 차라리 잘된 일이었다. 성질이 불같은 그가 아이를 핑계로 난리를 치면 더 큰 일이 생길지도 몰랐다.

"정신 바짝 차리자. 호랑이한테 물려가도 정신만 차리면 살 수 있다잖아. 아이는 이제 잊어버려."

파선은 원숙 어미를 끌어안은 채 눈을 감았다. 몸이 흐물흐물 녹아내리는 것 같았다. 얼마 동안 바다 위에 떠 있어야 하는지 답답했다. 날짜도 시간도 알 수 없었다. 진주를 떠나 배를 타는 순간 모든 걸 잊어버린 듯 아련하기만 했다. 듣기로는 남해에서 얼마 걸리지 않는다고, 조선에서 가장 가까운 나라라고 했다. 때문에 왕래하는 일이 그다지 어렵지 않고 배가 수시로 드나들어 여차하면 다시 조선으로 돌아오면 그만이라고 상근이 말했다. 상근의 말을 시키면 바다가 삼켜 버린 것인지, 배의 움직임은 더디기만 했다. 가도 가도 뭍이 나타날 것 같지 않았다.

선실 안으로 햇살이 들이쳤다. 쪽잠에서 깬 파선은 반가운 마음에 원숙 어미를 밀어낸 뒤 창가로 다가갔다. 시커멓던 바다에 햇볕이 쏟아지고 있었다. 추위는 여전했지만 배의 흔들림이 훨씬 덜했다. 파선은 멀리 수평선을 바라보았다. 검은 점 하나가 가물가물 떠 있는 것도 같았다. 혹시 뭍이 아닐까, 다급한 마음에 목을 길게 늘여 검은 점의 실체를 확인하려 까치발을 들었다. 뭍이라고 하기에는 점이 너무 작았지만, 그래도 파선은 뭍 같은 그 점이 어느 순간 진짜

불의 여신 백파선 29

뭍으로 다가올 것 같아 눈을 뗄 수가 없었다. 그렇게 한참 동안 바다 끝을 바라보고 있는데, 언제 다가왔는지 파선의 뒤에 신부가 서 있었다. 당황한 파선은 하마터면 신부의 발을 밟을 뻔했다. 몸이 순간 기우뚱하면서 튼튼한 벽에 부딪히는 느낌이었다. 파선이 신부를 올려다보자 신부는 아무렇지 않다는 듯 빙긋이 웃었다. 콧수염 밑으로 하얀 이가 드러났다. 신부도 쪽창 밖으로 고개를 내밀어 사방을 둘러보았다. 그러더니 뭐라고 중얼거렸다. 역관이 그의 말을 확인이라도 하듯 까치발을 하고 밖을 살폈다. 파선은 그들의 표정에서 자신이 본 검은 점이 뭍이라는 믿음이 섰다. 다른 사람들도 그들의 기척을 보았는지 배 안이 조금씩 술렁였다. 험난한 뱃길이 끝날 것을 기대하며 서로 눈인사를 주고받았다. 부스럭거리며 보따리를 챙기는 이도 있었다.

   뭍이 틀림없었다. 콩알만 하게 보이던 뭍이 드디어 눈앞에 나타났다. 사람들은 낮게 탄성을 질렀다. 죽음의 문턱에서 겨우 살았다는 표정들이었다. 바람의 냄새부터 다르게 느껴졌다. 파선도 정신이 번쩍 들었다. 살았다는 안도감 때문인지 뱃멀미도 웬만큼 견딜 만했다. 뭍 역시 배처럼 바다 위에 떠 있었다. 배가 뭍으로 다가가는 것인지 뭍이 배 가까이 떠밀려 오는 것인지 알 수 없었다. 분명한 것은 검은 물체가 점점 커지고 있다는 사실이었다. 영주와 무사들이 긴장한 모습으로 사람들 앞으로 나열해 섰다. 뭔가 준비 자세를 취하는 분위기였다. 굳게 닫힌 영주의 입꼬리가 더욱 거만하게 보였다. 다다오가 무사들을 정렬시키더니 영주를 앞세우고 갑판으로 나갔다. 두 사람이 걸어가자 배가 기우뚱거렸다. 갑옷에 달린 금속 장식들이 요란한 소리를 내며 쇠 냄새를 풍겼다. 상근 일행은 잔뜩 움츠리고 두 사람의 행동을 주시했다.

파선도 두 아들의 옷매무새를 만져 주며 영주와 다다오를 살폈다. 다다오의 옷차림은 아무리 보아도 괴상했다. 갑옷 속에 입고 있는 치마 같은 바지가 특히 우스꽝스러웠다. 그의 무서운 얼굴에 잔뜩 겁을 먹었다가도 주름이 잡힌 그의 바지를 보면 자신도 모르게 긴장이 풀렸고, 옆구리에 차고 있는 그의 시퍼런 칼도 눈에 들어오지 않았다. 치마도 아니고 바지라고 하기에도 우스운 옷차림이 다다오에 대한 경계심을 허물어 파선의 시선을 붙들었다. 다행히 그가 파선을 쳐다보지 않았고 아직은 그 누구에게도 칼을 휘두르지 않았다. 하지만 그는 왜인이고 무사였다. 섣부른 판단으로 그의 눈에 거슬리기라도 하면 순식간에 목이 달아날지도 모를 일이었다.

파선은 마음을 굳게 가졌다. 상근이 곁에 있지만 그는 몹시 유약하고 여린 사람이었다. 몸도 건강하지 못했다. 파선은 자신이 상근 이상의 일을 해야 된다는 걸 알고 있었다. 진주에서는 상근 못지않게 파선의 능력도 인정받았다. 어느 때는 상근이 만든 그릇보다 파선이 만든 것이 더 좋다는 평을 받기도 했다. 물론 상근에게 배운 것이지만 파선의 눈썰미와 손재주는 처음부터 특별했다. 파선에게는 한 번 본 물건을 똑같이 만들어 내는 재주가 있었다. 장터에서 한 번

본 왜국이나 명의 그릇을 똑같이 만들어 사람들을 놀라게 했다. 상근이 신기해하며 어찌 그런 손재주를 가졌느냐고 물으면, 파선은 씩 웃기만 할 뿐이었다.

파선이 광주의 한 관요에서 일하던 사기장의 딸이라는 풍문은 사실이었다. 정실의 딸이 아니라 후실의 딸이라 일찍부터 남의 집을 전전하며 살 수밖에 없었다. 파선의 부친이 흙을 구하러 강진 땅에 갔다가 그곳에서 그림에 능한 소화라는 기생을 만나 파선을 보았다. 파선은 어미가 몸담고 있는 강진의 적화루라는 기생집에서 자라다 옹기장수의 소개로 상근의 가마에 들어왔고, 자연스럽게 상근과 혼인하게 되었다. 파선이 정확히 기억하는 것은 적화루 부엌데기 할멈뿐이었다. 아비는 얼굴조차 본 적 없고 어미도 어쩌다 먼발치서 바라만 보았을 뿐 소리 내어 불러 보지 못했다. 아비도 어미도 파선에게는 산막 사람들보다 못한 존재였다. 사람들이 묻지 않으면 쉽게 떠오르지 않는 곳이 강진이고 적화루라 파선은 진주를 자신의 고향으로 생각했고, 송촌에서 함께한 산막 사람들을 가족이라고 믿었다.

"다 온 것 같으니 정신 차려요."

그사이 상근은 더 늙어 있었다. 왜국으로 가는 것을 호의적으로 받아들이자고 설득할 때와는 다른 모습이었다. 파선은 영주와 그의 무사들을 보기 전에는 상근의 선택에 불만을 가졌지만 배를 타고 그들과 대면하면서 남편에게는 불가피한 선택이었음을 이해하게 되었다. 상근은 배에 오르는 순간부터 모든 걸 체념한 듯 의욕이 없어 보였다.

"다 온 것 같아요. 밖을 좀 보세요."

몸을 일으킨 상근은 가마니부터 찾았다. 흙이 들어 있는 가마니를 원숙 아비가 베고 자고 있었다. 진주 가마를 떠나오면서 상근이 지고 온 것이었다. 그는 사발만 챙기라는 영주의 말을 듣지 않고 사발 대신 흙을 지고 왔다. 가마를 정리하면서 상근은 팔리지 않은 제기와 막사발은 모두 깨부수었다. 한밤중에 파선은 상근이 자신이 만든 그릇들을 망치로 내려치는 것을 보았다. 신성한 제기를 왜국에까지 가져갈 수는 없다는 뜻이었다. 파선은 엉엉 울며 가마의 흙을 쓸어 담는 상근을 보고 진주를 떠나는 일이 순탄치 않을 것임을 예감했다. 상근은 그들에게 아무것도 내주지 않았다. 부친의 제를 모시던 제기만 땅속에 파묻고는 모두 깨부수었다. 그들이 산막에 들이닥쳤을 때는 가마까지 헐어 가마니에 담은 터라 남은 것은 수북한 사금파리 무덤뿐이었다. 파선은 상근에게 그 무거운 가마 흙을 왜 지고 가는지 따져 묻지 않았다.

"저놈이!"

상근은 흙 가마니를 베개 삼아 코를 고는 원숙 아비 곁으로 다가갔다. 원숙 아비는 사흘 밤낮 들이로 술을 마시며 자다 깨다를 반복했다. 상근이 흙 가마니를 가지고 진주를 떠날 때, 그는 서 말이 들어가는 술 항아리를 지고 배에 올랐다. 술 항아리만큼은 절대로 포기할 수 없다고 버티는 원숙 아비를 상근은 끝내 말리지 못했다. 그의 곁으로 빈 술 항아리와 표주박이 나뒹굴었다. 바짓가랑이 주변에는 술인지 오줌인지 모를 물이 얼어붙어 빙판이 따로 없었고 냄새가 코를 찔렀다. 상근이 다가가 흔들자 원숙 아비의 코고는 소리가 잦아들며 꿈틀거렸다. 상근은 그가 베고 있던 흙 가마니를 잡아당겼다. 그의 머리가 바닥으로 쿵 하고 떨어졌다. 잠에서 깬 그가 꾸물꾸물 일어나더니 더러운 손으로 입가를 훔쳤다. 무슨 일이 있었는지 아무것도 모르는 표정이었다. 아이를 잃어버린 것도 모르는 눈치였고, 자신이 배를 타고 왜국으로 가고 있다는 사실도 잊은 듯했다. 가마에 불을 지필 때만 그는 멀쩡한 정신으로 살았다. 그가 바닥에 들러붙은 저고리 자락을 잡아당기며 누런 가래침을 힘껏 내뱉었다. 사람들은 원숙 아비의 정신이 돌아오려면 아직 멀었다고 수군거렸다. 그에게 원숙의 행방 따위는 아무 관심 없을 것이기에, 누구도 아이에 대한 이야기를 하지 않았다. 원숙 어미는 선실 한구석에 처박힌 채 꼼짝하지 않았다.

"힘들 텐데, 어떻게 지고 가려고?"

파선은 흙 가마니를 지고 가려는 상근이 못 미더웠다.

"걱정 마, 나 멀쩡하니까."

상근의 목소리에는 힘이 실려 있지 않았다.

"그러지 말고 원숙 아비한테 맡겨요."

"저놈을 어떻게 믿고 맡겨. 술만 처먹으면 미쳐 날뛰는 놈을."

"그래도 당신한테는 잘하잖아요."

상근은 흙 가마니를 부둥켜안았다. 왜국으로 무사히 갈 수 있을지 모르는 상황에서 그래도 위로가 되는 것은 흙 가마니뿐이었다. 가마니 속에 들어 있는 것은 흙이 아니라 고향 진주였다. 송촌리 산막의 기억과 냄새와 추억이 고스란히 담겨 있고 사기장으로서의 자존심이 아직 숨 쉬고 있었다. 당장 죽더라도 흙 가마니만큼은 지키고 싶었다. 그러나 그런 마음과 달리 상근은 점점 허물어지고 있었다. 원숙 아비의 다음 행동이 불 보듯 뻔히 보였지만 무기력하기만 했다. 파선이 무엇을 걱정하는지 알면서도 그를 말려 보겠다는 엄두가 나지 않아 바라만 볼 수밖에 없었다. 그의 몸은 침몰하는 배처럼 이리저리 쏠렸고 눈동자의 초점도 어느 한 곳을 응시하지 못했다. 상근의 남은 기력은 흙 가마니를 끌어안는 데에만 쓰였다.

다다오가 영주를 대신해 또다시 창밖을 살폈다. 얄궂은 햇빛이 사라진 뒤였다. 선실은 다시 어둠침침해지면서 무겁게 가라앉았다. 배의 요동이 심상치 않았다. 목적지에 다 왔나 싶었는데, 배는 다시 중심을 잡기 힘들 정도로 뒤틀었다. 사람들은 바다의 심술에 표정이 굳어졌다. 정신을 수습하기에 몸은 너무 지쳐 있었고 몸을 돌보기에는 정신이 너무 약해져 있었다. 뭍을 확인하고 싶어도 무사들이 지키고 있어 움직일 수가 없었다. 원숙 아비가 머리를 세차게 흔들더니 바지춤을 붙들고 일어섰다. 무사 한 명이 그 앞을 가로막았다.

"씨발, 그럼 여기다 쌀까?"

원숙 아비가 당장이라도 바지를 벗어 내릴 듯 추썩거렸다. 무사가 그를 위협했다. 술기운이 아니더라도 누구한테 겁먹을 원숙 아비가 아니었다. 그는 무슨 일이든 이것 아니면 저것인 사람이었다. 그에게 생각할 시간 따위는 필요치 않았다. 가마 사람들은 원숙 아비를 조마조마한 심정으로 지켜보았다. 말려야 소용없다는 것을 아는 터라, 제발 그의 성질머리가 저절로 누그러지길 바랄 뿐이었다. 그도 어렵다면 순간 바다가 세차게 요동쳐 그가 선실 바닥으로 꼬꾸라져 일어나지 못하길 바랐다.

"이런 우라질 놈들! 그럼 여기다 갈기지 뭐."

총구가 자신의 머리통을 향해 있는데도 원숙 아비는 전혀 물러날 기색이 아니었다. 그의 바지춤은 이미 엉덩이에 걸려 있고 팽팽하게 부풀어 오른 아랫도리는 당장이라도 불을 뿜을 듯 맹렬하게 뻗쳐 있는 총구와 같았다. 신부와 역관이 달려와 그를 말렸다.

"보시오, 다 왔으니 조금만 참으시오."

신부가 원숙 아비를 겨누고 있던 무사의 총구를 부드럽게 치우며 말했다. 사람들은 위기의 순간조차 미소를 잃지 않는 신부의 행동을 지켜보면서 안도의 숨을 내쉬었다. 그러나 잠깐 신부의 미소에 주춤거리던 원숙 아비가 당장의 상황을 이해하지 못하는 사람처럼 다시 아랫도리를 들썩거렸다. 파선의 눈치에 상근은 더 이상 그냥 있을 수 없었다. 신부가 제아무리 신의 이름을 들먹이며 말려도 그는 듣지 않을 것이었다. 파선은 비로소 마음이 놓였다. 원숙 아비가 남편의 말은 거역하지 않을 것이라 믿었다.

"금방 도착하니까, 조금만 참아. 저 사람들 건드려서 좋을 것 없잖아."

원숙 아비의 손이 잠시 주춤했다. 드러났던 음모가 바지춤에 다시 가려졌다. 신부가 이를 지켜보며 평화로운 미소를 지었다. 그러나 원숙 아비는 자신한테 쏟아지는 사람들의 시선이 못마땅한 듯 입을 실룩거렸다. 퉤퉤거리며 침까지 뱉었다. 파선은 원숙 아비가 끝내 사고를 치고 말 것 같은 불길한 느낌이 들었다. 상근의 마지막 방어벽이 무너지는 순간이었다.

"좆같이! 너희가 암만 그래도 나오는 오줌을 어쩌란 말이여."

파선은 눈을 가렸다. 원숙 아비의 바지가 정강이까지 흘러내렸다. 그 모습에 놀라 소리치는 사람은 아무도 없었다. 가마 사람들은 이미 심심치 않게 봐온 광경이었다. 원숙 아비는 어쩔 수 없이 바지춤을 놓쳐 버렸다는 듯 태연하게 신부와 상근을 번갈아 쳐다보며 세차게 오줌을 쏟아 냈다. 선실은 순식간에 오줌바다로 변했다. 그동안 그가 먹은 술이 몽땅 오줌으로 쏟아졌다. 그는 빙글빙글 돌아가며 골고루 오줌을 뿌렸다. 가까이 서 있던 상근과 신부, 무사가 제대로 오줌 벼락을 맞았다. 무사는 잽싸게 물러났고, 신부도 느릿느릿 물러나며 원숙 아비를 향해 그러지 말라고 손짓했다. 파선도 아이들을 뒤로 밀어붙이며 오줌을 피했다. 오줌은 그쯤에서 잦아들었지만 두려움의 실체는 다른 데 있었다. 시계마사 영주의 얼굴이 한순간에 일그러졌다. 노기 가득한 눈빛이 당장이라도 무슨 일을 낼 듯 보였다. 파선은 아이들을 데리고 구석진 자리로 숨어들었다. 영주의 목소리가 원숙 아비의 오줌발을 뚫고 한밤의 비명처럼 들려왔다. 뒤이어 다다오의 발소리가 둔탁하게 들렸다. 신부가 성호를 그으며 그를 가로막았다. 무사들은 알아서 저만치 비켜섰다. 자신들의 할 일은 거기까지라는 듯 다다오의 행동을 지켜보기만 했다. 눈치 빠른 역관이 서둘러 신부의 팔을 잡아끌었다. 다다오의 칼이 번쩍 하고 칼집에서 빠져나온 것은 원숙 아비가 마지막 오줌 방울을 털어 내며 시원하게 진저리를 칠 때였다.

파선은 다다오가 어떤 짓을 했는지 눈으로 보고도 실제로 본 것 같지 않았다. 원숙 아비의 머리와 몸이 둘로 나뉘어 바닥에 뒹굴었다. 벌어진 그의 입에선 아직도 술 냄새가 풀풀거렸다. 솟구친 피가 흥건한 오줌과 뒤섞였다. 사람들은 놀라 얼어붙었다. 눈앞의 광경을 보고도 믿지 못했다. 무사들이 달려들어 두 동강 난 원숙 아비를 들고 갑판으로 나갔다. 잠시 후, 원숙 어미가 그랬던 것처럼 무사들도 빈손으로 돌아왔다. 검은 바다가 모든 걸 가뭇없이 해결했다. 바다와 배는 한통속이었다. 배 안의 모든 일은 바다가 명령하고 그 명령에 의해 배가 움직이는 게 분명했다.

파선은 처음으로 남편 상근이 원망스러웠다. 차라리 가마에서 죽는 게 나았다. 이대로 가다가는 서서히 미치거나 종당엔 다 같이 죽을 것이라는 생각이 온몸을 전율하게 만들었다. 원숙 어미는 아직 남편의 죽음을 실감하지 못했다. 파선과 똑같이 입을 틀어막은 채 눈만 동그랗게 뜨고 있었다. 다다오는 비단 천으로 천천히 오래도록 칼을 닦았다. 칼을 만지는 그는 제를 모시는 제주와 같았다. 한 치의 흐트러짐이 없었다. 칼을 뽑는 순간에도 그는 태산처럼 침착한 모습이었다. 그러나 파선은 다다오가 오른쪽 무릎을 굽혔다가 휙 몸을 돌리는 순간 그의 왼쪽 귀가 없다는 것을 분명히 보았다. 원숙 아비의 죽음 이상으로 놀라운 일이었다. 귀가 없다니! 파선은 놀라 입을 다물지 못했다. 귀 없는 사람은 처음 보았고, 그런 그가 죽음을 집행하는 영주의 무사라는 사실이 뭔가 마음에 걸려 자꾸 그의 귀를 살폈다.

다다오에게 영주는 바다와 같은 존재였다. 영주의 명령만이 그를 움직이게 했다. 배 안의 소란스러움은 다다오의 칼질 한 번으로 무섭게 가라앉았다. 목숨이 붙어 있다는 사실을 좋아해야 할지 고통스러워해야 할지 판단이 서지 않았다. 사람의 목숨이 그토록 간단하게 잘려 나가는 것을 봤으니 제정신일 수가 없었다. 상근은 가슴을 움켜잡으며 바닥으로 내려앉았다. 그놈의 술 항아리를 진즉 깨버렸더라면 원숙 아비가 죽임을 당하지는 않았을 텐데 하는 후회가 막심했다. 그러나 이젠 돌이킬 수 없는 일이 되어 버렸다. 가슴을 쳐봐도 당장 어찌할 방법이 없었다.

원숙 아비의 죽음을 목격한 사람들은 더 이상 도공으로 살려는 희망을 포기했다. 귀하게 대접받으며 살아온 것은 아니지만 적어도 사람이라는 생각을 버려야 할 지경으로는 살지 않았다. 장마당에서 아무개요라고 당당하게 밝힐 정도는 못 되어도, 목숨을 개나 돼지처럼 함부로 끊어도 될 만큼 천한 백성은 아니었다. 추위와 공포에 얼어붙은 사람들의 표정은 참담했다. 살아 있지만 죽음의 칼날이 목전을 겨누고 있어 살아 있다고 할 수도 없었다.

다른 누구보다 상근의 심정이 더 암담했다. 이 모든 상황이 자신 때문에 일어난 것 같아 사람들을 똑바로 쳐다볼 수가 없었다. 그들의 위협과 협박을 핑계로 왜국 행을 결정한 자신의 나약함이 부끄러워 어떻게 처신해야 할지 막막하기만 했다. 가마 사람들이 믿을 사람은 오로지 자신뿐이었다. 상근은 두려움에 떨고 있는 가마 사람들을 위해서라도 정신을 수습하지 않으면 안 되었다. 상근은 파선을 의지해 웅크렸던 몸을 바르게 펴고 앉았다. 덜덜 떨리는 두 손은 깍지를 끼워 꼭 잡고는 얼굴에서 두려움을 걷어 내려 애썼다. 그의 모습은 마치 먹구름에 가려지고 있는 그믐달처럼 애처롭기 짝이 없었다. 그러나 가마 사람 그 누구도 상근의 그러한 모습에 위로를 느끼지 않았다. 사실 그 무엇을 느끼고 깨닫는 것조차 힘겨워 보였다. 그들은 그냥 눈을 뜨고 있거나 감고 있을 뿐이었다.

배는 무섭도록 무거운 정적을 싣고 항해를 계속했다. 다다오의 칼의 위력에 바다도 놀란 듯 배의 움직임이 조금은 둔해진 느낌이었다. 빛 한 가닥이 선실 쪽창에 얼씬거렸다. 찻잔을 내려놓고 일어선 영주가 쪽창을 바라보며 입꼬리를 비틀었다. 영주의 손에서 벗어난 작은 찻잔이 부르르 떨다 멈추자, 영주가 뒷짐을 지고 쪽창 쪽으로 걸어갔다. 죽은 듯 널브러져 있던 가마 사람들이 영주의 움직임에 희미한 기척을 보였다. 바다 한가운데로 빛이 쏟아지고 있었다. 무자비한 죽음의 흔적을 삼켜 버린 바다는 햇살을 받아 평화롭기까지 했다. 세상 끝에 이르자 뭍이 나타났다.

배가 마침내 뭍에 도착했다. 진주를 떠난 지 한 달 열흘 만이었고, 가마 사람들 셋이 배에서 죽어 나갔다. 원숙 아비와 원숙이 죽었고, 젊은 도공 한 명은 배를 탄 지 며칠 되지 않아 심한 고열에 시달리다 죽어 바다에 수장되었다.

배가 서서히 뭍을 향해 앞으로 나갔다. 뭍은 희뿌연 안개에 휩싸여 좀처럼 모습을 드러내지 않았다. 너무 희미해서 다른 배가 정박해 있는 것도 같고 큰 짐승이 납작 엎드려 있는 것도 같았다. 영주는 여전히 쪽창으로 바다를 보고 있었다. 잠시 후, 배가 한 차례 꿈틀하더니 서서히 멈추었다. 부두가 나타났고 비린내가 확 풍겼다. 사무라이 씨족들이 세운 히젠국肥前國 아리타였다.

배가 부두에 닿자 하급 무사 한 명이 부두로 뛰어 내려가 나무기둥에 배를 묶었다. 안개가 걷히고 있는 부두에는 수십 명의 무사와 말들이 깃발을 휘날리며 도열해 있었다. 시게마사 영주의 위세가 꽁꽁 얼어붙은 부두의 찬바람보다 무섭게 불었다. 죽음을 무릅쓰며 도착했는데, 기다리고 있는 것은 무장한 부두의 무사들이었다. 그들을 보는 순간 파선은 또다시 온몸이 오그라들었다. 바다를 벗어나기만 하면 고생 끝일 줄 알았는데, 칼을 차고 있는 수십 명의 무사를 보니 그 기대가 와르르 무너졌다. 하지만 내색할 수 없었다. 상근과 두 아들이 있고 산막 식구들 목숨이 달려 있었다. 그들을 위해서라도 어떡하든 목숨을 부지하며 살아야 했다. 글을 아는 파선은 산막 사람들에게 그 누구보다 중요한 존재였고, 파선 또한 자신이 그들을 위해 무슨 역할을 해야 하는지 잘 알고 있었다. 파선은 이를 악물고 신부와 역관의 눈치를 살펴 가며 상황을 주시했다. 통나무 사다리가 부두에 걸리자 다다오와 영주가 먼저 건너고 뒤이어 무사들이 다리를 건넜다. 선실을 나가려던 신부가 발길을 멈추고 역관을 통해 가마 사람들에게 말했고, 역관은 다시 상근에게 배에서 내려도 좋다고 전했다.

"다 왔으니, 어서들 나가시오!"

파선이 누워 있던 상근을 흔들었다. 두 아들을 끌어안고 죽은 척 웅크리고 있던 상근이 조심스럽게 눈을 떴다. 배 안에는 다행히 신부와 역관만 남아 있었다. 상근은 비로소 파선의 두 손을 잡으며 살아 있음을 안도했다. 그는 영주와 무사들의 움직임으로 배가 뭍에 도착했다는 것을 짐작하면서도 죽은 듯 가만히 있었다. 그들의 눈에 거슬리면 바로 목이 날아갈지도 모른다는 두려움 때문에 죽은 척할 수밖에 없었다.

"여보, 이제 살았어."

상근이 눈물을 글썽이며 말했다.

"뭍에 도착했으니, 이제 괜찮을 거예요."

파선은 상근을 다독거렸다. 시커멓던 상근의 얼굴에 화색이 돌았다. 뭍에 닿기도 전에 다다오의 칼에 가마 사람들이 차례로 죽어 나가는 것은 아닌가 싶어 상근은 심장이 타들어 가는 것만 같았다. 지켜보던 신부가 긴 옷자락을 펄럭이며 다가와 상근의 어깨를 토닥거리며 말했다.

"두려워하지 마세요, 하느님께서 돌봐 주실 겁니다."

신부의 커다란 손이 어깨에 와 닿자 상근이 수줍게 웃었다. 산막을 떠난 이후 처음이었다. 두려움으로 얼어 있던 상근을 신부가 웃게 한 것이다. 신부는 다다오의 살육을 지켜보고도 아무것도 보지 못한 양 평화스러운 모습이었다. 파선은 점점 신부가 특별해 보였다. 그가 어떤 사람이고 그의 하느님이 어떤 능력을 가진 신인지는 알 수 없지만 신부가 보통 사람과는 다른 게 분명해 보였다. 파선은 배를 타고 오는 동안 자신도 모르게 신부에 대한 믿음이 생겼다는 걸 알았다.

뭍에 오르고 나서야 사람들은 실감했다. 살아 있다는 것이 믿어지지 않았다. 상근이 두 아들을 데리고 무사히 배에서 나가자 파선은 원숙 어미를 부축해 일어났다. 뭍과 연결된 통나무 다리를 건너갈 때는 다리가 후들거려 바다로 떨어질 것만 같았다. 원숙 어미까지 챙기느라 파선은 힘에 부쳤다. 상근 일행이 모두 뭍으로 건너오자 도열해 있던 무사들이 앞뒤로 에워싸며 길을 재촉했다. 주변을 살필 겨를도 없이 무사들이 이끄는 대로 따라가야 했다. 얼마쯤 갔을까, 농가가 있는 마을이 보이더니 산자락 밑으로 논과 밭이 나타났다. 조선의 농촌과 다르지 않은 것에 사람들은 안심했다. 배를 타고 오며 겪은 고생이 꿈인 듯 허탈감마저 들었다. 영주의 말을 곧이곧대로 믿은 것은 아니지만, 왜국은 조선과 많이 다른 나라인 줄 알았다. 기와집이 즐비하고 들녘에는 먹을 것이 지천일 것이라 상상했다. 멀리 산중턱으로 제법 큰 집들이 듬성듬성 보였지만 들바닥에 옹기종기 붙어 있는 집들은 조선의 여느 초가집과 별다를 게 없어 보였다. 낯선 듯 익숙한 왜국의 땅은 시간조차 별다르게 느껴지지 않아 정말 이곳이 왜국인가 싶을 정도였다. 천국을 기대한 것은 아니지만 적어도 진주 장보다는 화려한 무엇이 있을 줄 알았다.

  사람들과 음식 냄새로 벅적거리는 진주 장에는 엽전만 있으면 살 수 있는 것들로 그득했다. 명나라에서 들어온 비단부터 요상한 그림이 그려져 있는 책들까지, 안면 있는 상인에게 미리 엽전을 주고 부탁하면 무엇이든 구할 수 있었다. 어릴 적 파선은 옹기장수를 따라다녀 장터의 습성을 누구보다 잘 알았다. 그래서 적어도 진주 장 정도의 세상은 있을 줄 알았는데, 당장 보이는 왜국의 풍경은 송촌리보다 들이 많다는 정도였다. 아니, 송촌리보다 더 좁고 삭막해 보였다. 파선은 흙 가마니를 들쳐 메고 걷는 상근이 안타까워 자꾸 뒤돌아보았지만 도움을 청할 원숙 아비는 이제 이 세상에 없었다. 원숙 아비만 살아 있으면 그깟 흙 한 가마니쯤은 한 손으로 들고 뛰어도 시원찮았을 것이다.

발바닥에 불이 날 만큼 걸었을까. 너른 들을 지나고 야트막한 동산을 넘자 논배미 끝에 여러 대의 마차와 말이 기다리고 있었다. 영주와 다다오를 비롯해 그의 무사들은 말과 마차에 올라타고 두어 대의 마차에는 가마 사람들과 함께 조선에서 가져온 도자기와 곡식 등이 실렸다. 가마 사람들은 무사들의 감시를 받으며 끝도 없이 나타나는 농노와 오솔길을 따라갔다. 바다만 벗어나면 끝일 줄 알았던 가마 사람들은 또다시 고단하고도 지루한 여정에 할 말을 잃었다. 가야 할 곳이 아리타라는 것만 들었지, 그곳이 조선에서 배를 타고 얼마만큼 가야 하는 곳인지는 알지 못했다. 상근이 역관에게 물었지만 그도 정확히 모르고 있었다. 역관의 역할은 영주의 뜻을 조선 도공들에게 전달하는 것이지 도공들의 말을 영주에게 전달하는 것이 아니라고 했다. 파선의 눈에 역관은 조선 사람도 아니고 왜국 사람도 아니었다. 역관의 입은 무사들의 또 다른 입에 불과했다. 파선은 지금 상황이 바다를 건너는 일보다 수월할 것이라 애써 믿어 보지만 그보다 못할지도 모른다는 불안감을 감추기 어려웠다.

흙 가마니에 비스듬히 기대앉은 상근은 눈이 풀리는 듯 졸기 시작했다. 성글어진 가마니 틈 사이로 마른 흙이 흘러내렸다. 파선은 모른 척 고개를 돌렸다. 흙이 떨어지는 것을 알면 상근이 가만히 있지 않을 것이었다. 상근이 일행의 우두머리라는 사실을 존중해 주려는 듯 영주도 거추장스러운 흙 가마니에 대해 뭐라 하지 않았다. 흙 가마니가 자신을 위한 대단한 선물로 변할지도 모른다는 기대를 하고 있는 것인지도 몰랐다.

파선에게 의지해 있던 원숙 어미가 갑자기 배를 움켜쥐며 마차 바닥으로 고꾸라졌다. 사지를 늘어뜨린 채 내내 눈을 감고 있던 그녀가 어느 순간 썩은 고목이 내려앉듯 풀썩 무너졌다. 당황한 파선은 두 아들의 손을 놓고 원숙 어미에게 달려들었다. 원숙 어미는 꼼짝도 하지 못했다. 모든 걸 놓아 버린 듯 그녀의 팔과 다리는 좀처럼 파선의 몸에 달라붙으려 하지 않았다. 풀린 눈동자는 파선이 아무리 정신 차리라고 소리쳐도 알아듣지 못했다. 파선은 그녀를 일으키려고 안간힘을 썼다. 상근을 쳐다보았지만 그의 기력도 여의치 않은 듯했다. 파선은 자신도 모르게 말을 타고 뒤따라오는 다다오를 뒤돌아보고 말았다. 말이 안 되는 일일 테지만, 다다오와 눈이 마주친 이상 물릴 수는 없었다.

"사람이 죽어 나가는데 보고만 있을 겁니까?"

파선은 다다오의 칼이 등을 내려칠 것 같아 식은땀이 흘렀다. 역관은 앞쪽 마차에 타고 있어 통역을 부탁할 수도 없었다. 눈앞에서 사람이 죽어 가는데도 바라만 봐야 한다는 사실이 안타깝고 서글퍼서 눈물이 흘렀다. 가마 사람들을 이곳까지 이끌고 와서 제 몸조차 가누지 못하는 상근도 원망스러웠다. 파선은 다시 한 번 이를 악물었다. 이대로 한 명씩 죽어 가도록 내버려 둘 수는 없었다. 아직 죽은 사람보다 산 사람이 더 많았다. 파선은 시퍼렇게 얼어 가는 원숙 어미의 어깨를 주먹으로 세차게 내리치며 소리쳤다.

"제발 정신 좀 차려! 죽더라도 가마에 가서 불 피우고 죽자!"

파선이 악다구니를 쓰며 원숙 어미와 씨름하고 있을 때, 말에서 내린 다다오가 상근 일행이 타고 있는 마차 위로 뛰어 올라왔다. 원숙 어미한테 정신이 팔려 있던 파선은 그를 보고 흠칫 놀라 몸을 뒤로 젖혔다. 좀 전에 자신이 다다오에게 무슨 말을 했는지도 기억나지 않았다. 다다오의 칼이 파선의 옆구리에 닿았을 때는 이제 죽었구나 싶었다. 그녀는 몸을 일으켜 아이들과 상근을 바라보았다. 겁먹은 아이들은 상근의 품에 얼굴을 처박고, 상근은 시뻘건 눈으로 다다오를 쳐다볼 뿐이었다. 상근에게는 최고의 칼잡이인 다다오를 상대할 무기가 아무것도 없었다. 그가 가지고 있는 것이라고는 진주에서 가져온 흙 한 가마니와 짚신 몇 켤레가 전부였다.

파선의 눈앞으로 가난한 상근과 살아온 지난날이 성난 파도처럼 출렁거렸다. 불행하지는 않았지만 그렇다고 봄꽃처럼 화사하게 피어 본 적도 없었다. 가마 사람들과의 산막 생활은 늘 비 맞은 장작처럼 무겁고 적조하기만 했다. 이제 그마저 포기해야 하는 절망의 순간을 맞고 보니, 무서운 게 아니라 억울했다. 파선은 다다오의 시선을 똑바로 쳐다보았다. 생목숨을 도려내는 자의 얼굴이 어떤 모습인지 똑바로 보고 싶었다. 그러나 이상하게도 그녀의 눈에 다다오의 눈빛은 보이지 않고 흔적만 있는 그의 왼쪽 귀만 보였다. 그의 칼에 죽을지도 모르는 상황인데 그의 왼쪽 귀에만 정신이 팔려 그가 다가와 원숙 어미를 일으켜 주는 것도 몰랐다.

파선은 뭔가 잘못 본 것 아닌가 했다. 그를 쳐다보는 순간 다다오의 칼이 번쩍일 줄 알았다. 독사처럼 징그럽고 호랑이처럼 섬뜩할 거라 여겼던 그의 눈빛은 장독대 위에 고인 물처럼 맑고 고요했다. 칼은 칼집에 얌전히 꽂혀 있고 그의 두 손은 칼을 뽑으려는 것이 아니라 원숙 어미를 일으켜 주고 있었다. 믿고 싶지 않았지만 눈앞에서 실제로 벌어지는 광경이었다. 두 동강 나 있어야 할 자신의 목이 멀쩡히 붙어 있는 것도 믿을 수 없지만 고꾸라져 있던 원숙 어미를 일으켜 준 것 또한 사실 같지 않았다. 놀라서 뒤로 엉거주춤 물러앉던 파선은 다시 한 번 다다오의 눈길과 마주쳤다. 그는 방금 전 그 눈빛으로 파선을 바라보고는 자리에서 벌떡 일어섰다.

파선은 그제야 온전히 숨을 내쉬었다. 방금 전에 일어난 일은 생각하고 싶지 않았다. 잠깐 그의 눈빛이 이상하다 싶긴 했지만 겁을 먹어 잘못 본 것일 수도 있고 그녀가 자신의 귀를 바라보아 신경에 거슬려서일 수도 있었다. 그는 영주의 무사였다. 파선은 다다오가 무서워 자신이 잠깐 착각한 것이라고 정신을 수습했다. 원숙 어미를 일으켜 놓고 다시 말에 올라탄 다다오는 어느새 저만치 앞질러 가고 있었다. 잠시 후, 역관이 나타나더니 파선에게 다가와 원숙 어미를 가리키며 말했다.

"손가락과 발가락을 주물러 주래."

역관이 자신의 손과 발을 만져 보이며 설명했다. 파선은 역관에게 누가 보내서 온 것인지 묻지 않았다. 자신의 짐작이 맞다고 해도 이해할 수 없는 일이었다. 아무리 생각해도 다다오의 눈빛과 칼은 맞지 않았다. 파선은 역관의 말대로 원숙 어미의 팔과 다리를 힘껏 주물렀다. 몹쓸 병에 걸린 듯 뒤틀렸던 원숙 어미의 몸이 조금씩 풀리기 시작했다. 원숙 어미가 희미하게 정신을 차렸다.

역관은 본래 대마도 사람으로 조선을 왕래하는 어부였다. 시게마사 영주가 한 상인을 통해 조선말이 유창한 그를 소개받았다. 역관은 몸이 재고 눈치가 빨라 영주의 신임이 두텁고 신부 역시 그를 신뢰했지만 파선은 그리 생각하지 않았다. 그가 왜인이라서 그렇기도 하지만 조선인과 왜인을 차별하는 확연한 눈빛과 말투가 영 거슬렸다. 파선이 왜국의 말을 전혀 알아듣지 못한다면 역관을 믿겠지만 파선도 어느 정도 왜국 말에 대한 눈치는 있었다.

영주는 조선이 벌써 세 번째 출정이었다. 그는 주로 남해와 진주, 양산, 강진을 돌며 도자기를 수집했고, 어느 때는 마늘과 말린 해산물을 수집해 가기도 했다. 영주가 조선 땅을 뒤져 그러한 물건들을 왜국으로 가져갈 수 있는 것은 역관의 역할이 매우 컸다. 역관이 조선의 장사치들과 결탁해서 정보를 알아낸 다음 영주에게 통보하면 영주는 그 정보를 토대로 무사들을 대동하고 조선을 찾았다. 원숙 어미가 정신을 차리자 역관은 제 할 일을 다 한 듯 팽하니 가버렸다.

"저놈이 웬일로 사람인 척하는 거지? 근데 당신도 봤지, 저놈 한 쪽 귀 없는 거."

벌벌 떨며 지켜만 보던 상근이 다다오가 자리를 떠나자 한숨 돌린 듯 말했다. 상근도 다다오가 역관을 보냈다는 걸 눈치챈 듯했다.

"글쎄요, 혼자 된 원숙 어미가 불쌍해서 그러는지도 모르죠."

"자네가 몰라서 그래. 왜놈들은 절대로 그런 인정을 베푸는 놈들이 아니야. 특히 저놈은 무사야, 칼질을 밥 먹듯 하는 놈이라고. 명나라 장사꾼들도 왜놈들이라면 치를 떨었어. 근데 어쩌다 귀 한쪽을 잃어버렸지."

"왜놈들을 그렇게 잘 알면서 왜 오자고 했어요. 죽을 거면 차라리 내 땅에서 죽는 게 낫지."

파선은 내내 걸려 있던 말을 기어이 내뱉고 말았다. 상근의 고충을 충분히 이해하고 따라나섰지만 끔찍한 일들을 연달아 겪고 나니 자신도 모르게 원망하는 마음이 생겼다. 바람 앞의 촛불 같아진 두 아들을 생각하면 더더욱 억장이 무너져 내리는 것만 같았다.

"미안해, 말만 잘 들으면 그렇게 함부로 하지는 않을 거야. 이곳도 사람 사는 곳이라면 우리도 살 수 있겠지."

상근은 파선을 달랬다. 자신보다 여덟 살이나 아래지만 누가 봐도 파선은 똑똑하고 사랑스러운 여자였다. 파선이 옹기장수의 손에 이끌려 가마에 왔을 때 상근은 첫눈에 반하고 말았다. 그때까지 파선처럼 고운 여자는 본 적이 없었다. 장터에서 숱한 사람을 보았지만 파선만큼 선이 곱고 영리해 보이는 여자는 눈에 띄지 않았다. 파선의 어미가 이름난 기생이었다는 소문이 틀리지 않는 것 같았다.

아무리 인물이 고와도 자신처럼 기생으로 살거나 궁녀 아니면 양반 집 첩으로 사느니, 가난해도 평범한 행복을 누리며 살라고 어린 그녀를 내쳤다는 소문이 맞을 거라는 생각이었다. 상근은 어린 파선이 가마 식구들 속에 끼여 허드렛일하는 것이 마음에 걸렸다. 추운 겨울 계곡으로 물동이를 이고 가는 그녀의 뒷모습을 보면 애잔해서 잠을 이룰 수가 없었다. 그래서 그는 아버지에게 파선과 혼인시켜 달라고 말했다. 상근의 아버지는 덜떨어진 듯 유약하기만 한 아들이 그런 청을 하자 웬일인가 싶었다. 그는 상근의 청이 아니더라도 오면가면 파선을 눈여겨보던 터라, 며느리로 받아들이지 못할 이유가 없었다. 파선은 상근에게도 꼭 필요한 사람이지만 사기장인 자신을 대신해도 될 정도로 영민하고 부지런했다. 그리하여 두 사람은 혼인하게 되었고 파선의 산막 생활이 시작되었다. 상근의 아버지는 죽기 전 상근에게 일렀다. '첫눈에 나는 그 아이가 보통 처녀하고 다르다는 걸 알아봤다. 분명 크게 될 터이니 업신여기지 말고 잘 해주어라.'

"당신 사정 뻔히 알면서 제가 괜한 투정을 했네요."

파선이 미안한 표정으로 상근에게 말했다. 상근은 좀처럼 투정하지 않는 파선에게 그녀의 고단함을 받아 주고 의지가 되어 주지 못하는 자신이 원망스러웠다. 그녀를 지켜 주고 아껴 주기 위해 결혼했는데 상근이 오히려 그녀를 의지하는 꼴이었다. 일만 벌여 놓고 추스르지 못하는 자신이 실망스러워 파선을 볼 면목이 없었다. 사실

파선이 옆에 없었다면 왜국에 도착하기도 전에 바다 한가운데서 시름시름 앓다가 죽었을지도 모른다. 그녀의 보살핌이 있었기에 지금까지 버티고 있는 것이었다. 상근은 오랜 피로와 굶주림에도 여전히 초롱이꽃처럼 고운 파선을 바라보았다. 경황 중이라 몹쓸 생각인 줄 알지만 기회만 허락한다면 파선 곁에 가까이 가고 싶었다. 그녀를 안아 본 지도 오래되었다. 목숨을 걱정해야만 하는 상황에서 아내의 몸이나 탐한다고 할지 모르지만, 상근에게 파선은 자신이 아직 살아 있음을 인정받을 수 있는 중요한 존재였다. 진주를 떠나 험한 바다를 건너오는 동안 상근은 파선을 가까이 하지 못하는 것이 영주의 무사들을 보는 것 이상으로 힘들었다.

"당신 이리 좀 가까이 와봐."

"왜 어디 아파요?"

더는 놀랄 일도 없다 싶었지만 남편이 힘 빠진 소리로 말할 때는 가슴이 또 후드득거렸다. 두 아들이 멀쩡한 것은 천만다행이었다. 가마를 떠나기 전 마지막으로 제를 모시고 오긴 했지만, 내내 불안감을 떨칠 수 없었다. 내심 파선은 신부가 믿는 신에게도 자식들을 무사하게 해달라고 빌었다. 바다를 무사히 건너 왜국에서 지내다가 다시 진주로 돌아갈 수만 있다면 그 어떤 신이라도 믿고 싶었다. 처음으로 신을 간절히 원했고 처음으로 신의 존재가 얼마나 큰지 느꼈다. 죽음의 공포가 엄습해 올 때마다 주문을 외듯 신을 부르며 남편과 아이들을 지켜 달라고 기도했다. 파선은 조금 전까지만 해도 운

신하기 힘들어 보이던 상근이 자신을 향해 싱거운 미소를 보내는 걸 보니 더 이상 죽을 일은 없을 거라는 생각이 들었다.

"아니, 그냥."

상근의 얼굴이 순간 붉어진 걸 파선은 놓치지 않았다. 그가 그냥이라는 말로 머쓱해하는 이유를 모르지 않았다. 가마에 불을 지필 때만 빼놓고 그는 수시로 파선의 몸을 원했다. 파선은 가마와 아이들을 신경 쓰느라 늘 피곤해서 그런 상근의 마음을 제대로 받아주지 못했다. 그를 싫어하는 것은 아니지만 그렇다고 상근과의 잠자리가 더없이 즐거운 것도 아니었다.

파선은 자신을 바라보는 상근의 눈빛이 민망해서 고개를 돌렸다. 상근의 옆자리를 비집고 들어가 앉을 수도 있지만, 그러기에는 사람들의 눈이 너무 많았다. 설사 옆자리에 앉는다 한들 무슨 짓을 할 수 있을까. 상근이 이럴 때는 꼭 어린애 같다는 생각이 들었다.

농로는 넓고 곧게 뻗어 있었다. 하늘은 빈 들판으로 낮게 내려와 있고 차고 습한 바람은 대지를 우울하게 만들었다. 산자락 밑으로는 우리네 도롱이 모양 비슷한 초가집들이 드문드문 마을을 이루고 있고, 산 위쪽으로는 이중 구조의 제법 큰 나무집들이 독립적인 형태를 이루고 있었다. 산막 사람들은 마차를 타고 가면서 검은 운무로 뒤덮여 있어 좀처럼 빛이 들 것 같지 않은 마을을 심란하게 바라보았다.

마을 사람들도 눈에 띄지 않았다. 조용하고 깨끗해 보이지만 무언가 감추고 있는 듯 밝지 않은 기운이 마을을 감싸고 있었다. 파선은 문득 원숙 아비를 죽게 한 영주와 다다오가 마을의 기운과 비슷하다는 생각이 들었다. 감정이 드러나지 않는 그들의 표정과 마을의 느낌이 너무도 흡사했다. 파선은 동굴 속으로 들어가는 것은 아닌가 겁났다. 어둡고 축축한 기운을 가진 동물이 살고 있는 동굴 속으로 끌려가는 것인지도 모른다는 생각이 들자 다시 아득해지는 느낌이었다. 평화롭기만 하던 삶이 아무 예고 없이 이렇게 바뀔 수도 있다는 것을 깨달았다.

그런 파선과 달리 다른 도공들은 마차로 옮겨 타면서부터 다소 안심하는 분위기였다. 땅을 디뎠으니 이제 죽을 일은 없다는 듯 별다를 것 없는 왜국의 풍경에 대해 떠들기까지 했다. 바다 위에서는 포기했던 아리타에 대한 기대가 살아난 듯 안고 있던 보따리를 열어 뒤적거리기도 했다. 그들의 보따리 속에는 허름한 옷가지와 짚신 몇 켤레, 뒤섞인 밀과 콩 두어 됫박이 들어 있었다. 밀과 콩은 버리기 아까워 가져온 것이지 식량을 걱정해서 가져온 것은 아니었다. 왜국이 진주의 산막보다 살기 어려울 것이라는 생각은 하지 않았다. 왜국에 대해 기대가 컸던 사람들은 그마저 챙기지 않고 입은 채로 산막을 떠나왔다.

2

 파선 일행이 마차로 하루 반나절 걸려 도착한 곳은 아리타의 작은 마을이었다. 마을은 산이 병풍처럼 마을을 둘러싸고 있어 한번 들어가면 나오기 어려울 정도로 깊은 분지 안에 있었다. 그러나 너른 들과 수로가 있는 반대편 마을은 완만한 능선을 이루는 서너 개의 겹산 중턱에 자리 잡고 있어 멀리서도 바라보였다. 또 돌로 쌓은 성곽이 산허리를 휘감고, 그 주변으로는 크고 작은 성들도 드문드문 서 있었다. 성들은 조선의 기와집과 비슷해 보였지만 기와집보다는 규모가 더 크고 화려하고 위협적이었다. 성곽 주변으로는 목책이 쳐져 있고 군데군데 보이는 망루에는 하급 사무라이 두세 명이 칼을 차고 서 있었다. 한눈에 보아도 성곽을 중심으로 모여 있는 마을은 풍요로워 보였다.

가마 사람들은 마차가 양쪽 마을로 갈라지는 수로 어귀에 이르자 일제히 목을 빼고 마을을 쳐다보았다. 진주에서는 좀처럼 구경하기 힘든 집들이었다. 남해에서 최고 부자로 손꼽히는 김 참판네 집도 저기 보이는 집들에 비하면 측간 정도에 불과했다. 산자락 밑에 있는 집들 역시 움막이나 다름없는 곳에서 생활했던 가마 사람들의 눈에는 호화롭기 짝이 없었다. 상근과 파선도 눈이 빠져라 마을을 쳐다보았다. 저곳이라면 왜국을 선택한 보람이 있을 것 같았다. 저런 곳에만 살게 된다면 자신 때문에 겨우 목숨만 부지하고 있는 가마 사람들에게 체면이 설 것 같았다. 아직 마을로 들어가 눈으로 본 것은 아니지만 저 정도 규모의 집과 땅이라면 충분히 살아낼 자신이 있었다. 상근은 가슴이 뛰었다. 상근과 같은 곳을 바라보던 파선도 설레기는 마찬가지였다. 이미 마을에 들어온 듯 집과 땅이 모두 내 것인 것만 같았다.

"저기 저 집은 2백 칸도 넘을 것 같지 않아?"

상근이 흥분해서 말했다.

"글쎄? 내가 보기에는 5백 칸은 넘을 것 같은데."

파선도 어림잡아 말한 것이었다. 사실 그녀는 지금까지 땅 한 뙈기 부쳐 본 적이 없었다. 어릴 적 기생집 부엌 할멈 손에서 자라 땅이 얼마큼 귀한 것인지도 몰랐다. 송촌리 산막에 들어오고 나서 쌀이 얼마나 귀한지, 논이나 밭이 왜 필요한지 알게 되었다. 파선이 본 생모는 항상 곱게 분을 바르고 비단 한복을 입고 있었다. 땅을 사기 위해 거친 일을 하거나 파선을 위한 밥상을 차리는 사람이 아니었다. 한 집에 살았지만 어쩌다 할멈 방에 들어와 안아 보고는 바로 돌아서 나갔다. 그녀는 하루 종일 할멈을 따라다녔다. 할멈의 한숨으로 파선은 자신의 어미가 기생이어서 죽을 때까지 외로운 팔자로 살아야 한다는 걸 알았다. 할멈의 잔소리 같은 탄식은 남도의 애절한 소리로 등잔불을 흔들어 대다 마침내 통곡으로 바뀌었는데, 파선은 그럴 때마다 천장에서 흙이 줄줄 쏟아져 내리는 할멈의 방에서 도망치고 싶었다. 그곳은 그녀를 따뜻하게 품어 줄 곳이 아니라는 생각이었다. 어느 날 나타난 옹기장수가 그녀의 손목을 잡아끌었을 때 두말없이 따라나선 것도 그런 이유였다. 그녀는 옹기장수와 팔도의 장바닥을 떠돌며 살다 상근의 가마에 들어오게 되었다.

  사실 상근은 산속에 박혀 있는 집들도 매력적으로 보였지만 수로를 끼고 있는 들판에 더 관심이 갔다. 수로에 물을 가둬 두면 가뭄에도 물 걱정할 필요 없을 것이고 기름진 들에 오곡백화를 심으면 매년 풍년이 들 것 같았다. 누렇게 익은 벼가 들판을 가득 채우면 먹지 않아도 배가 부를 것만 같았다. 산등성이를 개간해 조와 수수를 심는 것하고는 다를 것이었다. 모를 심고 벼를 베는 일은 그보다 훨씬 어려울 테지만 하얀 쌀밥을 먹는 일이었다. 상근은 저절로 입안에 침이 고였다. 진주의 산속 생활은 단조롭고 고적했다. 바깥세상에 나가려면 30리를 걸어야 하고 그릇을 팔아도 온전한 쌀밥을 지어 먹기 어려웠다. 저 산과 들이 모두 가마 사람들을 위한 것이라면 그 어떤 어려움과 시련이 닥쳐도 견딜 수 있을 것 같았다. 그렇게 한 해 두 해 농사를 짓고 사발을 굽다 보면 왜국도 고향 같아질 것이고, 가마 사람들도 안정된 생활을 할 수 있을 것이었다. 상근은 덜컹거리는 마차를 타고 장구경이라도 가는 양 기분이 좋았다. 파선 역시 자신의 기분과 다르지 않을 것이기에 들떠서 물었다.

"여보, 저 논에 벼를 심으면 쌀이 열 가마니는 나오지 않을까?"

파선은 눈을 동그랗게 뜨고 상근을 쳐다보았다. 쌀이 열 가마니면 일 년 내내 아이들에게 쌀밥을 먹이고도 남았다. 가마에 제를 지내거나 조상님께 제 지낼 때 말고는 쌀밥을 구경하기 어려웠다. 상근이 장에 나가 사발을 팔아 사 오는 쌀은 고작해야 두서너 말 정도여서 쌀 한 주먹에 산나물이나 조, 수수, 감자와 고구마 따위를 넣어서 밥을 했다. 그런데 쌀이 열 가마니라니, 파선은 꿈에서조차 상상못한 일이라 듣기만 해도 배가 불렀다.

"그렇게 많이요! 쌀밥에 쇠고깃국 먹으면 당신 병도 나을 텐데."

"걱정하지 마, 내가 영주한테 사발도 만들고 농사도 지을 수 있도록 부탁해 볼게."

상근은 실제로 그렇게 할 생각이었다. 영주가 원하는 것은 사발일 테니 좋은 사발을 만들어 주면 농사를 짓도록 허락할 수도 있을 것이다. 상근이 흥분해서 말하자 다른 사람들도 놀라 입을 다물지 못했다. 좀 전까지는 죽지 못해 끌려가는 모습이더니 상근과 파선의 쌀밥 이야기를 듣고는 입맛을 쩍쩍 다시며 간절한 표정을 지었다.

파선 일행이 탄 마차가 수로의 끝인지 시작인지 모르는 지점을 지나자 좁은 산길이 드러났다. 삼나무와 대나무가 빽빽하게 숲을 이루고 있어 좀처럼 앞이 보이지 않는, 진주의 산막보다 더 깊은 산속으로 마차가 들어가고 있었다. 상근과 파선의 바람대로라면 이쪽 산이 아니라 논과 밭이 있는 저쪽 산으로 가야 맞았다. 아니, 어쩌면 이쪽 산에서 사발을 굽고 저쪽 마을에서 농사를 지으며 살게 될지도 모른다고 위로해 보지만 영주를 선두로 달리는 마차는 좀처럼 방향을 바꿀 기미를 보이지 않았다. 상근도 파선과 같은 맘인 듯 자꾸만 지나쳐 온 길을 뒤돌아보았다. 왠지 한번 들어가면 쉽게 빠져나올 수 없을 것 같은 구불구불한 숲길이 좁아졌다 넓어졌다를 반복하며 끝없이 이어졌다. 불안을 증폭시키는 것은 길뿐만이 아니었다. 대숲을 수놓고 있는 까마귀들이 내는 소리는 초저녁 장대비를 맞으며 여우골을 지나칠 때처럼 음산하고 기이해서 가마 사람들을 더 초조하고 불안하게 만들었다.

"도대체 저승길로 가는 건지 극락으로 가는 건지 알 수가 있어야지. 당신이 한번 물어봐요."

아무래도 심상치 않았다. 파선은 초조했다. 진주의 산막도 반나절은 걸어 들어가야 할 정도로 깊었지만 거기하고는 비교도 안 될 만큼 깊숙한 산속이었다. 영주의 마차는 도무지 멈출 줄을 몰랐다.

가마 사람들은 또다시 깊은 수렁에 빠진 듯 안색이 좋지 않았다. 파선의 채근에도 상근은 용기를 내지 못했다.

"조금만 더 가면 될 테지, 오죽 알아서 좋은 땅을 골라 놨겠어."

상근의 기대가 틀리지 않기를 바랐지만, 그건 어디까지나 그의 주변머리 없는 성품에 불과하다는 걸 파선은 모르지 않았다. 두고 보는 수밖에 없었다. 왜국 말을 할 줄 모르기는 자신도 마찬가지였다. 눈치로 몇 마디 알아듣기는 하지만 그들에게 따질 정도의 실력은 아니었다. 상근의 바람대로 영주가 가맛골 사람들을 아무 곳에나 내팽개치지 않기를 바라는 수밖에 없었다.

요란한 까마귀 소리에 정신이 얼얼해 있을 때쯤, 앞서 가던 다다오의 말이 푸르릉 소리를 내며 멈춰 서더니 뒤이어 파선 일행이 탄 마차도 덜컹 하고 멈춰 섰다. 마을이었다. 생사를 넘나드는 기나긴 여정 끝에 도착한 마을이 모습을 드러냈다. 파선 일행은 감격에 겨워 마차에서 벌떡 일어났다.

"왔어요! 다 왔어!"

홍 씨가 신나서 소리쳤다. 원숙 아비의 목이 달아날 때도 신음 소리 한번 내지 않던 홍 씨가 비로소 심 봉사 눈 뜨듯 입을 열었다.

"마을이 제법 크네. 집 두 채씩 차지하고 살아도 되겠어."

박 씨가 신나서 말했다. 파선의 눈에도 마을은 가마 사람들이 들어가 살고도 남을 만큼 컸다. 아직 들어가 보지는 않았지만 외관으로 보이는 집들의 형태도 그리 허술한 것 같지 않았고 드문드문 2층

집도 눈에 띄었다. 기대했던 건넛마을보다는 못하지만 개간할 등성이조차 부족하던 진주의 산막과 비교하면 부잣집 못지않았다. 그러나 파선 일행이 마차에서 내리려 하자 무사 한 명이 달려와 줄 서 있던 마차들을 길 밖으로 몰아세웠다. 마을이 코앞인데 쉬었다 갈 리는 없고, 다른 사람보다 먼저 마차에서 뛰어내리려던 홍 씨와 상근은 영문을 몰라 서로 눈짓을 했다. 마차들이 비켜서자 길이 열리면서 저만치 영주와 그의 무사들이 무리지어 서 있는 게 보였다. 말에서 내린 무사들과 다다오는 영주를 중심으로 빙 둘러서 있고 영주는 말을 탄 채 그들 속에 있었다.

무슨 일일까 궁금해하던 파선은 마을이 비어 있지 않다는 걸 알았다. 파선 일행이 입주해 살아야 할 마을에 왜인들이 살고 있으니 난감한 일이었다. 영주가 파선의 가마 식구들을 철저하게 속였음이 다시 한 번 드러냈다. 파선은 할 말을 잃은 채 지켜만 보았다. 어디서 나타났는지 마을 입구 쪽에 영주의 무사들보다 더 많은 수의 무사가 치장한 말을 타고 진을 치고 있는 게 보였다. 마을로 들고 나는 길이 외길이라면 그들은 분명 시게마사 영주가 도착하기 전부터 기다리고 있던 게 틀림없었다. 분위기가 심상치 않음을 더 고조시키는 것은 좀 전에는 보이지 않던 마을 사람들의 출현이었다. 마을의 원주민들이 확실했다.

"이 동네 사람들 같은데…… 그럼, 저것들하고 같이 살라는 건가."
박 씨가 흥분해서 손가락질을 했다.

"약속이 다르잖아요."

파선은 속은 줄 알면서도 물었다. 떠나오기 전 상근은 영주가 마을 하나를 통째로 내줄 거라고 했다. 왜놈들하고 같이 살 수 없다는 부탁 정도는 아무것도 아니라며 흔쾌히 받아들였다고 했다. 하지만 가마 사람들을 위한 마을은 없어 보였다. 왜인들은 그대로 살고 있었고, 그들을 보호하는 무사들까지 있어 집을 차지하는 것은 고사하고 당장 살아서 나갈 수 있을지도 걱정이었다.

홍 씨가 잔뜩 긴장해서 상근에게 물었다.

"약속한 것 맞죠?"

"맞아, 그렇지만 저놈들 약속을 어떻게 믿겠어. 보아하니 여기 사는 사람들이 나가지 않겠다고 버티는 모양이구먼."

상근의 말끝이 흐려지는 순간, 시게마사와 비슷한 갑옷을 입은 무사가 영주를 향해 고함을 지르며 칼을 빼려 하자 시게마사 영주가 그보다 빨리 칼을 빼 번쩍 쳐들었다. 시게마사 영주가 조선으로 출정 간 사이 마을을 지배하던 영주였다. 그는 인근 번의 요시타카義隆 영주 밑에 있던 무사로, 반란을 일으켜 자신의 주군을 죽이고 세력 확장을 위해 시게마사를 기다리고 있었다.

전쟁이었다. 요란한 말발굽 소리와 무사들의 거친 숨소리, 쇠붙이 부딪치는 소리로 마을은 일순 공포에 휩싸였다. 마차에 타고 있던 가마 사람들은 놀라 비명을 질렀다. 파선은 아이들을 끌어안고 싸움 구경에 혼이 빠져 있는 상근을 잡아당겼다. 여차하면 도망쳐야 했다. 무사 두 명이 파선 일행이 타고 있는 마차를 지키고 있었지만 언제 목숨이 날아갈지 무섭기만 했다.

"여보, 저기 좀 봐, 저놈 아주 겁나게 잘 싸우네. 귀도 하나 없는 놈이."

상근이 겁도 없이 가리킨 사람은 다다오였다. 그는 영주를 향해 달려드는 요시타카 무사들을 상대해 싸우고 있었는데, 날아다니는 듯 날렵하고 정확해서 한꺼번에 서너 명의 목숨을 순식간에 날렸다. 그의 칼이 바람을 가를 때마다 상대편 무사들의 목이 피를 뿜으며 땅바닥으로 나뒹굴었다. 파선은 그의 칼 놀림이 이상하게 무지한 백정의 칼질로 보이지 않았다. 아주 오래전 열린 방문 사이로 홀로 가야금을 뜯던 어머니를 지켜봤을 때처럼 외롭고도 처연한 울림이 다다오에게서 느껴지는 것이었다. 막연하지만 그것은 어머니를 함부로 부를 수 없어 바라만 보아야 했던 그 쓸쓸하고도 서글픈 감정과 비슷했다. 어째서 그런 느낌이 들었는지는 알 수 없지만 다다오에 대한 인상이 전과 달라 파선은 적이 당황했다. 아무리 전쟁터라 해도 사람들의 호기심을 막지는 못했다. 가마 사람들은 두려움에 떨면서도 흘깃흘깃 싸움 구경을 놓치지 않았다.

다다오의 신들린 칼 솜씨는 대숲의 까마귀 소리를 잠재우고 적들의 숫자도 빠르게 줄여 나갔다. 싸움의 승패를 한눈에 알아볼 수 있을 정도로 이쪽과 저쪽의 머릿수가 차이 났다. 잠시 후, 적들의 머릿수를 헤아려 보기도 전에 다다오가 마지막 남은 적의 머리를 공중으로 날리고는 무릎을 꿇어 시게마사 영주에게 승리를 알렸다. 영주의 무사들이 승리를 환호하자 영주가 두 손을 들어 답했다.

영주가 이긴 것은 다행이었다. 다 와서 죽나 싶었던 가마 사람들 역시 영주의 승전을 환영했다. 하지만 눈앞에 펼쳐진 피비린내 나는 현장을 보고는 아연실색하지 않을 수 없었다. 땅바닥에는 두 동강이 난 시체들 천지였다. 어디선가 피 냄새를 맡은 날짐승의 움직임도 느껴졌다. 사람들은 살았다는 안도감을 느끼기도 전에 또다시 처참한 주검들과 맞닥뜨려 공포에 시달려야 했다.

가마 사람들은 좀처럼 땅바닥으로 내려서려고 하지 않았다. 죽은 무사들의 시체를 밟고 마을로 걸어 들어갈 용기 있는 누군가가 나서야 하는데, 아무도 마차에서 꼼짝하지 않았다. 산돼지를 잡아 어깨에 메고 내려올 정도로 담력이 좋은 박 씨도 데굴데굴 굴러다니는 목숨들을 보고는 새파랗게 질려 고개조차 돌리지 못했다. 한시라도 빨리 이곳에서 벗어나야 한다는 생각이 들자 파선이 먼저 용기를 냈다.

"그만들 일어나요, 살았으니 됐잖아요. 얼른 마을로 들어갑시다."

파선의 말에 무안해진 상근이 먼저 마차에서 뛰어내려 끌어안고 있던 흙 가마니를 어깨에 들쳐 메자, 다른 이들도 하나 둘 경황없이 마차에서 내려섰다. 영주를 중심으로 모여 있던 다다오와 무사들이 흩어져 달아나는 마을 사람들을 뒤쫓기 시작하자 영주는 자신의 무사들을 흐뭇하게 바라보았다.

그러나 희뿌연 연기가 피어오르기 시작하면서 마을의 실체는 또다시 미궁 속으로 빠져들었다. 마을 아래쪽에서 시작된 불이 서서히 위쪽으로 옮겨 붙더니 마을 전체가 삽시간에 불바다로 변해 버렸다. 영주도 당황한 듯 말머리가 방향을 잃고 허둥거렸다. 시커먼 연기 속에서 영주의 무사들에 의해 난도질당하는 마을 사람들의 비명이 들려오자 땅으로 내려섰던 상근은 놀라 다시 마차 위로 뛰어들었다.

"저런 미친놈들! 집은 왜 불태우고 지랄이야. 졌으면 곱게 물러날 것이지 왜 남의 쪽박은 깨부수고 지랄이냐 말여. 죽어도 싸지."

점찍어 놓았던 집이 불에 타자 허 씨가 화나서 내뱉었다.

"그러게 말여, 저놈들은 상도도 모르는 가벼. 같은 그릇쟁이들끼리 그러면 안 되지, 암만."

"그나저나 집이 불탔으니 우리는 어디서 산데요?"

처음부터 제집이었던 양 가마 사람들은 발을 동동 구르며 소리쳤다. 몇몇은 당장이라도 물동이를 들고 달려가 불을 끌 듯했지만, 영주가 떡 버티고 있어 함부로 움직일 수 없었다.

"잠깐 기다려요, 다다오가 갔으니 곧 끝나겠지요."

파선의 말이 끝나기 무섭게 다다오와 그의 무사들이 돌아왔다. 그들에게서 매캐한 불 냄새와 진득한 피 냄새가 코를 찔렀다. 죽음보다 더 무서운 것이 당장 먹고 사는 일이라 가마 사람들의 관심은 여전히 불타는 집들이었고, 무사들이 불을 끄지 않고 돌아온 것이 안타깝기만 했다. 모든 것이 불가항력이었다. 대숲 까마귀들의 목청이 시들해지자 삼나무 숲에서 저녁 이내가 피어올랐다. 무거운 피로를 매단 무사들은 전열을 가다듬었고, 축축하고 음산한 공기로 가득한 마을은 서서히 어둠 속으로 침몰했다.

다다미방은 차서 잠을 자도 개운하지 않았다. 자고 일어나면 몸이 여기저기 쑤시고 아팠다. 뜨듯한 온돌을 그리워하기에는 많은 시간이 흘러 버렸지만, 파선은 아침마다 아랫목에 대한 그리움을 지워 버릴 수 없었다. 아리타에 정착한 지 3년이 지났다. 이곳 생활에 익숙해진 사람도 있지만, 대부분은 산막 생활을 견디기 힘들어했다. 불에 탄 집들을 수리해서 간신히 눈비만 피하는 정도라 집이라고 할 수도 없었다. 흙으로 지은 조선의 집과는 구조부터가 달라 익숙하지 않았다. 빈 땅을 일궈 콩과 밀을 심었지만 제대로 자라지 않았고, 영주가 수확도 하기 전에 세부터 받아 가 가마 사람들의 생활은 궁핍하기 그지없었다.

영주의 그러한 횡포는 결국 상근에 대한 원망으로 돌아와 가마 사람들 간에 적잖은 불협화음이 일었다. 파선은 그럴 때마다 까맣게 말라 가는 상근을 보는 것이 괴롭기만 했다. 벌써 두 명의 도공을 잃었다. 젊은 도공 한 명은 한밤중에 낫을 들고 상근의 집으로 들이닥쳐 같이 죽자고 덤볐다. 상근만 믿고 왜국으로 왔는데, 약속이 다르다는 이유였다. 상근은 아무 말도 하지 못했다. 파선과 홍 씨가 도공을 달랬지만 이튿날 아침 그는 끝내 산으로 올라가 목을 맸다. 또 한 사람은 혼자서라도 진주로 돌아가겠다며 마을을 벗어났다 뒤쫓아간 다다오에 의해 죽었다. 가마 사람들은 서로 의지하지 않으면 굶어 죽거나 다다오의 칼에 죽거나 둘 중 하나라는 사실을 깨닫기 시작했다.

영주와 다다오는 무사들과 함께 건너편 큰 마을에 살았다. 그곳에는 다다오 말고도 수십 명의 무사가 영주와 한 마을에 살면서 가마 사람들을 감시했다. 상근의 가마 사람들이 살고 있는 마을 초입부터 가마 주변까지 영주의 무사들이 교대로 지켰고, 다다오와 영주도 가끔 찾아와 가마를 순시하고 돌아갔다. 영주의 방문은 대개 도자기 주문을 하거나 가마 사람들에게 겁을 주기 위한 경우가 많았다.

가마 식구들이 산을 벗어나려면 여러 절차가 필요했지만, 왜인들이 가마에 들어오기는 쉬웠다. 그들은 주로 시게마사 영주가 자신의 위세를 보여 주기 위해 데려오는 다른 지역의 영주들이거나 천황의 비호 세력인 중앙의 다이묘들이었다.

상근은 새벽같이 가마에 나가고 없었다. 상근의 건강은 점점 악화되었다. 엊저녁에는 각혈까지 해 그가 죽는 줄만 알았다. 피를 토하고 나서 그런지 속이 시원한 것 같다고 다시 눈을 붙이기에 파선은 겨우 마음을 놓았다. 이제야 가마가 꼴을 갖추어 사발을 굽기 시작했고 끼니도 이어 갈 수 있게 되었는데, 상근의 몸은 회복될 기미를 보이지 않았다. 제대로 먹고 쉬면 괜찮아질 듯싶은데, 아리타로 온 뒤 상근은 기름기 있는 음식 한번 먹지 못했다. 가마 사람들 중에는 상근과 같은 병을 앓는 사람이 여럿 있었고 나머지 사람들도 얼굴이 누렇게 뜨거나 푸석푸석했다. 파선은 마음이 바빴다. 상근만 바라보고 있기에는 시간이 너무 더디게 흘렀고 산막의 형편은 좀처럼 나아지지 않았다. 본의 아니게 가마 사람들에게 진 빚을 갚으려면 가마가 잘 돌아가야 했다. 파선이 마당으로 나서자 원숙 어미가 바쁘게 쫓아왔다. 그녀는 전혀 다른 사람이 되어 있었다. 배 위에서의 일들은 기억조차 없는 듯 보였다. 그녀가 믿는 하느님 때문이었다. 파선도 그녀를 따라 가끔 신부님을 만나러 가기는 하지만, 그녀처럼 열심히 다니지는 않았다.

"언니, 아침밥 다 됐어."

"기다려, 가마에 다녀올게."

원숙 어미는 파선과 함께 살았다. 가족의 수가 많은 사람들은 산막에 따로 집이 있었고, 혼자인 사람들은 공동생활을 했다. 영주가 상근의 가마 식구들을 들이기 위해 원주민들과 전쟁을 하면서까지 차지했지만 쓸 만한 집은 거의 없었다. 상근의 가마는 장작꾼들이 사는 집 근처에 있었다. 왜국의 도공들이 쓰던 것을 상근이 손봐서 쓰고, 성형틀과 성토, 채석에 필요한 기구들 대부분은 영주가 새로 마련해 주었다. 대신 영주는 가맛골에서 나오는 모든 자기에 세를 물렸다. 하나부터 열까지 모두 외상이나 마찬가지인 셈이었다.

영주를 대신해 가마의 관리를 맡고 있는 왜국인 하라다는 조선

말도 곧잘 했다. 그는 가마에서 필요로 하는 것들을 주문받아 꼼꼼히 기록했다가 제 날짜에 정확히 가져왔다. 대신 무상으로 주는 것이 아니라 가마가 정상으로 돌아갈 경우 세稅로 갚아야 한다는 조건이 붙었다.

아무것도 필요없다고 맨손으로 끌고 와놓고 영주는 결국 가마 사람들을 상대로 장사를 하는 셈이었다. 영주의 주문대로 그릇을 만들었지만 이런저런 세를 붙여 가마 식구들이 받는 곡식은 쌀 서너 가마에 잡곡 몇 말 정도밖에 안 되었다. 가마를 벗어날 수 없어 다른 식량을 구할 수도 없었다. 진주에서와 마찬가지로 산나물 죽에 의지할 수밖에 없었다. 상근이 조심스럽게 항의해 봤지만 영주는 좋은 물건을 많이 생산해 주면 세를 감면해 주겠다는 약속으로 가마 사람들을 회유했다. 가마는 더 이상 상근의 것이 아니라 영주의 것이었다.

가마 사람들은 저마다 나무로 만든 명찰을 목에 걸고 있어야 했다. 이름과 맡은 역할이 적혀 있어 명찰이 없으면 가마 출입이 어려웠다. 가마 사람들은 잠을 잘 때도 명찰을 목에 걸고 잤다.

날씨 탓인지 마을은 늘 우울한 분위기가 감돌았다. 봄에도 그렇고 여름에도 큰 변화가 없었다. 가장 버티기 힘든 계절은 겨울이었다. 가마 사람들은 겨울 동안 무덤 속 같은 산막에서 꼼짝 않고 지냈다. 그렇게 긴 겨울을 지내고 봄을 맞았다. 힘든 가운데도 파선은 그런대로 산막 생활에 적응해 나가려 애썼다. 그나마 남편과 아이들이 힘든 생활을 잊게 해주었다. 쉽게 돌아갈 수 없다는 걸 알기에 살려고 노력하는 수밖에 없었다.

가마가 보였다. 가마를 둘러싸고 있는 대나무 숲에서 쏴아 하는 기이한 소리가 들려왔다. 온통 대나무 숲이었다. 가마에 필요한 소나무는 정작 다른 마을에서 구해 왔다. 파선은 하늘을 찌를 듯 까마득히 솟은 대나무 숲을 볼 때마다 영주의 무사들이 차고 있는 시퍼런 칼이 떠올랐다. 차갑고 기이한 소리를 내는 대숲이 음산하게 느껴졌다. 대나무를 빼놓고는 살 수 없는 곳이었다. 집도 밥그릇도 차고 검은 대나무로 만들었고 바구니와 숟가락, 가마의 선반까지 모든 게 대나무 일색이었다. 파선은 대숲이 붉은 수수밭이라면 얼마나 좋을까 생각해 보았다.

파선을 본 상근이 삐죽이 웃었다. 상근의 바싹 마른 목이 썰렁해 보였다. 파선은 상근을 향해 밥 먹자고 손짓했다. 기다리고 있었다는 듯 상근이 가마 사람들 속에서 성큼성큼 걸어왔다. 상근은 가마의 모든 일을 파선과 상의하고 결정했다. 언제부턴가 파선도 상근이 자신을 많이 의지하고 있다는 것을 느끼고 있었다. 상근은 파선이 직접 참여하지 못한 가마 일을 하나도 빼놓지 않고 설명해 주었다. 그녀는 상근의 설명을 언문으로 적고 그림으로 그려서 보관했다. 또 상근의 고조부 때부터 전해 내려왔다는 유약의 비법이나 불 때기 등에 관한 이야기도 빠뜨리지 않고 기억했다.

"시장하시죠?"

상근은 반가움이 역력했다.

"괜찮아, 얼른 가서 먹으면 되지."

그는 파선에게 투정은 부려도 화는 내지 않았다. 화를 냈다가도 파선만 보면 좋아서 어쩔 줄 몰랐다. 무엇이 그렇게 좋으냐고 물으면, 언제나 한결같이 고와서라고 대답했다.

"아직 싸늘한데, 옷이 이게 뭐야."

상근은 제 드러난 목보다 파선의 얇은 저고리를 걱정했다.

"봄인데요, 뭐."

상근의 손이 저고리에 닿자 파선이 움찔해서 뒤로 물러났다.

"아이 참! 누가 봐요."

상근이 장난스럽게 웃었다. 두 사람은 앞서거니 뒤서거니 하면서 집 쪽으로 향했다.

"성토 작업은 어때요?

"분쇄하는 데 사나흘은 걸릴 것 같아."

채석보다 어려운 과정이 성토였다. 상근의 가마에 들어오는 도석은 모두 가라츠唐津의 이즈미야마泉山 채석장에서 들여왔다. 도석이 절대적으로 부족한 왜국에서 그 도석 광산을 발견한 사람은 조선인으로, 가라츠 도자기를 처음 만든 사람이라고 했다. 채굴된 도석을 상근의 가마까지 마차로 실어 오는 데만 20여 일이 걸렸다. 커다란 돌덩어리는 수집 시기별로 반년에서 일 년 동안 묵혀야만 쓸 수 있었다. 성토 작업은 묵힌 도석을 주먹 크기만 하게 잘라 분쇄하는 일이었다. 상근은 요즘 그 일에 매달렸다. 그러나 성형에 적합한 점토가 되기까지는 분쇄된 도석을 체에 걸러 햇빛에 말려야 하는 복잡한 과정을 거쳐야 했다. 여러 조건이 조선과 달라 익히는 데만도 오랜 시간이 걸렸다.

대숲 가까이 나 있는 길은 마차 바퀴가 또렷했다. 파선은 질척해진 바퀴 자국을 피해 조심조심 걸었다. 닳은 미투리는 오래지 않아 구멍이 날 듯 나달나달했다. 이곳에 올 때 가져온 두 켤레의 미투리 중 하나였다. 하나는 신고 있는 것보다 상태가 좋아 가마에 큰일이 있을 때나 산막을 벗어날 때만 신었다. 폴짝거리며 앞서 걷는 파선의 모습이 귀여웠던지 상근이 한마디 했다.

"계집애처럼 걷네. 누가 보면 처녀인 줄 알겠어."

파선은 걷다 말고 뒤돌아섰다. 상근의 말투가 농인지 나무람인지 모호하게 들렸다.

"그럼 처녀 행세 한번 해볼까요?"

"뭐야!"

상근이 짓궂게 파선을 뒤쫓았다. 대숲에서 바람이 불었다. 파선의 치맛자락이 펄럭거렸다. 치마 사이로 속바지와 정강이가 슬쩍슬쩍 내비쳤다. 옷고름은 연 꼬리처럼 나풀거렸다. 상근은 잠깐 걸음을 멈추고 헐떡거렸다. 몇 걸음 뛰지 않았는데 숨이 찼다. 파선이 놀라서 뛰어왔다. 상근은 금방이라도 숨이 끊어질 듯 캑캑거리며 죽겠다는 시늉을 했다.

"여기 좀 앉아서 쉬어 봐요."

파선이 상근을 부축해 길가 대숲에 앉혔다. 지병이라 이력이 나기도 했지만, 파선은 매번 가슴이 덜컥 내려앉았다. 파선이 상근의 등을 토닥거리며 근심 가득한 눈으로 바라보자, 상근이 갑자기 그녀를 끌어안았다. 그녀가 당황해 몸을 빼려 하자 이번에는 저고리 속으로 손을 쑥 집어넣었다. 몸이 약하다 해도 남자의 손힘을 당해 내기는 쉽지 않았다. 파선은 계속 뿌리쳤지만 상근은 듣지 않았다. 다른 일에는 소심하면서 그녀한테는 급하고 과감했다. 파선은 그가 일찍 어미를 잃어 자신을 어미처럼 생각해 그럴지도 모른다고 이해하다가도 어느 때 보면 그것도 아닌 것 같았다. 상근이 파선을 번쩍 안고 대숲으로 들어갔다. 어찌해 볼 겨를도 없이 그녀는 대숲으로 들어오고 말았다. 이미 옷고름이 풀어져 젖가슴 한쪽이 훤히 드러나고 말았다.

"당신 미쳤어요?"

"그려, 나 미쳤어. 자네 구경한 지 한 달도 넘었다고."

상근의 말이 틀린 소리는 아니었다. 아이들이 크면서 상근과 자는 일이 쉽지 않았다.

"아무리 그래도 여기는 밖이잖아요."

혹여 누가 들을까, 그녀는 기어들어 가는 소리로 말했다. 그러거나 말거나 상근은 멈추려 하지 않았다. 그녀는 더 이상 상근을 말릴 수 없었다. 파선의 치마 속을 깊숙이 파고든 상근은 연달아 행복한 비명을 질렀다. 그의 거친 힘이 어디서 나오는지 파선은 이해할 수 없었다. 특별한 음식을 먹는 것도 아니고 체력을 타고난 사람도 아니었다. 그는 장작개비 하나 시원하게 빠개지 못했다. 그녀는 대숲으로 쏟아지는 햇살이 시려 눈을 감았다. 상근은 한참 동안 파선에게서 떨어지지 않았다. 대숲에 까맣게 앉아 있는 까마귀 따위는 신경 쓰지 않았다.

"남들 보면 어쩌려고. 다시는 그러지 말아요."

상근이 멋쩍게 웃으며 파선을 일으켰다.

"알았어, 알았어."

상근은 이마에 흐르는 땀을 닦아 냈다. 뜨거운 가마에 들어갔다 나온 양 등허리가 흠뻑 젖어 있었다. 기를 다 쓴 듯 혼곤해 보이고 빈 술병 같지만, 눈빛은 맑았다. 상근은 휘청거리며 대숲에서 나왔다. 쑥스럽기는 파선도 마찬가지였다. 그의 힘으로 대숲에 들어가긴 했지만 공연히 무안했다. 부부라는 사실을 떠나 밤도 아닌 낮에 그것도 대숲에서 몸을 드러내기는 싫었다. 그녀는 다시 앞장서서 걸었다. 해가 중천인데 산자락을 감싸고 있는 희뿌연 안개는 여전했다.

가까이서 말발굽 소리가 들려오는가 싶더니 다다오가 가마를 향해 달려오고 있었다. 상근과 파선은 짐짓 놀라 옆으로 비켜섰다. 파선은 공연히 나쁜 짓을 하다 들킨 양 얼굴이 벌게졌다. 상근도 좀 전의 흥분이 가시지 않은 듯 자꾸 귀때기를 만졌다.

다다오의 복장은 전과 달랐다. 옷은 더 화려해지고 콧수염만 있던 얼굴은 턱수염까지 길게 자란 모습이었다. 어깨에 박힌 조롱박 문양도 꽃무늬 문양으로 바뀌어 있었다. 그는 주로 가마를 관리하는 하라다를 만나러 오거나 영주의 뜻을 전하러 가마를 찾았다.

"하라다 있는가?"

다다오는 대화가 가능할 정도로 조선말을 알고 있었다. 상근은 여전히 왜국 말에 더뎠지만 파선은 이제 그들의 말을 잘 알아들었다. 전에는 간단한 대화 정도만 할 줄 알았는데 지금은 글자를 쓸 줄도 알았다. 파선이 왜국 말을 잘하다 보니 역관은 급한 일을 핑계로 자주 산막을 빠져나갔다. 다다오가 하라다를 찾자 긴장한 상근이 파선을 툭 쳤다. 다다오의 말이 상근과 파선이 서 있는 코앞으로 다가와 푸르릉거렸다. 두 사람은 하마터면 뒤로 넘어질 뻔했다. 머뭇거리는 상근을 대신해 파선이 대답했다.

"있을 것입니다."

대숲에서는 그리 거칠던 상근이 다다오 앞에서는 뱀을 만난 듯 움츠러들었다. 그 정도 말은 필시 알아들었을 텐데, 상근은 입을 떼려 하지 않았다. 이번에도 파선이 대답했다.

"전할 말이 있으니 잠깐."

다다오가 가마 쪽을 바라보며 말했다. 파선은 그가 영주의 전갈을 가지고 왔다고 생각했다.

"먼저 가세요. 다다오가 가마에 가서 할 얘기가 있는 모양이네요."

"저놈 성질 건드리지 말고 조심해. 고분고분하라고."

파선은 상근을 먼저 집으로 보내고 다시 가마로 향했다.

다다오가 말을 탄 채 천천히 뒤따라왔다. 그녀는 다다오가 상근과 대숲에 들어가는 걸 본 것은 아닌가 은근히 신경 쓰였다. 펄럭이는 치맛자락조차 공연히 민망했다.

"성토 작업은 순조롭소?"

말에서 내려선 그가 파선에게 물었다.

"분쇄하고 있습니다. 사나흘 후면 점토 작업을 할 수 있을 것입니다."

"가마 상황을 직접 살펴봐야겠소."

"믿지 못하시는군요."

하라다를 통해 이미 가마 일정을 전달했는데 다다오가 다시 눈으로 직접 확인하겠다는 것이었다. 파선이 싸늘한 얼굴로 똑바로 쳐다보며 말하자 그가 당황했다.

"아, 그런가."

파선은 그들에게 비굴하게 보일수록 가마 사람들이 불리해진다는 걸 조금씩 느꼈다. 힘이란 팽팽해야 공정해질 수 있다는 걸 그들이 가르쳐 준 셈이었다. 그 힘이 한 사람의 힘이 아니라 가마 식구들 모두의 힘이어야 한다는 사실을 깨달았기 때문에 왜국의 말을 필사적으로 배운 것이었다. 비겁함이 굳어지면 공포는 타인이 아니라 자기 자신이 만들어 내는 족쇄가 되고 마는 것이다. 가마 사람들이 영주에게 무조건 복종하는 것은 그들의 강압 때문이 아니라, 가마 사람들이 그들의 강요를 판단하고 인식할 수 있는 능력을 발휘하지 않기 때문이라는 생각이었다.

그러나 다다오는 당황하면서도 입가에 엷은 미소를 내비쳤다. 위엄 속에 감춰진 그의 또 다른 모습이 있다는 것을 파선은 여러 번 느꼈다. 쓰러진 원숙 어미를 일으켜 줄 때도 그랬고, 작년 겨울 눈 속에 꼼짝없이 갇혀 있을 때도 그가 무사들을 보내 눈 치우는 일을 도왔다. 다다오의 그런 행동이 본인의 생각인지 영주의 뜻인지 모르지만 그녀는 조금씩 다다오의 다른 면을 보게 되었다.

그녀는 닳은 미투리 속으로 흙탕물이 스며들어 발이 시렸지만 가마를 살펴보러 간 다다오가 올 때까지 마당에서 기다려야 했다. 그는 사나흘에 한 번씩 가맛골에 들러 가마를 살피고 돌아가 영주에게 보고했다. 하라다를 통해 가마의 일정을 보고받는데도 다다오는 빠지지 않고 가마에 들러 파선에게 이것저것 물어보곤 했다.

다다오가 가마를 둘러본 뒤 마당에 서 있는 파선에게 다가왔다.

"뭐! 잘 알았소, 다음 일정에 맞춰 다시 오겠소."

다다오는 바로 말에 오르지 않고 그녀에게 뭔가 할 말이 있는 듯 진흙물이 든 그녀의 시린 발등을 내려다보다가, 그녀가 쳐다보자 얼른 말고삐를 잡았다.

"길바닥에 대나무라도 깔아야 되지 않겠소? 길이 저래서 어찌 마차가 다닐 수 있겠소."

"바쁘신데 얼른 가보세요."

가보라는 말에 다다오가 당황해서 발길을 돌렸다. 파선은 자신을 대하는 다다오의 말과 눈빛을 종잡을 수가 없었다. 어느 때는 무서운가 하면 어느 때는 만만해 보이고 물렁해 보이기까지 해서 헷갈렸다.

다다오가 말머리를 돌리더니 건너편 마을을 향해 달렸다. 그의 꽁지머리와 말꼬리가 멀리서도 우스꽝스러워 보였다. 대숲의 까마귀들이 일제히 날았다. 왜국의 까마귀는 길조였다. 파선은 대숲을 뒤흔드는 무수한 길조들의 날갯짓을 바라보며 운무가 걷히고 봄이 오기를 고대했다.

원숙 어미가 아침상을 차려 놓고 두 사람을 기다리고 있었다. 소금에 절인 정어리와 매실, 심심한 된장국이 전부였다. 진주라면 이맘때 된장국에 달래를 넣거나 냉이를 넣어 끓였을 것이다. 진주는 봄이 일찍 찾아와 송촌리 산막에는 우수만 지나도 취하고 원추리를 뜯을 수 있었다. 된장에 무친 취나물은 입맛 살리는 데 최고인데, 이곳 산에서는 취를 구경할 수가 없었다. 매실은 가마 근처에 네댓 그루 있어 가마 사람들이 먹기에 충분했지만 콩은 제대로 자라지 않아 항상 부족했다. 두 아들은 벌써 나가고 보이지 않았다. 진주를 떠날 때 여섯 살, 네 살이던 아이들은 그새 훌쩍 자라 큰애는 아홉 살이 되고, 작은애는 일곱 살이 되었다. 큰아들은 상근을 닮아 몸이 허약한 데 반해 작은아들은 체구는 작지만 야무지고 단단했다. 두 아들은 가마에서 채색을 하는 홍 씨 부친한테 천자문을 배우러 간 것이었다. 홍 씨의 부친은 조선에서 떠돌이 훈장을 하다 아들을 따라 왜국으로 왔지만 달리 할 일이 없어 가마 식구들에게 글을 가르쳤다. 상근이 그렇게 해달라고 부탁을 넣어 시작한 일이었다.

"언니, 오늘 저녁에 집회 있어. 함께 가자."

집회 장소는 영주가 사는 마을 근처로, 파선도 몇 번 가본 곳이었다. 영주도 신부를 통해 천주교 신자가 되었기 때문에 가끔씩 얼굴을 비쳤는데, 신부와 잠깐 면담을 나누고는 이내 가버렸다. 왜인들은 영주의 방문을 반겼지만 가마 사람들은 하느님을 만나러 와서까지 영주 얼굴 보는 걸 마땅치 않아 했다. 그의 비단 옷자락 소리만 들려도 고개를 숙였다. 원숙 어미는 영주가 많이 달라졌다고, 신자들과 이야기도 하고 음식도 나누어 먹는다고 좋아했지만, 그 역시 왜인들과의 얘기였지 가마 사람들과 그러한 것은 아니었다.

"그럴까?"

파선은 상근이 가라고 해야 맘이 편할 듯해 눈치를 보았다. 밥사발을 반도 비우지 않고 수저를 내려놓은 상근이 길게 하품을 하면서 말했다.

"다녀와."

집회는 비밀리에 이루어졌다. 신자가 된 영주의 도움으로 아리타는 아직 무사했지만, 다른 번의 신자들은 도요토미에 의해 죽임을 당한 경우가 많았다. 많은 선교사가 순교했다는 소식이 아리타에까지 퍼지면서 신도들도 전보다 눈에 띄게 줄었다. 파스비데스 신부는 다행히 규고쿠九國의 많은 영주를 신자로 만든 덕분에 위험을 피하고 있지만 언제 화를 당할지 알 수 없는 일이었다.

"언니, 신부님이 가마 식구들을 특별히 생각하고 있어. 괜찮다면 가마에 와서 집회하고 싶대."

"그건 안 돼. 가라츠에서도 도공들이 공개적으로 처형당했대. 애 어른 할 것 없이 모조리 말이야."

상근은 단호했다. 개인적으로 집회에 나가는 것은 말리지 않았지만, 가마 식구들을 위험에 빠뜨리는 일은 허락할 수 없었다. 빠지지 않고 집회에 나가는 사람은 원숙 어미가 유일했다. 다른 사람들도 파선처럼 구경 다니듯 이따금 나갈 뿐 온전히 믿는 것은 아니었다. 아리타의 천주교 신자는 모두 합쳐 쉰 명도 안 되었다. 신부의 활발한 선교 활동에 비해 대단히 적은 숫자였다.

"괜찮아요, 하느님께서 다 지켜 주신대요."

원숙 어미의 믿음은 튼실했다. 그녀는 기도하는 것으로 하루를 시작했다. 모든 슬픔과 고통을 하느님께 맡기고 나니 세상 걱정이 사라졌다고 말했다. 가마 사람들은 솔직히 신부의 말보다 원숙 어미의 말을 더 믿었다. 그녀가 완전히 달라졌기 때문이다. 파선도 가라츠의 도공들 소식을 모르지 않았다. 한 달에 한 번씩 이즈미야마 채석장에서 원석을 가져오는 사람들로부터 소식을 들었다. 하지만 원숙 어미의 말대로 영주까지 믿는데 그리 걱정할 일은 아닌 듯했다. 파선은 상근에게 더 이상 설명하지 말라고 눈치를 주었다. 원숙 어미가 밥상을 들고 물러났다.

　상근은 자리에 눕더니 바로 잠에 빠져들었다. 파선은 차가운 다다미 바닥에 쓰러져 자는 그에게 이불을 덮어 주었다. 가만히 보니 그의 오른쪽 검지 손톱이 까맣게 죽어 있었다. 다른 손톱도 제 색깔이 아니었다. 입술은 검고 피부는 까칠했다. 흰머리도 하나 둘 눈에 띄었다. 뒤꿈치에는 두꺼운 각질이 생겨 쩍쩍 갈라져 있었다.

　그녀는 상근 옆에 다소곳이 앉아 바느질을 시작했다. 상근의 새 저고리를 만드는 중이었다. 하얀 옥양목이 눈부셨다. 저고리는 품과 길이가 전보다 훨씬 작았다. 예전의 상근이 아니었다. 혼인할 당시, 그는 인근 마을에서 힘깨나 쓴다는 말을 들을 정도로 몸이 좋았다. 어느 해엔가는 진주 장터에 나가 장꾼들과 씨름해서 이겨 막걸리 한 통을 받아 온 적도 있었다.

　파선은 잠든 상근의 얼굴을 내려다보았다. 꼭 죽은 듯한 모습이었다. 숨을 쉬고 있는지 걱정되어 파선은 상근의 콧구멍 가까이 손가락을 대보았다. 그의 따뜻한 숨결이 느껴졌다. 가마가 잘되면 상근의 몸도 필시 좋아질 것이었다. 그는 서른여섯이고 한창 일할 나이였다. 지금까지 잘 버텼으니 앞으로도 상근은 잘 견딜 것이었다. 파선은 그렇게 믿으며 저고리에 옷고름을 달았다. 상근이 새 저고리를 입고 환하게 웃을 걸 생각하니 손끝이 바빴다.

상근이 잠에서 깨지 않아 그녀가 대신 가마에 나가 봐야 했다. 가마 일에는 좀처럼 게으름을 피우지 않는 상근이 오늘은 기척 한 번 안 하고 깊은 잠에 빠져 있었다. 파선은 저녁에 원숙 어미와 집회에 가야 해서 마음이 바빴다. 그녀는 마무리된 저고리를 상근의 머리맡에 놓아두고 서둘러 일어났다. 어둑한 집 안이 오늘따라 더 썰렁하게 느껴졌다. 해가 중천인데도 꼭 저녁 무렵 같았다. 걸음을 뗄 적마다 뒤틀린 다다미가 삐걱삐걱 소리를 냈다.

미닫이문을 열고 나가려던 파선은 방 한구석에 기대져 있는 흙 가마니를 보았다. 상근이 진주의 가마를 헐어서 가져온 것이었다. 흙 가마니는 아무 쓰임 없이 줄곧 그곳에 놓여 있었다. 힘들게 메고 온 상근도 이제는 잊어버린 듯 무관심했다. 새 여자를 얻은 양 이곳의 가마에만 열중했고 진주의 흙 가마니한테는 눈길조차 주지 않았다. 파선은 상근 몰래 흙 가마니를 텃밭에 쏟아부으려고도 했다. 잘 자라지 않는 채소밭에 거름을 주듯 흙을 뿌리고 싶었지만 상근이 언젠가는 찾을 것 같아 그렇게 할 수가 없었다. 파선은 흙 가마니를 한 번 쓸어 보았다. 홀쭉해진 흙 가마니는 버려진 듯 처량해 보였지만 여전히 진주의 흙냄새를 잃지 않고 있었다. 집 한가운데 버티고 앉아 자신을 기억해 달라며 진주의 마른 흙냄새를 풀풀거렸다.

파선은 서둘러 가마로 향했다. 대숲을 지나려니 아까 일이 떠올라 무안했다. 새벽부터 대숲을 들락거렸으니 상근이 고단할 만도 했다. 그녀는 슬며시 웃음이 나왔다. 자신을 그토록 위해 주는 상근이 고마웠다. 그의 말대로 아들 하나 더 낳아야 할지도 모른다는 생각이 들었다. 그녀가 생각에 빠져 걷고 있을 때 무언가 휙 하고 지나갔다. 말이었다. 다다오가 관리인 하라다를 만난 뒤 돌아가고 있었다. 대숲의 까마귀 떼가 또 일제히 날아올랐다. 하루에도 수십 번 보는 풍경이었다. 그녀는 아무리 좋게 보려고 해도 까마귀가 길조라는 생각이 들지 않았다. 까마귀 소리는 우울한 산골 분위기를 더 음산하게 만들었다.

성토 작업은 상근의 말대로 3~4일 걸릴 듯 보였다. 파선이 나타나자 가마 사람들이 알은체를 했다. 그녀를 만만하게 보는 사람은 아무도 없었다. 어떤 면에서는 상근보다 훨씬 뛰어나다는 것을 그들도 알았다. 왜국 사람과 제대로 이야기를 나눌 수 있는 사람이라는 것에 대한 신뢰도 따랐다.

가마는 작업장 안쪽 깊숙이 있었다. 가마 옆으로 있는 세 개의 오두막은 채색실과 성형소, 점토소였다. 마당 입구 가마니에 덮여 있는 바윗덩어리 같은 도석은 이즈미야마 광산에서 채굴해 가져온 지 1년 넘은 것들이었다. 성토 작업은 주로 간이 천막이 쳐진 마당 한쪽에서 이루어졌다. 주먹 크기 정도로 잘라진 도석 덩어리를 두 사람이 맷돌 같은 성형기 속으로 퍼 넣었다. 성형기는 연자방아와 비슷한 기계로, 힘 좋은 인부 두세 명이 돌리면 도석 덩어리가 갈리면서 가루가 되었다. 진주의 과부들이 송촌리 산막으로 야반도주해 올 정도라는 우스갯소리가 나돌 만큼 성토 작업을 하는 도공들은 힘이 좋앉다. 또 한쪽에서는 갈린 도석 가루를 가져다 커다란 체에 넣고 흔들어 더 고운 가루로 만들었다. 그릇을 만들기 위한 태토 작업이었다. 성형기는 상근 일행보다 먼저 아리타로 끌려온 조선 도공이 개발한 기계였다. 도석 광산을 발견하고 성형 기계를 제작한 사람 모두 조선 도공들이었다. 그것은 금덩어리보다 사발에 더 관심이 많은 왜인들의 욕심으로 만들어진 결과였다.

파선은 그들이 밥사발과 국사발 같은 그릇들을 왜 그리 대단한 물건으로 취급하는지 이해할 수 없었다. 모양과 색이 다르긴 하지만, 왜국의 그릇도 품질이 떨어져 보이지는 않았다. 영주가 작년에 가져와 보여 준 명나라 그릇도 파선의 눈에는 큰 차이가 없어 보였다. 그러나 영주는 파선과 다르게 생각했다. 조선의 막사발이 최고라고 치켜세우며 우스꽝스러운 머리를 절레절레 흔들었다. 그때 영주가 본 사발은 파선이 공들여 채색한 것도 아니었다. 졸다가 붓이 미끄러져 그림의 구도도 맞지 않았다. 영주는 잘못 그려진 새의 긴 부리를 오히려 높이 평가했다. 파선은 잠시 헷갈렸지만 그들의 안목을 휘어잡는 것이 무엇인지 알게 되었다.

조선 도자기에 우호적인 영주지만, 그는 결코 만만한 존재가 아니었다. 그는 하느님을 믿고 조선 사발을 좋아하면서도 가마의 세는 매년 올려 받았다. 가마의 관리자인 하라다 역시 도공들의 집과 가마를 수시로 돌았고 조금이라도 이상한 점이 발견되면 곧바로 영주한테 알렸다.

성토 작업을 지켜보던 파선은 체에 걸러진 가루를 집어 손끝으로 살살 문질러 보았다. 쿵쿵거리며 냄새를 맡은 뒤 입안에 넣고 혀를 굴렸다. 미수를 맛보는 듯 입맛을 다시며 오래도록 돌가루 맛을 보았다. 또 도석 가루를 한주먹 공중으로 날려 흩어지는 모양도 자세히 관찰했다. 성토 작업을 하던 가마 사람들이 그녀의 행동을 유심히 지켜보았다. 가루의 질감은 상근도 검사했지만, 맛을 보거나 냄새를 맡아 보는 검사는 파선이 처음 하는 것이었다.

"점토로 쓰기에는 습기가 많아요. 일정을 늦추고 더 말리세요."

가마 사람들이 어리둥절한 표정으로 파선을 쳐다보았다. 작업 일정을 늦추려면 영주의 허락이 있어야 했다. 그러잖아도 성토 작업이 늦어져 영주의 조바심을 사고 있는데, 시간을 더 달라고 하면 무슨 일이 생길지 몰랐다.

"그건 곤란합니다. 아까도 다다오가 와서 작업 일정을 확인하고 돌아갔어요."

작업반장이 걱정스럽게 말했다. 그는 가마에서 가장 성실한 사람이었다. 죽은 원숙 아비의 사촌 동생으로, 상근이 진주에 가마터를 잡을 때부터 함께했다. 그의 아내 역시 가마에서 세공을 맡고 있어 파선도 남다르게 생각했다.

"알아요, 그 문제는 제가 책임질게요."

말은 그렇게 했지만 어떻게 책임져야 할지는 파선도 알지 못했다. 엊저녁에 상근이 지나가는 말로 옛날에 그러한 도공이 있었다더라고 한 말이 기억나 그렇게 해본 것이었다. 돌가루에도 맛과 냄새가 있다는 말이 틀리지 않을 것 같았다. 파선이 맛본 도석 가루는 딱히 무슨 맛이라고 할 수는 없지만 그들이 주문한 백자에 어울릴 만한 맛이 아니라는 생각이 들었다. 백자의 향기와 멋을 살릴 수 있는 맛이 분명 있을 거라는 느낌이 있어 그리 말한 것이다. 그 자신감이 얼마나 큰 문제를 불러올지는 당장 생각하고 싶지 않았다.

"좋은 물건 만들면 되니까 걱정하지 마세요."

"알았어요, 그렇게 하지요."

반장은 파선을 믿었다. 그녀는 결코 가마의 기본 질서를 어길 사람이 아니었다. 가마의 우두머리는 상근이지만 파선도 상근 이상으로 실력 있는 도공이었다.

파선은 작업장을 총총히 걸어 나오다 다시 발길을 돌려 도석 덩어리를 쌓아 놓은 곳으로 갔다. 돌덩이를 덮어 놓은 가마니는 이슬을 맞아 축축했다. 그녀는 가마니 한 귀퉁이를 걷어 올렸다. 도석 덩어리 하나가 삐죽이 모습을 내밀었다. 파선은 눈을 감고 두 손으로 가만히 돌덩어리를 더듬었다. 몸을 숙여 깊이 냄새를 맡고 뚫어져라 바라보고 문질러 보고 손톱으로 긁어도 보았다.

파선 자신도 이상했다. 그동안은 상근의 주장에 아무 이견이 없었는데 옛날 도공들의 이야기를 들은 탓인지 가마의 모든 것이 새롭게 느껴졌다. 돌덩어리가 마치 자신에게 주문을 건 듯 돌들이 살아 있는 것 같았다. 돌에서 향기로운 냄새가 나는 것이었다.

원숙 어미가 가마에서 돌아오는 그녀를 보고 한걸음에 달려왔다.

"시간 가는 줄 몰랐네."

파선은 집회에 간다는 걸 깜박했다.

"언니는 그새 잊어버렸어?"

눈을 흘기면서도 팔짱부터 끼는 원숙 어미를 그녀는 밀어내지 못했다.

"밥은?"

"차려 놓고 왔으니까, 형부 일어나면 드실 거야."

원숙 어미가 팔짱만 끼지 않았더라면 집에 잠시 들렀을 텐데, 파선은 이미 건넛마을 쪽으로 방향을 튼 터라 돌아서지 못했다. 원숙 어미가 알아서 잘 했을 거라 믿으면서도 그녀는 오늘따라 이상하게 상근이 맘에 걸렸다.

"그 사람 아직도 자고 있지?"

"응, 계속 자고 있어."

파선의 얼굴이 어두워졌다.

"언니, 오늘 신부님한테 좋은 약 있는지 부탁해 보자. 왜놈들도 신부님 통해서 약 구해 먹는다잖아."

"어떻게 그런 생각을 다 했어? 빨리 가자."

원숙 어미의 말이 큰 위로가 되었다. 신부라면 충분히 그런 부탁을 들어줄지도 몰랐다. 언젠가 신부가 어려운 일 있으면 얘기하라고 말한 적이 있었다. 파선은 한 가닥 희망이 생겼다. 상근의 오랜 지병을 고칠 방법이 생길지도 모른다는 생각이 들자 파선은 발길이 한결 가벼워졌다. 오늘 집회에 가는 것이 어쩌면 우연이 아닐지도 모른다는 생각까지 들었다.

"오늘 집회는 꽤 근사한 집에서 열린대. 집주인이 영주와 맞먹을 정도로 높은 사람이래."

원숙 어미는 신이 나 있었다. 그녀는 하느님 믿는 사람들은 다 형제요 자매라고 믿었다. 그래서 왜국의 여신도들과도 제법 가깝게 지냈다. 지난번에는 왜국 여자가 선물로 주었다는 나무 신발을 신고 집으로 돌아왔다. '게다'라는 나막신으로, 굽이 높아 넘어지기 쉬웠다. 오늘도 그녀는 그 불편하고 위험한 신을 풀기 빠진 후줄근한 치마저고리에 보란 듯이 신고 있었다. 한 손에는 신부가 만들어 주었다는 책을 들고 한 손은 파선의 팔짱을 꼭 낀 채 잔칫집으로 놀러 가는 양 즐거워했다. 마을의 집들은 들을 건너 산자락을 중심으로 죽 늘어서 있었다. 시계마사 영주의 성은 마을의 가장 높은 곳에 있었고, 무사들이 사는 집들은 영주의 성 아래쪽에 있었다.

파선과 원숙 어미는 들 한가운데로 나 있는 수로를 따라 마을로 향했다. 가맛골에서는 영주가 사는 마을이 가까이 보였지만 실제로는 10리 가까이 되는 거리였고, 그 거리만큼 두 마을의 삶도 달랐다. 동경하지 않으면서 가까이 지내야 하는, 동경하는 이웃이 되라는 신부의 말을 실천하기 어려운 이웃 사이였다.

"언니, 신부님이 이것 놓고 기도하래."

그녀는 파선에게 십자가가 그려진 검은 천 쪼가리를 조심스럽게 보여 줬다.

"어떻게 하는 건데?"

"하느님의 종으로 살게 해달라고 이렇게 기도하면 돼."

원숙 어미가 검은 천을 바닥에 내려놓더니 두 손을 모아 무릎을 꿇고 앉았다.

"종?"

파선은 적이 놀랐다. 노비의 삶이 얼마나 비참한지는 파선도 익히 알고 있었다. 파선의 어릴 적 친구도 양반집 종의 자식이었다. 종은 주인을 대신해 관가에 끌려가 매도 맞아야 했다. 파선의 양부였던 옹기장수도 종은 짐승이나 다름없다고 했다. 종이 얼마나 혹독한 인생이면 그런 말까지 했겠는가.

"신부님이 정말 그랬어? 잘못 들은 것 아니야?"

"아니야, 틀림없어. 종은 하느님 자식이래. 자식이니까 하느님 말씀을 따라야 한대."

맞는 것도 같고 틀리는 것도 같았다. 하지만 파선은 종이라는 소리가 왠지 듣기 불편했다. 하느님의 자식이라는 말은 나쁘지 않지만 종으로 살라는 것은 이해되지 않는 소리였다. 양반과 상놈의 차이를 아는 사람에게 그건 욕이고 형벌이었다. 파선이 보아 온 신부는 그런 무서운 말을 쉽게 내뱉을 사람 같지 않았다. 가마 사람들을 대하는 신부의 눈빛과 목소리, 손짓에서는 거칠고 무서운 기운이 아닌 부드럽고 따뜻한 기운이 느껴졌다. 원숙 어미가 신부의 말을 잘못 들었을 수도 있었다. 아니면, 신부가 조선말에 서툴러 말을 잘못 전달했을지도 몰랐다. 파선은 심란한 눈길로 들의 끝자락을 바라보았다.

수로의 끝이 나타났다. 희뿌연 안개에 싸인 마을이 산자락 밑으로 듬성듬성 보였다. 걸음걸이가 불편한 그녀를 위해 파선은 그녀보다 한 발짝 뒤에서 걸었다. 걸음을 뗄 때마다 그녀의 발에 걸린 게다가 딱딱 소리를 냈다. 게다를 신기 시작하면서부터 그녀의 발가락들은 성할 날이 없었다. 하지만 그녀는 하느님의 형제가 준 선물이라며 게다를 벗지 않았고 걸음마저 타박타박 걸어 뒤에서 보면 반은 왜국 여자나 다름없었다.

파선은 선물이라는 말을 처음 알게 된 원숙 어미가 받은 선물치고는 너무 하찮은 것이라는 생각이 들었다. 가볍고 편한 짚신보다 결코 좋아 보이지 않았다. 하지만 그녀가 하도 감사하는 마음으로 게다를 신어 내색할 수도 없었다. 파선은 아직 그녀만큼 하느님을 모르기 때문이었다. 앞서 걷던 원숙 어미가 갑자기 돌아서더니 눈을 치켜뜨며 입을 틀어막았다.

"언니, 저기 좀 봐!"

원숙 어미가 수로를 가리켰다.

"왜 그래?"

파선이 물었지만 원숙 어미는 더 이상 말을 못하고 끙끙거렸다.

파선은 그녀의 손이 가리키는 곳으로 앞서 걸어갔다. 갈대숲이 있는 수로 끝 쪽에 거뭇한 물체가 떠 있는 것이 보였다. 파선은 한 발짝 더 가까이 다가갔다. 작은 보따리들 같기도 하고 어린애 옷가지들 같기도 했다. 건넛마을 사람들이 수로에 일부러 버렸거나 술에 취한 누군가가 실수로 빠뜨린 물건인 것도 같았다. 그러다 파선은 수로의 물체가 사람의 형상과 비슷하다는 것을 알고는 소스라치게 놀라 뒷걸음질 쳤다. 분명 대여섯 살쯤으로 보이는 아이였다. 게다가 아이의 몸은 하나가 아니라 몇 개로 나뉘어 물길 끝에 걸려 떠 있었다. 파선은 도망치듯 되돌아가 원숙 어미를 끌어안은 채 바들바들 떨었다. 어찌해야 할지 아무 생각이 나지 않았다.

"그만 가자."

파선은 빨리 그곳에서 벗어나야 한다는 생각밖에 없었다. 하얗게 질린 원숙 어미가 신음 소리를 내기 시작했다. 바다에 버린 원숙을 떠올린 듯했다. 파선의 품에서 몸부림치던 원숙 어미가 수로로 뛰어들려고 안간힘을 썼다. 파선은 죽을힘을 다해 그녀를 부둥켜안았다.

"원숙이가 아니야, 저 애는 큰 애야."

"아니야! 아무래도 원숙인 것 같아. 그 애가 어미를 찾아온 게 틀림없어."

원숙 어미는 당장이라도 수로로 뛰어들어 아이를 건져 낼 듯 몸부림쳤다. 파선은 그녀의 몸부림을 막으려 이를 악물었지만 자신보다 덩치 큰 그녀의 힘을 감당하기 어려웠다. 참다못한 파선이 원숙 어미의 뺨을 세차게 후려쳤다. 그녀가 정신만 차린다면 그보다 더한 짓도 해야 될 듯싶었다. 뺨을 맞은 그녀가 비로소 정신을 차린 듯 벼락 같은 한숨을 내뱉으며 땅바닥으로 무너져 내렸다.

"잘 봐, 원숙이 아니잖아."

원숙 어미는 물살이 찰랑거리는 수로를 멍하니 바라보았다. 따스하고 평화로운 수로의 풍경 속 아이의 주검은 처참했다. 원숙을 삼킨 시커먼 바다와는 분명 다른, 봄빛으로 눈부시도록 투명한 수로에 아이가 죽어 있다는 것이 믿어지지 않았다. 두 사람은 넋을 잃은 채 수로를 바라보았다. 숱한 죽음을 경험하고 죽음이 일상처럼 따라다니는 곳에 살지만 그래도 죽음과 마주치는 일은 여전히 무섭고 두려웠다. 사는 것보다 죽는 게 나을지도 모른다는 생각을 하면서도 막상 죽음 앞에 서면 소스라치게 놀라 뒷걸음치게 되었다. 그것은 어쩌면 더 살아 봐야 삶이 죽음보다 무섭다는 걸 이해할 수 있다는 뜻인지도 모른다. 삶의 끝이 죽음이라고 믿는 사람들은 죽음을 더 이상 두려워하지 않겠지만, 삶을 선택한 사람들은 죽음보다 더한 형벌이 삶이라는 걸 다른 죽음들을 통해 알게 된다.

원숙 어미가 파선의 손을 뿌리치며 일어섰다.

"신부님한테 갈 거야."

집회를 포기하고 돌아가자고 할 참이었는데, 말을 꺼내기도 전에 그녀가 파선의 손을 놓아 버렸다. 당황한 파선은 마을 쪽을 향해 달려가는 그녀를 붙들어야 할지 그냥 둬야 할지 난감했다. 순간, 난데

없이 개 떼들 소리가 들려왔다. 여러 마리의 개가 영주가 사는 마을 쪽에서 수로를 향해 미친 듯이 달려오고 있었다. 다른 생각을 할 겨를이 없었다. 파선은 원숙 어미를 뒤쫓아가 발에서 게다부터 벗겨냈다. 머뭇거릴 시간이 없었다. 두 사람은 마을을 향해 죽기 살기로 뛰었다. 뒤돌아가기에는 너무 멀리 왔고 개들부터 피해야 했다. 하느님의 종으로 살아야 한다고 말한 신부님이 있는 곳으로 갈 수밖에 없었다.

수로를 따라 얼마쯤 갔을까, 원숙 어미가 다 왔다며 숨을 골랐다. 개들 때문에 지름길을 놔두고 배는 돌아서 온 셈이었다. 개들 소리는 더 이상 들리지 않았다. 두 사람은 집회가 열린다는 집 앞에 도착했다. 깔때기 모양의 뾰족한 2층집이었다. 기와 지붕선이 급하게 추녀와 맞닿아 있는 형태이고, 삼나무로 된 골조와 대나무 벽은 유연하면서도 정교했다. 흙과 대나무로 허술하게 지은 가마 사람들 집과는 비교가 안 되었지만 조선의 초가집이나 기와집과 달리 어딘지 모르게 가볍고 불안정한 느낌이었다.

원숙 어미를 대신해 파선이 정원이 잘 가꾸어진 기와집 대문을 두드렸다. 하녀인 듯 젊은 여자가 나와 샐쭉한 표정으로 두 사람의 위아래를 훑어보았다. 원숙 어미의 게다를 들고 있던 터라 파선은 여자가 빨리 집 안으로 들어오라고 하길 바랐다. 원숙 어미도 초면인지 알은체를 하지 않았다. 여자는 들어오라는 말도 없이 쌩하니 들어가더니 잠시 후 원숙 어미가 신은 게다보다 더 높은 게다를 신

불의 여신 백파선 93

은 중년의 여자와 함께 나왔다. 그 여자 역시 젊은 여자처럼 파선과 원숙 어미를 마땅찮은 눈으로 쳐다볼 뿐, 반가워하는 기색이 아니었다. 파선은 뭐 이런 경우가 있나 싶은 생각에 속이 상했다. 처음 온 자신은 그렇다 쳐도 원숙 어미는 형제요 자매라고 부를 만큼 신도가 다 된 사람이었다. 두 여자는 마치 동냥하러 온 거지를 대하는 태도였다. 게다를 든 손의 맥이 풀린 파선은 대문에서 한 걸음 물러섰다. 여차하면 원숙 어미를 데리고 돌아갈 작정이었다. 그때 중년 여자의 등 뒤로 신부의 얼굴이 쑥 올라왔다.

"어서 오세요."

신부는 예의 그 친절한 말투로 두 사람을 반갑게 맞았다.

"조선 사람은 너무 더러워요."

파선은 주인 여자가 하는 말을 똑똑히 들었다. 오래전 원숙 아비가 선실에서 오줌 싸는 걸 보고 영주가 했던 그런 말투였다. 진흙길을 달려왔으니 더럽긴 했다. 그러나 조선 사람이 더러운 것이 아니라 개 떼들에 쫓겨 죽기 살기로 달려온 파선과 원숙 어미가 더러운 것이었다. 그들은 더럽다는 말을 우리네 '밥 먹었니?'라는 말처럼 자주 썼다. '밥 먹었니?'라는 말은 들으면 들을수록 정이 붙는데, 더럽다는 말은 한 번만 들어도 정이 떨어졌다. 주인 여자의 품위는 푸짐하게 입은 기모노보다 빈약하기 그지없었다.

"이런! 길이 험했군요. 미야코 씨, 씻을 물 좀 준비해 주세요."

신부가 부탁하자 그녀는 어쩔 수 없다는 듯 두 사람을 샘가로 인도했다. 신부를 본 원숙 어미가 복받치는 설움을 참느라 끅끅거렸다. 그대로 신부 품에 안겨 모든 걸 일러바치고 싶은 걸 참는 듯 보였다. 주인 여자의 더럽다는 말에 화가 난 파선은 집회에 온 게 후회스러웠다. 수로에서 본 아이의 비참한 주검보다 주인 여자의 더럽다는 말이 마음을 더 무겁게 만들었다.

 여자는 원숙 어미와 파선을 여러 개의 미닫이문을 지나 방으로 안내했다. 방바닥에는 골풀로 엮은 다다미가 깔려 있어 대나무보다 부드럽고 차가운 느낌도 덜했다. 파선과 원숙 어미가 신부의 안내를 받으며 방 안으로 들어서자 모여 있던 사람들이 예민한 들쥐들처럼 고개를 쳐들었다 바로 돌렸다. 사람들은 방 한가운데 놓인 나무 탁자 주변에 빙 둘러앉아 있었고 신부가 그들 가운데로 걸어가 집주인 여자 옆에 앉았다. 나무 탁자 한가운데에 십자가가 암각된 불상 비슷한 길쭉한 돌이 하나 세워져 있었다. 다다미 가장자리 한쪽 벽에 있는 무릎 높이 선반에는 매화와 난초가 그려진 서화 세 점이 대나무 액자에 담겨 반듯하게 세워져 있었다. 파선의 눈을 잡아끄는 것은 서화 옆에 있는 주둥이가 긴 화병이었다. 붉은 꽃잎이 눈이 내리듯 박혀 있는 화병은 신기하고 아름다웠다. 파선이 지금까지 만들어 온 것들과는 전혀 다른 것으로, 꽃잎은 향기가 맡아질 정도로 사실감이 있었다. 파선이 쭈뼛거리며 서 있자 신부가 자리를 가리키며 앉으라고 권했다.

 주인 여자가 집회에 모인 사람들을 위해 준비한 음식은 향신료를 뿌려 구운 대구와 구운 오리였다. 탁자 한가운데를 차지하고 있는 대구는 웬만한 개만큼 커서 바다 생선이 아니라 육지 고기처럼 보였다. 통째로 구워 낸 오리도 조선의 암탉하고는 비교가 안 될 정도로 큰 것이 눈이 휘둥그레질 정도였다. 비둘기라는 새도 처음 본 것이고, 설탕에 절인 호두와 매실 역시 파선은 한 번도 먹어 보지 못한 음식들이었다. 또 상근의 가마에서 만든 보시기도 탁자 위에 있었는데, 그것에는 파란 잎차 가루를 넣어 끓인 물을 따라 마셨다. 파선은 시장기가 돌았지만 차려진 음식들은 왠지 눈으로만 먹어야 할 것 같아 젓가락을 들지 않았다. 아픈 상근과 두 아들이 떠올랐다. 그녀는 찻잔만 들었다 놨다 했다.

열댓 명의 신도는 거의가 왜인들이었다. 신부와 원숙 어미와 파선만 그들과 다른 이방인이었다. 집주인은 듣던 대로 부자인 것 같았다. 차려 놓은 음식도 그렇지만, 집 안의 살림살이가 그렇게 보였다. 집회에 모인 여자들은 하나같이 손으로 입을 가린 채 조용조용 말했다. 남자들은 대체로 근엄한 태도로 앉아 있었다. 신부는 이 말 저 말 하느라 정신이 없고, 원숙 어미는 멍한 시선으로 탁자 위 음식들을 보거나 맹한 표정으로 의미 없는 웃음을 지었다.

"하느님은 네 이웃을 내 몸같이 사랑하라고 하셨습니다."

신부가 서책에 손을 올려놓고 말했다. 사람들은 신부를 주목했다. 집주인 남자가 자세를 바꿔 앉으며 원숙 어미와 파선을 한번 쳐다보았다. 신부의 말보다 방 안의 풍경에 더 관심을 쏟고 있던 파선은 남자의 시선에 얼른 고개를 숙였다. 탁자 밑으로 다소곳이 무릎 꿇고 앉은 사람들의 아랫도리가 눈에 들어왔다. 파선은 원숙 어미와 자신을 곁눈질하는 남자의 눈을 피해 신부에게 집중했다. 신부가 하는 말은 무슨 뜻인지 잘 이해되지 않았다. 시간이 지체될수록 집에 무슨 일이 있는 것 아닌가 싶어 걱정되었다. 하지만 신부를 단독으로 면담하려면 집회가 끝날 때까지 기다려야 했다. 파선은 초조했다.

"우리는 모두 하느님의 자식입니다."

신부는 같은 말을 여러 번 반복했다. 한 번은 왜국말로 했고, 또 한 번은 더듬더듬 조선말로 했다. 그 말뜻을 설명하려고 다시 한 번 또박또박 네 이웃을 내 몸같이 사랑하라고 하자, 원숙 어미가 고개를 끄덕거렸다. 다른 여자들은 두 손을 포개어 꿇은 무릎 위에 올려놓고 못 들은 척했다. 신부는 입가에 연신 잔잔한 미소를 지었다. 두 눈에는 사랑이 가득했다. 모인 사람들이 모두 자신의 자식인 양 흐뭇하게 바라보았다. 신부는 서로서로 손을 잡으라고 말했다. 그러고는 자신이 먼저 바로 옆에 앉아 있는 원숙 어미의 손을 덥석 잡았다. 신부에게 손을 잡힌 원숙 어미는 촉촉한 눈시울로 하늘을 바라보듯 신부를 올려다보았다. 파선 옆에 앉은 왜국인 여자는 신부처럼 손을 내밀지 않았다. 께름칙한 표정으로 손만 만지작거릴 뿐, 옆에 앉은 파선에게 손을 뻗치지 않았다. 파선도 어찌해야 좋을지 몰랐다. 여자가 잡으려는 시늉이라도 하면 넌지시 손을 내밀 텐데, 여자의 손은 제 무릎에서 떠나지 않았다. 파선이 친한 척 먼저 손을 내밀기는 싫었다. 신부는 상전 대하듯 하면서 원숙 어미와 자신을 역병에 걸린 사람 취급하는 것이 기분 나빴다. 파선은 딴청을 피우는 척 잘 다듬어진 여자의 정원으로 눈을 돌렸다. 바위와 돌멩이로 낮게 담을 쌓아 만든 정원에는 키 작고 노르스름한 꽃들이 피어 있었다. 얼핏 진주의 봄 들판에서 흔하게 본 풀 같기도 했다. 그 풀꽃들 속에서 쑥 냄새가 나는 것 같아 마음 한구석이 시큰해졌다.

"얼른 잡아요."

파선이 잠깐 정원에 정신 팔려 있는 사이 신부가 분위기를 흔들었다. 눈치를 보던 여자들이 하나 둘 옆 사람에게 손을 내밀었다. 남자들도 헛기침을 하며 손을 잡았다.

"자, 그럼 눈을 감고 기도합시다."

신부의 크지도 작지도 않은 기도 소리에 사람들이 숨을 죽였다. 그의 기도 소리는 부드럽고 편안하고 평화롭게 들렸다. 무슨 소린지는 알아들을 수 없지만 솔밭 한가운데서 맞는 바람처럼 마음이 행복해지는 느낌이었다. 파선은 슬며시 눈을 뜨고 사람들을 살펴보았다. 한 손이 허전했다. 양손 모두 누군가의 손을 잡고 있었는데, 오른손이 툭 떨어져 있었다. 원숙 어미의 손 역시 신부의 한 손만 붙들고 있었다. 파선은 순간, 가슴이 서늘해졌다. 그래서 나머지 한 손은 자신이 먼저 놓아 버렸다. 이미 느슨해져 있어 저절로 풀린 것이나 마찬가지였다. 파선은 신부의 기도가 빨리 끝나길 기다렸다.
 기도가 끝났는데도 신부는 여전히 원숙 어미의 손을 잡고 있었다. 그녀의 한 손은 옆 사람의 옷깃에 간신히 붙어 있었다. 신부가 끝으로 오늘의 하느님 말씀을 잊지 말라고 모두를 향해 물었다.
 "이웃을 사랑할 수 있죠?"
 사람들이 대답했다.
 "네!"
 "우리는 모두 하느님의 종입니다. 고통을 함께 나눌 수 있죠?"
 "하이!"
 "이웃을 형제로 인정합니까?"
 "네!"
 그들은 지극히 예의 바른 태도로 합창하듯 '하이!'라고 대답했다. 원숙 어미의 '네!'라는 소리는 구멍이 막힌 피리 소리처럼 답답했다. 그들은 신을 대하는 얼굴과 사람을 대하는 얼굴이 달랐다. 그들이 믿는 신은 가맛골에서 나올 대단한 사발과 같은 것인지도 몰랐다. 집회가 끝나고 파선은 그들의 식탁에서 딱 한 가지 음식을 맛보았다. 소금에 절인 매실이었다. 도무지 알 수 없는 묘한 맛이었다. 희지도 검지도 않은 그들의 옷 색깔처럼 아무리 혀끝을 굴려 보아도 신맛인지 단맛인지 짠맛인지 알 수가 없었다.
 파선과 원숙 어미는 어쩔 수 없이 또 수로의 길로 들어섰다. 가맛골로 갈 수 있는 가장 빠른 길이었다. 그렇지 않으면 아까처럼 길이 아닌 길로 돌아서 가야만 했다. 길도 수로도 분간하기 어려운 밤이었다. 원숙 어미와 파선은 손을 잡고 조심조심 밤길을 헤쳐 나갔다. 파선은 마음이 훨씬 가벼웠다. 신부가 상근의 몸 상태를 자세히 물어보았다. 그와 비슷한 병을 앓고 있는 조선인들을 수없이 봐왔다고, 빠른 시일 내 수소문해서 약을 구해 보겠다고 약속했다. 그렇게 고마운 사람은 난생처음이었다. 조선에서도 신부 같은 사람은 만나보지 못했다. 신부야말로 이웃을 자신의 몸처럼 생각하는 게 틀림없었다. 상근의 몸만 회복된다면 그럭저럭 살아갈 수 있을 것 같았다. 앞으로는 그들이 원하고 요구하는 것 이상의 그릇들을 만들어 팔 생각이었다. 파선은 자신 있었다. 그들이 말하는 작품이라는 것이 무엇인지 한번 해볼 참이었다. 그것이 가마 사람들을 살게 한다면 못할 것도 없었다.

어두워서 분간이 잘 되지 않았지만 어린아이가 죽어 있던 수로쯤에서 여자의 통곡 소리가 들렸다. 원숙 어미가 멈칫하며 파선에게 기대 왔다. 아까 그 같은 상황을 목격하지 않았다면 여자의 울음소리를 귀신의 소리로 들었을 만큼 흐느낌이 괴기했다. 죽은 아이의 어미가 틀림없어 보였다. 여자가 수로에 엎드려 울고 있었다. 아이는 보이지 않았다. 비릿한 피 냄새만 진동했다. 파선은 울고 있는 여자에게 다가갔다. 짐작이 가는 상황이라 여자를 무시하고 갈 수가 없었다. 파선은 여자의 등을 토닥거렸다. 여자는 누군가의 손길이 필요했던 듯 한참 동안 꺽꺽거리며 목 놓아 울었다. 파선도 역병으로 아이 하나를 잃어 여자의 슬픔이 남의 일 같지 않았다. 죽은 아이를 가마니에 둘둘 말아 산에 묻었던 일을 생각하면 지금도 가슴이 미어졌다.

"어쩌다가?"

파선이 묻자 여자가 울먹이며 말했다.

"우리 아이는 무사가 되려고 영주의 집으로 들어갔어요. 그런데 도둑질했다는 누명을 쓰고 죽었어요."

"세상에!"

울음을 그친 여자가 냉정하게 말했다. 놀란 파선은 두 손으로 입을 가렸다. 수로에 죽어 있던 아이는 병으로 죽은 것이 아니라, 도둑으로 몰려 죽었다는 소리였다. 파선은 등골이 서늘해지면서 소름이 오싹 돋았다. 죽음에 대한 그들의 태도가 아무리 늦가을 들판에서 나락 줍는 일처럼 쉽다고 하지만, 아이까지 그리 죽였다고 생각하니 저절로 입이 다물어졌다.

"우리 아이는 꼭 훌륭한 사무라이가 되어야 했어요. 그런데 이젠 틀렸어요. 그래서 제가 영주님께 아들을 죽여 달라고 부탁드렸어요."

파선은 여자의 등에서 손을 거두었다. 한기를 느끼게 한 것은 죽은 아이가 아니라 여자였다. 원숙 어미는 우는 여자를 위해 무릎까지 꿇고 기도를 했다. 슬플 때나 기쁠 때나 그녀는 기도를 했다. 그녀는 보이지 않는 하느님을 마치 자신의 생명줄인 양 매달려 살았다.

"너무 슬퍼하지 마세요. 하느님의 자식이니 하늘나라로 갔을 거예요."

여자가 울음을 뚝 그치며 원숙 어미를 쳐다보았다.

"됐어요. 나는 그런 것 몰라요."

여자는 매몰차게 원숙 어미의 손길을 뿌리쳤다. 원숙 어미는 늘 하느님을 돌떡 돌리듯 했다. 떡을 좋아하지 않는 사람과 떡을 좋아할 만한 사람을 구분하지 못했다. 그녀는 모든 사람이 다 떡을 좋아할 거라고 믿는 게 문제였다.

"우리는 하느님 품 안에서만 행복합니다."

원숙 어미는 포기하지 않고 다시 여자의 등을 토닥이며 말했다. 그녀의 눈치 없음이 깜깜한 어둠을 뚫었다. 파선은 슬며시 원숙 어미의 팔을 잡아끌었다.

"당신들 조심해!"

여자의 날카로운 소리가 차가운 밤공기를 갈랐다. 파선과 원숙 어미는 여자의 이해할 수 없는 반응에 당황했다. 여자의 위협적인 말투는 도저히 새끼를 잃은 어미라고 할 수 없었다. 자식 잃은 어미조차 저리 용감하게 만드는 힘이 어디서 나오는 것인지, 슬픔을 포장하는 왜인들의 습성이 놀랍기만 했다. 여자가 사라진 자리에는 아이의 흔적을 표시하는 잡풀들만 밤바람에 윙윙거렸다.

모두 자는 듯 집 안은 조용했다. 파선은 원숙 어미를 옆방으로 들여보낸 뒤 상근이 있는 방으로 들어와 더듬더듬 호롱불에 불을 붙였다. 방 안의 사물들이 희미하게 제 모양을 드러냈다. 두 아들은 방문 옆에 나란히 누워 자고 있었다. 바로 옆에 있어야 할 상근의 모습은 보이지 않았다. 웬일인가 했더니, 창가 구석 쪽에 누워 있었다. 파선은 호롱불을 들고 그가 누워 있는 쪽으로 다가갔다. 그는 파선이 만들어 놓고 간 새 저고리를 입고 잠들어 있었다. 상근이 어린아이처럼 새 옷을 좋아한다고 생각하니 파선은 절로 웃음이 나왔다. 그것도 언제 옮겨 놓았는지 방문 옆에 놓여 있던 흙 가마니를 끌어다 베고 깊은 잠에 빠져 있었다. 파선은 상근이 깰까 조심조심 겉저고리를 벗어 놓고는 그의 왼쪽 팔에 머리를 뉘었다. 상근의 몸이 차디찼다. 포근해야 할 그의 팔이 돌처럼 딱딱하고 차가웠다. 불길한 예감에 파선은 벌떡 일어나 상근을 흔들었다.

"여보! 여보!"

상근은 움직이지 않았다. 대답도 하지 않았다.

"여보!"

그녀는 혹시나 해서 다시 한 번 몸을 흔들어 가며 큰 소리로 불러보았다. 상근은 죽은 게 틀림없었다. 파선은 그만 바닥에 주저앉았다. 숨이 뚝 끊기는 느낌인데 울음이 밖으로 터져 나오지 않았다. 상근의 죽음이 도무지 믿기지 않아 여느 때와 다름없는 방 안의 풍경을 깨고 싶지 않았다. 그녀는 솟구치는 울음을 억누르며 다시 상근의 팔을 베고 누웠다. 그리고 그의 머리와 눈, 코, 입, 가슴을 차례로 만졌다. 앙상한 갈비뼈와 푹 꺼진 배가 손바닥에 잡혔다. 까칠한 살결과 시들어 버린 성기는 그녀를 전혀 느끼지 못했다. 파선은 상근을 꼭 안아 본 뒤 그의 삐뚤어진 머리를 반듯하게 돌려 놓았다. 몸은 바르게 하고 팔과 다리는 위엄 있게 가지런히 정리했다. 흙 가마니는 그가 베기 편하도록 더 낮춰 놓고, 새 저고리 옷고름은 다시 풀어 정갈하게 매주었다. 그의 몸이 차갑지 않도록 다다미 바닥 밑으로 요를 밀어 넣던 그녀는 그만 쿵 하고 나자빠졌다. 상근과 함께한 세월이 뚝 끊어지는 것만 같았다. 조금만 기다리면 신부가 약을 구해 와 나을 수 있었는데, 서둘러 떠난 상근이 파선은 생각할수록 야속했다. 그리 빨리 갈 줄 알았더라면 돼지고기라도 한 근 끊어다 삶아 먹일걸 하는 후회도 밀려왔다.

그녀는 꾸역꾸역 치미는 원통함을 억누르고 비로소 편안해 보이는 상근의 얼굴을 보며 마음을 달랬다. 그녀는 희미한 호롱불에 의지해 오래도록 남편을 바라보았다. 몹쓸 병에서 벗어난 듯 상근의 시커멓던 피부는 처음으로 화색이 돌았다. 기미에 덮여 있던 눈가의 굵은 주름과 팔자주름도 매끄럽게 펴져 있었다. 파선은 더 이상 상근을 붙잡을 수 없었다. 가맛골에 먼동이 터오고 다다미방으로 옅은 빛 그림자가 여울대기 시작했다. 파선은 속치마를 벗어 들고 밖으로 나갔다.

아침이 밝아 오고 있었다. 파선은 눈이 부셨다. 햇살이 눈을 찔러 제대로 뜰 수가 없었다. 땅바닥에 붙어 버린 듯 두 다리도 떨어지지 않았다. 파선은 사력을 다해 지붕으로 올라갔다. 그리고 치마를 흔들며 소리쳤다.

"대장이 죽었습니다!"

"조선 사기장이 죽었습니다!"

"내 지아비가 죽었습니다!"

그녀는 목이 터져라 소리쳤다. 상근의 죽음이 가맛골을 넘고 바다를 건너 조선 땅 진주에 가 닿도록 소리치고 또 소리쳤다. 놀란 닭이 홰를 치며 울었다. 대숲은 까마귀 떼를 날리고 새벽이슬은 후드득거렸다. 파선은 계속해서 상근의 죽음을 울부짖었다.

"상근이 죽었습니다! 가맛골의 대장이 죽었습니다!"

상근의 죽음이 희뿌연 안개와 더불어 가맛골을 뒤덮었다. 사람들이 하나 둘 가마로 모여들기 시작했다. 사람들은 믿을 수 없다는 듯 서로를 부둥켜안고 울었다. 상근의 병을 몰랐던 이들은 영주의 짓일지도 모른다며 낫을 들고 나와 악을 썼다. 상근은 자신의 병을 알리지 않았다. 가맛골의 대장이 약한 모습을 보일 수 없다는 이유였다. 가맛골 사람들의 희망을 저버리고 싶지 않다는 상근의 부탁을 파선도 거절하지 않았다. 가맛골 사람들에게 상근은 대장이기보다 혈육이었다. 가맛골의 운명을 책임지고 이끌어 온 아버지이고 맏형이었다. 사람들은 또다시 거센 바다 한가운데서 표류하는 듯 불안해했다. 상근의 죽음을 어떻게 처리할지 몰라 당황했다. 사태를 가장 먼저 파악한 사람은 홍 씨였다. 홍 씨가 파선의 정신을 수습하고 나섰다.

"이러고 있을 때가 아닙니다. 얼른 대장님 초상을 치러야지요. 우선 이 사실을 영주한테 알려서 허락을 받아내야 합니다. 대장의 장례만큼은 절대로 여기 풍습을 따를 수 없습니다."

홍 씨 말이 맞았다. 대장을 불에 태워 흔적도 없이 날려 버릴 수는 없었다. 영주는 조선의 풍습을 허락하지 않았다. 3일장은 물론이고 한 평의 무덤조차 만들지 못하게 했다. 그들의 방식대로 장작더미 위에 시신을 올려놓고 불에 태우라고 지시했다. 처음 그들의 장례식을 본 상근은 기겁해 뒤로 넘어갔다. 도저히 이승에서는 일어날 수 없는 무서운 일이었다. 시신을 불태우는 것은 망자를 두 번 죽이는 일이었다. 고민 끝에 상근은 거짓 불을 피워 영주의 눈을 속인 다음 봉분 없는 무덤을 만들었다. 겉은 허술해 보이지만 무덤 속에는 온전한 시신이 묻혀 있었다. 소나무 숲의 봉분 없는 무덤들은 가맛골 사람들 것이었다. 파선은 한동안 고민했다. 홍 씨 말대로 상근의 장례는 초라하게 치르고 싶지 않았다. 전처럼 화장하는 척 영주의 눈을 속이고 쉬쉬하면서 봉분 없는 무덤을 만들려니 비참해서 견딜 수가 없었다.

"하라다를 불러 오세요."

하라다를 찾는 파선의 목소리는 조금 전과 달랐다. 가맛골 사람들도 파선의 굳은 의지를 읽었다. 이번에야말로 조선의 풍습대로 대장의 초상을 치르겠다는 결심들이었다. 조선의 격식을 모두 갖출 수는 없지만 대장을 위해 적어도 상여와 만장은 준비해야 했다. 하라다는 홍 씨가 부르러 가기도 전에 영주를 만나고 돌아왔다. 그는 상근의 죽음을 알리는 파선의 외침을 듣자마자 영주가 있는 마을로 달려갔다. 영주에게 가맛골의 죽음을 알린 것은 처음이었다. 그동안은 하라다가 알아서 영주를 대신했다. 하라다가 시신을 확인한 뒤 도공의 명부에서 이름을 삭제했다.

영주의 전갈을 가지고 하라다가 가맛골로 들어섰다. 사람들은 혹시나 하는 마음으로 하라다를 주목했다. 어쩌면 영주도 상근의 죽음만큼은 다르게 생각해 줄지 모른다고 기대했다. 버릇처럼 입꼬리를 몇 번 들어 올린 하라다가 말했다.

"영주님께서 장례식을 위해 하루만 쉬라는 은혜를 베푸셨다. 딱 하루만 쉬라는 것이니 다른 생각 말고 서둘러 화장식을 준비해라."

가맛골 사람들이 들고 일어났다. 아니, 그게 무슨 소리냐고 화를 내며 소리치기 시작했다. 듣고 있던 파선이 마침내 자리를 박차고 일어났다. 그녀는 후들거리는 몸을 간신히 지탱하며 하라다에게 말했다.

"가서 영주에게 전해라. 우리는 대장을 절대로 불에 태울 수 없다. 우리는 우리 식대로 할 것이다. 만일 우리 장례식을 방해하거나 못하게 막는다면 가맛골을 통째로 태워 버릴 것이다."

파선은 그 어느 때보다 냉정했다. 여의치 않으면 말 그대로 당장이라도 가맛골에 불을 지를 기세였다. 그녀의 시퍼런 태도에 가맛골 사람들은 조용히 사태를 지켜보았다. 놀란 하라다가 잠깐 눈치를 보는가 싶더니 다시 영주를 들먹거렸다.

"감히 영주님의 은혜를 배반하다니, 그리고도 무사할 줄 아나!"

"우리는 아무것도 두렵지 않다. 대장이 죽었으니 우리도 살 이유가 없다. 대장과 함께 우리 모두를 불에 태워라. 연기가 돼서라도 조선으로 갈 것이다."

파선의 눈에서 불꽃이 튀었다. 더 이상 두려울 것도 무서울 것도 없었다. 가맛골의 운명이 달려 있는 마지막 결단이었다. 파선은 하라다를 향해 한 번 더 얼음장 같은 의지를 보였다

"우린 더 이상 참지 않겠다."

칼을 빼려던 하라다가 당황해 손을 멈췄다. 입가에 묻어 있던 비열한 웃음이 사라지더니 자신을 노려보는 파선의 눈을 피해 슬금슬금 가맛골을 벗어났다.

이튿날 상근의 장례식이 있었다. 영주에게 파선의 의지를 전하러 갔던 하라다는 가맛골로 다시 돌아오지 않았다. 영주도 조용했다. 다행이었다. 가마 사람들 모두 흰옷을 입고 흰 머리띠를 둘렀다. 서너 개의 만장을 만들고, 임시변통으로 달구지에 상여도 꾸몄다. 파선은 송판으로 만들어진 관 속에 상근을 뉘고, 자신이 아끼던 옥양목 치마를 덮어 주었다. 함께 거들던 홍 씨와 박 씨가 상근의 차가운 입술을 벌려 쌀알을 물렸다. 그녀는 마지막으로 두 아들에게 상근의 얼굴을 쓸어내리게 한 뒤 관 뚜껑을 닫고는 달구지에 관을 실었다. 만장을 든 이들이 앞장서자 달구지가 가마를 향해 움직였고, 가맛골

은 순식간에 울음바다로 변했다. 누군가는 가슴을 치며 울었고, 또 누군가는 땅바닥에 주저앉아 엉엉 울었다. 파선과 두 아들도 달구지를 뒤따르며 아버지를 불렀다. 신부에게 조금만 일찍 부탁해 약을 구했더라면 상근이 죽지 않았을 텐데 하는 안타까움과 진주에 그대로 살았더라면 하는 억울함으로 파선은 가슴이 찢어질 듯 아팠다. 상근은 가마 사람들이 진주로 돌아갈 수 있다는 희망을 갖게 해주었다. 감옥 같은 왜국에서 벗어나 그리던 조선으로 갈 수 있도록 앞장서야 할 대장이었다. 그런데 그 대장이 죽은 것이다. 사람들은 부모를 여윈 듯 상근의 죽음을 애달파했다. 그도 다른 도공들처럼 가마가 있는 뒷산에 묻혔다. 볕이 잘 들고 가마의 불기운이 닿아 춥지 않은 곳이었다.

  파선은 상근을 땅에 묻고도 그가 죽었다는 게 실감나지 않았다. 산에서 집으로 돌아와서도 그가 다다미방 한구석에 병든 몸을 뉘고 있는 것 같아 마음이 진정되지 않았다. 홍기와 홍주 두 아들도 제 아비의 죽음이 믿기지 않는 듯 파선처럼 눈물을 멈추지 못했다. 상근이 그렇게 빨리 죽을 줄 알았더라면 원숙 어미처럼 하느님을 진심으로 섬기고 집회에도 빠지지 말고 나갈걸 하는 후회가 들었다. 그랬으면 신부에게 상근의 약을 빨리 부탁할 수 있었을 텐데. 가마 일에만 매달리는 상근을 자신이 너무 챙기지 않은 것 같아 가슴이 저렸다. 파선은 도무지 마음이 진정되지 않아 집 안에 있을 수가 없었다. 어떻게든 살아서 진주로 돌아가자고 했던 상근이 결국 왜국의 차디

찬 땅속에 묻혀 있다고 생각하니, 모든 기대가 허물어졌다. 뭘 바라고 살아가야 할지 자신이 없었다.

그녀는 다시 한 번 상근을 봐야 할 것 같아 가마 뒷산으로 향했다. 아이들은 원숙 어미가 챙겨 준 무밥으로 끼니를 때운 뒤 잠이 든 듯 조용했다. 저녁 이내가 내리는 상근의 무덤은 그의 온기가 느껴지는 듯 아직 따뜻했다. 무덤 속에 있던 그가 벌떡 일어나 푸시시 웃으며 자신에게 장난을 걸어올 것만 같았다. 그녀는 무덤을 끌어안고 한참 동안 오열했다. 시각이 얼마나 되었는지 밤이 얼마나 깊었는지도 모른 채 상근의 무덤에 엎드려 있던 파선은 어느 순간 오싹한 한기를 느끼며 무덤에서 떨어져 앉았다. 울다가 정신을 잃었는지 온몸에 한기가 돌면서 사방이 분간하기 어려울 정도로 어두워졌다는 걸 알았다. 가까이에서 인기척이 들린 것 같아 등골이 서늘해지면서 그만 산에서 내려가야 한다는 생각이 들었다. 그러나 발걸음을 떼기도 전에 그녀는 시커먼 물체가 자신 옆에 가까이 있다는 걸 알았다.

"놀라지 마시오. 지나가다 울음소리가 들려서 한번 와봤소."

다다오는 항상 느닷없이 나타나는 사람이라 그녀는 크게 놀라지 않았다. 아니, 조금 놀라긴 했지만 다른 사람이 아니고 다다오라서 다행이었다. 산짐승이나 다른 사람이었다면 더 놀랐을지도 모른다. 그가 아주 편한 사람은 아니지만 그녀는 더 이상 다다오에 대한 경계심이나 두려움 같은 것이 없었다.

"그렇다고 여기까지……."

파선이 일어서며 말했다.

"춥소, 그만 내려가시오."

다다오가 그녀를 부축할 듯 손을 내밀다 말았다.

"오늘 지아비를 묻은 사람입니다, 신경 쓰지 마세요."

"신경이라고 했소? 당신이 신경 쓰이게 만들잖소. 어서 내려가시오."

어둠 속에서 그의 목소리가 잠깐 흔들렸다. 하지만 그는 더는 두고 보지 않을 듯 그녀의 팔을 붙들고는 성큼성큼 산을 내려가기 시작했다. 산길이 너무 어두워 그녀는 그가 이끄는 대로 끌려갈 수밖에 없었다.

"혼자 갈 수 있어요, 그냥 두세요."

미끄러지듯 그녀를 끌고 산길을 내려가던 다다오가 나무뿌리에 발길이 걸려 파선을 안고 휘청거렸다. 다행히 큰 나무가 두 사람을 지탱해 주어 넘어지지는 않았지만 그녀는 다다오의 머리와 부딪쳤다. 그의 왼쪽 얼굴이 그녀의 오른쪽 볼에 닿은 것이다. 그녀는 그의 밋밋한 왼쪽 얼굴이 닿는 순간 자신도 모르게 불에 덴 듯 놀랐다.

"미안해요."

그녀는 그에게 해서는 안 될 짓을 한 것 같아 미안했다. 갑자기 그의 왼쪽 귀의 정체를 알아 버린 것 같아 미안하다는 말이 순간 나와 버렸다.

"괜찮소. 내 귀가 많이 신경 쓰였나 보군."

몸의 중심을 잡은 다다오가 비로소 파선의 팔을 놓고 말했다.

"누구에게나 큰 상처 하나씩은 있는 법이오. 당신에게는 오늘이 가장 큰 상처였겠소. 내게 형제 같은 친구가 한 명 있었소. 그 친구가 시게마사의 눈 밖에 나 죽임을 당했소. 그때 친구를 살리려고 영주의 칼을 막다가 그만 귀가 달아나고 말았소. 친구를 지키지 못한 벌이라고 생각하오. 내가 살아 있는 한 그 벌은 계속 받아야 할 것 같소."

다다오가 묻지도 않은 얘기를 털어놓았다. 그의 얘기를 듣는 동안 그녀는 이상하게 상근을 잃은 슬픔을 잠시 잊었다. 그의 아픔이 위로가 된 것인지, 그가 밤길의 동행자로 있다는 게 안심되었다.

"그런 영주를 모시고 있다는 게 놀랍군요."

사실 파선은 다다오의 이야기가 이해되지 않았다.

"세상에는 복수보다 더 중요한 게 있소. 당신도 지금의 아픔을 복수가 아닌 더 영예로운 무엇으로 채우며 살기 바라오."

두 사람은 산을 내려와 가마를 지났다. 그녀는 순간순간 알 듯 모를 듯한 다다오의 말 사이로 상근의 죽음이 떠올라 마음이 어두웠다. 그녀는 캄캄한 어둠 속에서 상근의 무덤을 돌아본 뒤 다다오에게 말했다.

"그만 가보세요."

다다오가 풋 하고 웃었다.

"나만 보면 가보라고 하는군."

다다오의 말이 저기 앞쪽에 있어, 그녀는 방향을 바꿔 다다오와 헤어질 참이었다. 파선과 나란히 걷던 다다오가 갑작스러운 듯 걸음을 멈췄다. 그의 두 손이 뭔가 잡을 듯 허공에 떴다가 힘없이 떨어졌다.

"가겠소. 당신은 이제 가맛골의 대장이니 잘 이겨 낼 것이오."

파선은 그의 말에 가벼운 목례를 하고 돌아섰다. 축축한 밤공기가 가맛골을 감쌌다. 돌아선 그녀의 어깨 위로 다다오의 손이 올라가다 다시 내려왔다. 그는 그녀가 사라진 어둠 속을 바라보며 한참 동안 서 있었다.

　숙소는 후쿠오카福岡 역 근처에 있는 도요東洋 호텔로 잡았다. 가격도 저렴하고 역에서 5분 정도 거리에 있어 이동하기에 편할 것 같았다. 방값이 싼 만큼 분위기는 소박하기 그지없었다. 문을 열고 닫을 적마다 요란한 소리를 내는 화장실은 너무 비좁아 옆으로 틀어 앉아서 볼일을 봐야 했다.
　호텔 직원들은 더없이 친절했다. 불편한 점은 없는지, 필요한 것은 없는지 묻고 또 물어가며 연신 굽실거렸다. 절도 있고 예의 바른 그들의 친절에서, 나는 이상하게도 허전함이 느껴졌다. 호텔을 바꾸지 않는 이상 그들의 친절에 대항할 자신이 없었다. 나는 맨손으로 보물찾기에 나선 가난한 여행자이고, 그들은 예의와 친절로 무장한 당당한 주인이었다. 손님이 왕이라는 말은 왕 같은 손님한테나 해당될 것이었다. 첫날밤은 이래저래 마음이 복잡해 잠을 설쳤다. 시아버지에게서 벗어난 것이 홀가분하기도 하고, 다시 찾은 이곳이 반갑기도 하고 낯설기도 해 혼란스러웠다.

시아버지가 적어도 나를 며느리로 인정했다면 그런 제안은 하지 않았을 것이다. 시아버지는 부자이고 그가 소장하고 있는 골동품 하나가 강남의 아파트 한 채 값과 맞먹는다는 사실은 세상이 다 알고 있었다. 직접 본 것은 아니지만 근거 없는 이야기는 아닐 것이다. 시아버지에 대한 이야기는 그 사람을 통해 어느 정도 알고 있었다. 그렇다고 내가 시아버지의 재력만 보고 그 사람을 선택한 것은 아니다. 물론 그와 함께하기로 마음을 정할 때 그 영향도 있긴 했다. 요즘 같은 세상에 사랑과 믿음 때문이라고 말하는 사람이 어디 흔한가? 변명하자면 유학 생활이 너무 힘들었다. 밤잠을 포기해야만 하는 편의점 야간 아르바이트와 현실성 없는 남자 친구에게서 벗어나고 싶었다. 그 사람 역시 나를 선택한 시아버지의 뜻을 따라야만 미래가 보장되기에 나를 유혹했을 것이니, 우리는 서로에 대해 억울한 입장이 아니었다. 더구나 그 사람은 숨겨 둔 애인과 밀월여행을 하다 고속도로에서 비명횡사했으니, 엄밀히 따지면 내가 더 억울할 수도 있었다. 아니, 사랑하는 여자를 위해 변변한 생일 선물 하나 사주지 못한다는 이유로 그동안 사귀던 나오키를 버린 것에 대한 벌일 수도 있으니 억울할 것은 없었다.

남편의 어처구니없는 사고 소식을 처음 들었을 때는 막 들어 올린 샴페인 잔이 산산조각 나버린 느낌이었다. 남편을 잃은 여자의 충격이라기보다는 금이 간 유리잔을 알아보지 못한 스스로에게 화가 났다. 결국 그 사람 뒤에 있는 시아버지라는 벽을 생각하지 못한 책임을 스스로 질 수밖에 없다는 걸 알았다. 가난한 남자를 버리고 얻은 깨달음이었다.

3

홍 씨가 가마에 손님이 찾아왔다고 했다. 파선은 서둘러 가마로 갔다. 관리인 하라다가 손님을 맞아 이야기를 나누고 있었다. 가마에 일이 생기면 하라다는 홍 씨를 데리고 다니며 일 처리를 했다. 홍 씨는 하라다가 자신을 지나치게 무시한다고 투덜거리면서도 가끔씩 쥐여 주는 지폐 때문인지 그만둔다는 소리는 하지 않았다. 번찰藩札이라고 하는 지폐는 시계마사 영주의 인장이 찍힌 조그만 종이쪽지로, 가마 밖으로 나가 쌀이나 생선 같은 물건과 교환해 쓸 수 있었다. 하라다는 영주의 심부름으로 다른 영주를 만나러 갈 때도 홍 씨를 대동하고 다녔다. 홍 씨가 힘이 좋아 짐꾼 역할도 하지만, 셈이 빠르고 정확하다는 이유 때문이었다. 자기를 거래하려면 큰돈이 오가기 때문에 자칫 셈이 틀릴 경우 영주의 불같은 화를 홍 씨에게 떠

넘길 수도 있었다.

파선을 찾아온 손님은 가라츠에서 온 사기장 도칠이었다. 그는 하얀 바지저고리를 입고 있어 한눈에 조신 사람이라는 것을 알 수 있었다. 파선은 아리타에 오기 전부터 그의 이야기를 들었다. 도칠도 파선처럼 왜인들한테 끌려와 죽도록 고생했는데, 지금은 중앙의 다이묘들까지 그의 도자기를 탐낼 정도로 큰 장인이 되었다고 했다. 파선은 그가 직접 찾아온 것이 송구하면서도 반가웠다.

선한 눈매를 가진 도칠이 먼저 파선에게 알은체를 했다.

"이렇게 만나게 되어 반갑소. 진작부터 소문 들어 알고 있었소."

도칠도 이즈미야마 광산의 도석을 사용하고 있어 파선에 대해 알고 있었다.

"먼저 찾아뵀었어야 하는데 송구스럽습니다."

파선은 그에게 송구한 마음을 전하며 말차를 권했다. 홍 씨가 하라다한테 받은 지폐로 사온 차였다. 처음 맛본 말차는 떫고 쓴 느낌만 났는데 자주 마시다 보니 그런대로 마실 만했다. 추운 다다미방에서 살다 보니 따뜻한 것이라면 그 어떤 맛에도 길들여졌다. 도칠이 말차를 음미하더니 맛이 좋다고 말했다.

"아닙니다. 그동안 고생 많으셨죠?"

도칠이 도움을 주지 못해 미안하다는 말을 덧붙이며 따뜻하게 웃었다.

"제가 온 것은 여기 가마를 정리하고 가라츠로 오셨으면 해서입니다. 아시다시피 그곳은 이제 안정을 되찾아 상권이 활발합니다. 영주의 영향력이 아주 없지는 않지만 가마가 커지면서 우리에게도 힘이 생겼소이다. 우리가 힘을 합치면 더 큰 가마를 만들 수 있을 것입니다."

뜻밖의 제안이었다. 가라츠 최고의 사기장이 그런 제안을 했다는 것은 큰 행운이었다. 그러나 파선은 그의 제안에 고민하지 않을 수 없었다. 도칠의 제안을 받아들이면 지금보다 훨씬 나은 생활을 할 것이고, 그리 되면 진주로 돌아가는 일이 한결 수월해질 수도 있었다. 문제는 시게마사 영주였다. 영주는 결코 파선의 도공들이 가라츠로 가도록 내버려 두지 않을 것이었다. 아리타만 해도 영주들 간의 전쟁 소식이 심심치 않게 들려왔고, 그들의 전쟁에는 항상 조선 도공들이 빚은 도자기가 힘의 상징으로 거래되었다. 파선은 아직 그들과 맞설 자신이 없었다. 힘이 없어 영주의 요구를 따르다 보니 가맛골 사람들은 늘 허덕이며 살았다. 규고쿠에 수십 명의 사기장이 있었지만 그들이 모두 도칠처럼 먹고 살 만한 것은 아니었다. 거의가 파선의 가마 사람들처럼 영주의 핍박으로 어려움을 겪는 실정이었다.

"시게마사 영주의 세력이 많이 약해졌다고 들었습니다. 가마 이주 문제는 제가 알아서 해결할 테니 결심만 하세요."

도칠의 말투에서 그의 영향력이 묻어 나왔다. 더러는 도칠이 영주들을 상대로 장사를 해 부자가 되더니 왜인 행세를 한다고 욕했지만, 파선이 보기에 그럴 사람 같지는 않았다. 자기 욕심만 앞세우는 사람이라면 아리타까지 찾아와 파선에게 그런 제안을 할 이유가 없었다. 가라츠와 아리타에는 파선보다 유명한 사기장들이 많아 그가 마음만 먹는다면 얼마든지 함께할 수 있었다. 그가 파선을 찾아온 데는 아마 이곳 가마 형편이 워낙 좋지 않다는 걸 알기 때문일 것이었다. 언젠가 상근도 도칠에 대한 이야기를 하면서 믿어도 좋은 사람이라고 했다. 도칠의 선친 역시 상근의 부친과 마찬가지로 남해에서 알아주는 사기장이었고, 선대부터 상근의 부친과는 서로 경외하는 사이였다고 했다. 그와 함께 일하면 지금보다 생활이 좋아질 것은 확실했다.

"당장 대답하지 않아도 됩니다. 여기 식구들과 상의해 보고 연락주세요."

그는 더 이상 독촉하지 않았다. 파선이 생각하는 동안 천천히 차를 마시며 기다렸다. 파선은 자신의 마음을 헤아려 주는 도칠이 고마웠다. 적진에서 아군의 장수를 만난 듯 마음이 든든했다.

"생각해 주셔서 감사합니다. 가마 식구들과 상의해 보겠습니다."

파신은 도칠을 대숲 근처까지 배웅했다. 도칠이 떠나자 가마 근처에서 배회하던 하라다가 부리나케 달려왔다. 가마의 모든 상황을 영주한테 일일이 보고해야 하는 그의 입장에서 도칠의 방문은 심상치 않은 보고거리가 될 것이었다.

"가라츠 사기장이 대체 무슨 일로 왔소?"

그는 죽은 상근에게는 꼬치꼬치 따지듯 묻더니 파선에게는 눈치를 봤다.

"하라다, 가마와 관련된 일에만 신경 써요."

파선이 단호하게 말했다. 하라다는 상대가 약해 보이면 강하게 굴고 강해 보이면 납작 엎드려 충성하는 사람이었다.

"참, 작업이 늦어지는 이유를 영주님께서 직접 들어야겠다고 했소."

하라다가 슬그머니 말을 돌렸다.

"하라다가 설명하면 되잖아요."

"당신 말대로 도석 가루를 말리느라 늦는다고 했더니, 주군께서 그동안에는 그런 일이 한 번도 없었다면서 믿을 수 없다고 했소."

하라다 말이 사실이었다. 상근이 있을 때는 성토 작업 일정을 한 번도 지체한 적이 없었다. 날짜를 더 쓴다는 것은 영주에게 그만큼 손해를 보게 하는 일이었다. 가맛골 자기의 거래 선을 뚫어 주는 사람이 영주였고, 영주는 거기서 나오는 잡세로 부를 누렸다. 또 특별한 자기는 자신이 챙겨 권력을 사는 데 필요한 뇌물로 썼다. 일정이 늦어지면 당연히 영주가 묵인하지 않을 것이었다. 그러나 파선은 새로운 시도를 해보기로 결심하고 있어, 영주의 엄포 따위는 겁나지 않았다. 상근이 죽고 가마의 대장이 된 파선은 이제 예전의 파선이 아니었다.

"가서 전하세요, 좋은 자기를 얻으려면 믿고 기다리라고."

하라다가 움츠러들자 파선의 말투는 더 당당해졌다.

"보고는 하겠소."

영주가 이번 작업 일정에 신경을 곤추세우는 이유를 파선은 잘 알고 있었다. 네덜란드의 무역선이 명나라를 거쳐 데지마出島 항에 도착한다는 정보가 있었다. 하라다를 통해 홍 씨의 입에서 나온 말이었다. 무역선은 도자기 거래를 위해 아리타에도 머물 예정이었고, 영주는 그들과의 무역을 고대하고 있었다.

파선은 점토 작업장으로 갔다. 흙 밟기가 거의 마무리 단계에 접어들고 있었다. 도석은 몇 단계의 성토 과정을 거쳐 고운 가루로 변했다. 붉은 철분이 섞인 도석 가루는 또 한 차례의 건조 과정을 거쳐 마침내 자기를 만들기 위한 반죽으로 탄생되었다.

파선은 반죽을 끝낸 허 씨와 박 씨의 정강이를 살펴보았다. 두 사람 다 방금 씻고 나온 듯 종아리가 깨끗하고 반죽 가루가 전혀 묻어 있지 않았다. 달걀 상한 냄새까지 살짝 풍기는 것이 반죽 때깔과 냄새가 전하고는 달랐다. 그녀는 반죽을 조금 떼어 입안에 넣고 우물거렸다. 파선의 입가에 엷은 미소가 번졌다. 그녀가 자신을 신기하게 바라보는 허 씨와 박 씨에게 말했다.

"성형소로 옮기세요."

파선은 훈장의 도움을 받아 남편 상근이 생전에 들려준 이야기와 선대로부터 전해진 도자기 만드는 비법을 알기 쉽게 정리했다. 그 비법은 상근의 족보 속에서 튀어나왔다. 도자기를 만드는 과정이

다섯 장의 낡은 한지에 그림으로 그려 있었고, 그에 대한 설명도 자세히 쓰여 있었다. 상근이 죽고 흙 가마니를 밖으로 옮길 때 가마니가 터지면서 튀어나온 것이었다. 닳을 대로 닳아 나달나달해진 광목천 속에 족보로 보이는 책이 한 권 있었고, 그 책갈피 속에 다섯 장의 종이가 꾸깃꾸깃 접혀 있었다. 종이를 펼쳐 드는 순간 파선은 그것이 무엇인지 단박에 알아보고는 깜짝 놀랐다. 바다를 건너오면서까지 흙 가마니를 지고 온 상근의 뜻을 그제야 알게 된 것이다. 파선은 밤새 종이를 살펴보다 이튿날 아침 일찍 훈장을 찾아갔다. 훈장의 도움으로 종이 속 글자들은 언문으로 바뀌었다. 신비한 흙과 유약과 불에 대한 이야기가 그 속에 있었다. 보물은 보물을 알아보는 사람이 주인이었다. 가슴 벅찬 비밀이었다. 파선은 흙 가마니를 집 앞에 있는 왕벚나무 아래 묻었다. 왜국에는 벚나무가 지천이라지만 가맛골에는 흔치 않았다. 가마 주변은 온통 대나무 천지였고 소나무도 산을 한참 올라가야만 구경할 수 있었다. 흙 가마니를 품은 왕벚나무는 그날부터 파선의 든든한 후원자가 되었다. 그녀는 집과 가마를 오갈 적마다 왕벚나무를 올려다보며 상근과 진주를 생각했다.

1차 반죽이 완성되었다. 백자를 만들기 위한 백토였다. 성토 과정을 거치는 동안 철분이 빠지면서 백토는 고운 미색으로 변했다. 허씨와 박 씨는 파선의 말대로 큰 소반에 반죽을 담아 성형실로 가져갔다. 이번 가마에는 차사발 외에 달 항아리와 물병, 접시 등을 구울 생각이었다. 차 사발과 항아리는 영주가 무역을 하기 위해 주문한 것이고, 나머지는 파선이 처음으로 시도하는 것이었다.

파선은 지난달 홍 씨와 함께 도자기가 거래되는 데지마에 영주 몰래 다녀왔다. 아리타에서 배로 하루 걸리는 나가사키라는 곳에 있는 섬이었다. 네덜란드인들이 거주하며 서쪽과 명의 물건들을 왜국과 교역했는데, 중앙의 다이묘들뿐만 아니라 지방의 영주들까지 다녀갈 정도로 인기가 좋았다. 데지마에서는 자기와 부채, 유황, 동전, 생사 같은 물건들이 교역되었고, 곡식이나 향신료도 많았다.

파선은 그곳에서 도자기의 쓰임이 사발 이상이라는 것을 알았다. 여태까지는 사발이 부엌에서만 필요한 물건인 줄 알았는데, 자기가 단순히 밥을 해먹고 차를 마시는 데만 필요한 것이 아니라 그보다 더 큰 가치와 의미로 취급받는다는 걸 알고 생각을 달리하게 되었다. 그들이 원하는 사발이 무엇인지 또 그런 도자기를 예술이라고 표현한다는 것도 알았으니 영주를 어떻게 상대해야 하는지도 알 것 같았다.

파선은 이번 가마에 담을 자기를 떠올렸다. 그녀는 엊저녁 내내 새로운 자기에 대한 생각으로 잠을 설쳤다. 이번 자기에는 지난번 집회가 열렸던 집에서 본 화병처럼 자기에 그림을 그려 넣을 생각이었다. 푸른 대나무와 헤엄치는 물고기, 비상하는 새들을 그려 다른 시도를 해볼 참이었다. 가라츠에서 온 도칠도 자기에 그림을 그려 넣어야 작품이 될 수 있고 크게 우대받을 수 있다고 했다. 파선은 기생이던 어머니의 치마저고리에 쪽물을 들이던 부엌 할멈을 떠올리며 색에 대해 고민했다. 백토의 느낌은 좋았다. 좀 전 백토 반죽을 입안에 넣었을 때 파선은 이것이 비법의 맛이로구나 하는 느낌을 받았다. 질 좋은 백토는 훌륭한 자기를 만드는 절대 조건이었다. 파선은 1차 관문을 통과한 것 같아 흐뭇했다. 아직 갈 길이 멀었지만, 일이 순조롭게 진행될 것이라는 예감이 들었다.

자기를 빚는 성형소에는 여자가 두 명이고 나머지는 모두 남자였다. 대부분 마흔을 넘긴 나이였고 가마 경력이 10년 넘는 기술자들이었다. 죽은 상근도 성형소 사람들과 친구처럼 지냈고, 파선 역시 오랜 세월 함께해 온 터라 그들과 허물없이 지냈지만, 진주에 대한 그리움과 가맛골의 어려운 형편 때문에 크고 작은 시비가 자주 일어나 골치가 아팠다. 가마 일이 일정하지 않다 보니 남자들은 술을 자주 마셨고, 한번 술을 입에 대면 사나흘씩 퍼마시는 바람에 가마가 시끄러웠다. 파선은 가마 사람들의 그런 모습을 언제까지 지켜볼 수만은 없어 때로는 냉정하게 대했다. 상근처럼 안타까운 마음만 앞세워 계속 덮어 주다가는 영원히 왜국에서 벗어나지 못할지도 모른다는 생각이었다.

파선은 그들이 빚어야 할 도자기 본을 탁자 위에 올려놓고 설명했다.

"이번에는 양이 많아요. 큰 접시 3백 점, 작은 접시 2백 점, 막사발 1백 점, 차 사발 1백 점을 만들어야 합니다."

전에 비해 대단히 많은 분량이었다. 다행히 이곳 가마의 평이 나쁘지 않아 다른 지역에서도 인기가 있다고 홍 씨가 귀띔했었다. 영주가 가마를 재촉하는 속셈이 있었다. 넉배가 입을 쩍 벌리며 놀랐다.

"오! 이번엔 밥걱정 안 해도 되는 거지?"

그의 목에서 명찰이 덜렁거렸다. 술이 꼭지까지 올라도 그는 명찰만큼은 빼놓지 않았다. 상근의 어릴 적 친구이기도 한 그는 머리가 벌써 하얗고 앞니도 언제 달아났는지 보이지 않았다.

"네, 올겨울은 따뜻하게 보낼 수 있을 거예요."

모여 있던 사람들의 얼굴이 환해졌다.

"근디 언제까지 이걸 만들어야 되는 거여?"

덕배가 파선에게 바싹 다가서며 물었다.

"초겨울까지는 본불을 때야 합니다."

지금부터 성형 작업을 시작해도 본불 때기까지 끝내려면 그쯤 돼야 할 것 같았다.

"힘들어도 해야지요, 얼른 돈 벌어서 진주로 돌아가야 할 텐데……."

허 씨 부인은 가족과 함께 살고 있는데도 늘 고향 생각에 빠져 입만 열면 진주 타령이었다. 생각지 않던 사람들도 그녀가 진주 얘기를 꺼내는 바람에 꼭 눈물을 훔치고 말았다. 그녀가 터진 손등을 긁어 가며 말했다.

"지금쯤 홍매화가 활짝 폈을 텐데……."

"염병할, 시방 뭔 소리여."

덕배가 그녀를 핀잔했다. 그녀는 다시 손등만 긁어 댔다. 그녀의 손등은 일 년 내내 터져 있었다.

"좋은 날이 오겠지요. 세상이 변하고 있으니 그리 나쁘지 않을 것입니다. 이번에는 술들 좀 삼가시고 작업에 신경을 써주세요."

"알았어, 나보고 하는 소리 같은디, 정신 차릴 테니 걱정 마. 씨발, 얼른 돈벌어서 배를 통째로 사 도망을 치든지 해야지 못 살겠어."

사람들이 웃었다. 말썽을 부려도 그가 있어 웃는 일이 생겼다. 허씨 부인이 새치름한 얼굴로 덕배를 쳐다보았다. 덕배를 가장 마땅찮게 생각하는 사람이었다. 그러거나 말거나 덕배는 신경 쓰지 않았다. 남편인 허 씨보다 나이가 많은데, 그녀는 덕배를 마치 자신의 동생이라도 되는 양 닦달했다. 그녀의 새침한 표정에 덕배가 한 마디 더 씨부렁거렸다.

"왜, 내가 배를 사면 서방 새끼 버리고 쫓아가게?"

사람들이 배를 잡고 웃자, 허 씨 부인의 얼굴이 시뻘게졌다.

"그만들 하시고, 일이나 합시다."

다들 제자리로 돌아가려 할 때였다. 덕배가 두 손으로 가랑이를 붙들고 펄쩍펄쩍 뛰었다. 그의 가랑이 밑에 반죽을 두드리는 나무봉이 떨어져 있었다. 남자 손 두 뼘 정도 크기의 두툼한 나무봉으로, 허 씨 부인 것이었다.

"저놈의 여편네가! 나 고자 되면 책임질 껴? 만일 잘못되면 너는 우리 마누라한테 머리털 몽땅 뽑힐 줄 알어."

"저 주둥이를 확!"

허 씨 부인도 만만치 않은 성깔이었다. 그녀의 손에 이번에는 대패가 들려 있었다. 쇠붙이라 맞으면 위험했다. 구경만 할 싸움이 아니라는 것을 안 사람들이 두 사람을 잡아당겼다.

"그만들 하세요."

파선이 언성을 높였다. 일을 앞두고 서로 맘이 틀어지면 가마의 성공을 기약하기 어려웠다. 늘 자잘한 잡음이 있기는 하지만, 아직까지는 큰 문제가 없었다. 파선은 이번에도 아무 탈 없이 가마에 불을 땔 수 있기를 바랐다. 가라츠 가마로 와서 함께 일하자는 도칠의 제안은 이번 일을 끝낸 뒤 가맛골 사람들과 의논해 볼 생각이었다. 마음이 심란하면 손도 더딜 뿐만 아니라 운도 따르지 않았다.

달 항아리와 물병 접시는 파선이 직접 빚을 작정이었다. 파선은 성형실 맨 구석자리로 갔다. 그곳은 남편 상근의 자리였다. 상근의 손때 묻은 물레와 반죽대가 그대로 있었다. 그가 죽었다는 사실이 믿어지지 않았다. 어느 날 벙싯거리며 물레 앞으로 돌아올 것만 같았다. 대숲을 지날 때는 더더욱 그랬다. 상근이 짓궂게 쫓아와 다시 대숲으로 끌고 들어갈 것만 같아 어깻죽지가 허전했다. 파선은 상근의 물레를 만져 보았다. 반죽대와 반죽봉도 차례로 쓰다듬었다. 시큼한 그의 땀 냄새와 태토 냄새가 맡아졌다. 파선은 손을 비벼 따뜻하게 만든 다음 조심스럽게 태토를 반죽하기 시작했다.

파선은 밤늦도록 작업대를 떠나지 않았다. 다른 사람들은 모두 집에 돌아간 지 오래였다. 관리인 하라다도 돌아간 듯 보이지 않았다. 그녀는 호롱불을 밝혔다. 겨우 물병 하나 만들었을 뿐인데, 깜깜한 밤이었다. 그믐이라 호롱불이 아니면 한 치 앞도 분간하기 어려웠다. 비가 내릴 듯 공기도 축축했다. 물레에 앉아 있는 동안은 아무 것도 생각나지 않았다. 물레에 홀려 배고픔도 잊었다. 텅 빈 작업실 안으로 습한 바람이 불어왔다. 파선은 천천히 돌아갈 준비를 했다. 원숙 어미가 걱정할 듯싶었다. 아침에 늦는다는 말은 했지만, 아이들조차 가마에 얼씬거리지 않는 것이 이상했다. 혼자 저녁 먹을 원숙 어미가 아니었다.

그녀는 비가 들이칠 것을 대비해 작업실 여기저기를 가마니로 덮었다. 작업실 밖 관리실 근처에서 말 울음소리가 들렸다. 그녀는 조심조심 호롱불을 들고 밖으로 나왔다. 이 저녁에 말을 타고 가마에 올 사람이 없는데, 말 소리가 분명했다. 희미하지만 관리실 앞에 사람은 없고 말만 서 있는 게 보였다. 잠시 후, 저녁 이내를 몰아내며 파선이 있는 쪽을 향해 누군가 걸어오는 듯 묵직한 발소리가 가까워졌다. 그녀는 호롱불을 치켜든 채 발소리가 가까이 오기를 기다렸다.

"거기 누군가?"

다다오 목소리였다. 큰 덩치와 달리 깊고도 섬세한 울림이 느껴지는 그의 목소리를 그녀는 기억하고 있었다. 자기의 비색 같은, 불과 얼음이 뒤섞인 차고도 따뜻한 목소리였다. 파선은 당황스러웠다. 그의 목소리를 그토록 또렷하게 기억하고 있다는 사실이 민망해 공연히 긴장되었다. 처음 왜국으로 올 적에도 마차에서 고꾸라진 원숙어미를 일으키던 다다오의 가는 손가락을 보고 파선은 지금과 같은 생각을 했다. 하나하나 기이하고 이해할 수 없는 것투성이인 사람이 다다오였다.

파선이 호롱불을 흔들어 기척을 했다.

"네, 파선입니다."

다다오가 뚜벅뚜벅 걸어와 파선 앞에 섰다. 관리실 앞에 서 있던 말이 제 주인을 따라와 푸르릉거렸다. 그가 말고삐를 흔들어 조용히 시켰다.

"하라다를 만나러 왔는데, 없군."

묻지도 않았는데 그가 말했다.

"아, 네."

"왜 아직까지 여기 있나?"

그의 말꼬리가 날카롭지 않았다.

"일이 좀 있어서."

"혼자서 말인가?"

그녀가 주위를 밝히려 호롱불을 높이 쳐들었다.

"네."

빗방울이 떨어졌다. 비바람이 가맛골을 휘돌기 시작했다. 파선은 펄럭이는 치마를 움켜잡았다. 호롱불이 불안하게 깜박거리다 죽어버렸다. 불이 꺼지자 어둠은 더 짙어졌고 사위는 밤바람 소리만 요란했다. 파선은 순간 불안인지 두려움인지 모를 감정이 일어 치맛자락을 더 세게 붙들었다. 바로 앞에 다다오와 그의 말이 길을 막고 있어 파선은 더 이상 움직일 수가 없었다.

"어둡군!"

파선의 코앞에서 다다오가 말했다. 호롱불이 꺼져 한 말일 테지만 그녀는 다다오의 짧은 한마디가 주변의 어둠을 일제히 몰아내는 것만 같았다. 다다오가 자신을 위해 어둠과 맞서고 있다는 생각이 들자, 그녀는 좀 전에 가졌던 불안이 알 수 없는 믿음으로 바뀌는 걸 느꼈다. 그는 당연히 무섭고 잔인한 무사에 불과했다. 가마 사람들도 그렇고 아리타의 왜국인들 또한 시게마사 영주보다 그의 심복이면서 일등 무사인 다다오를 더 무서워했다. 죽음의 집행자인 그를 다른 시선으로 생각하고 있다는 사실이 스스로도 이해되지 않았지만, 부정하고 싶지는 않았다. 그의 눈빛과 목소리, 손가락에서 느껴지는 것들은 그가 무사이면서 무사가 아니고 칼이면서 솜일 수도 있다는 감정의 교차를 만들었다. 파선은 그걸 알아챈 것뿐이었다. 그녀는 그만 집으로 가야 했다. 다다오의 말이 그를 지루하게 기다리고 있었다.

"그럼, 가지."

다다오가 먼저 움직였다. 그의 말이 주인의 기척에 푸르릉거리며 방향을 잡았다. 파선은 그 자리에 그대로 서 있었다. 그와 함께 갈 수 있는 입장이 아니었고 그럴 마음도 없었다. 그가 사라지고 나면 홀가분하게 걸음을 재촉할 생각이었다. 그러나 말을 타고 휙 사라져야 할 그는 더 이상 움직이지 않았고 어둠 속에서 계속 그녀를 응시하며 서 있었다. 파선은 무슨 일인가 싶어 머뭇거렸다.

"뭐하나? 가지."

"저기……."

말 때문에 파선은 움직이지 않을 수 없었다. 방향을 튼 다다오의 말이 자꾸 그의 발길을 재촉했다. 고삐를 쥔 다다오는 파선보다 두어 발짝 앞서 걸었다. 말이 파선 뒤를 바짝 따라붙은 셈이었다. 그녀는 머리 위에서 연신 푸르릉 소리를 내는 말 때문에 종종거렸다. 그가 어둠을 밀어내며 길을 만들었다. 그녀는 도대체 이게 무슨 일인가 싶기도 했지만 늦은 밤 대숲을 혼자 지나가지 않게 되어 다행이라는 생각도 들었다. 상근이 죽고는 엄두가 안 나 밤길을 혼자 다니지 못했다. 원숙 어미가 대숲까지 마중 나오던지 아니면 가마 사람들과 함께 다니곤 했는데, 오늘은 일이 늦어지는 바람에 다다오까지 만나게 된 것이다.

"살 만한가?"

파선은 그가 말실수를 한 것 아닌가 싶었다. 무사의 입에서 나올 소리가 아니었다. 의당 가마에 대한 강요 내지는 질책을 해야 옳았다. 그녀는 아주 잠깐 걸음을 멈추고 어색하게 그의 등판을 바라보았다. 어둠보다 깊고 두꺼워 보이는 다다오의 등이 그녀의 밤길을 안내하며 안녕하냐고 묻는 것이었다. 그가 가마 사람들의 형편을 묻는다는 것이 어색했지만 그녀는 불편했던 걸음걸이가 그 한마디로 조금은 부드러워진 것 같아 마음이 놓였다.

"어떻게든 살아야지요. 바쁘실 텐데, 얼른 가보세요."

순간 태토에 물방울이 튀듯 풋! 하는 소리가 어둠을 흩트려 놓았다. 그가 웃었다.

"내가 싫은가 보군, 볼 적마다 가라고 하는 걸 보면."

"네?"

파선은 갈수록 그의 말뜻을 이해할 수 없었다. 그와 함께 계속 걸어가야 한다는 것이 불편했다. 그래서 먼저 가려고 그의 앞으로 질러 나갔다. 그러나 널뛰는 치맛자락을 붙들고 울퉁불퉁한 길을 서두르자니 뜻대로 되지 않았다. 파선은 그만 마차 바퀴 자국에 걸려 넘어지고 말았다. 쿵 소리가 날 정도로 심하게 나자빠진 그녀는 꼼짝도 할 수가 없었다. 숨이 턱 막히면서 발목이 부러진 듯 아팠다.

"괜찮은가?"

뒤따라온 그가 파선을 일으켰다. 당황한 파선이 괜찮다며 그의 손을 뿌리쳤지만 그는 거두지 않고 그녀를 일으키려 애썼다. 그의 도움 없이 일어서려던 그녀는 다시 옆으로 넘어지고 말았다.

"걷지 못하겠소?"

"괜찮아요."

괜찮다는 말과 달리 파선은 쉽게 일어서지 못했다. 어떻게든 이 상황에서 빨리 벗어나야 하는데, 발목에 힘을 줄 수가 없었다. 한참을 주무른 다음 다시 시도해 보았지만 발목의 통증은 조금도 나아지지 않았다. 지켜보던 그가 파선에게 손을 내밀었다. 당황한 그녀는 여전히 괜찮다면서 그의 손을 잡지 않았다. 그는 내밀었던 손을 거둬들이는 대신 그녀를 번쩍 들어 말 잔등에 올려놓았다. 순식간에 일어난 일이었다. 그녀는 가슴이 쿵 하고 떨어져 나가는 것 같았다. 그가 안아 올려서 놀라기도 했지만, 높은 말 잔등이 너무 무서웠다.

"엄마야!"

"무섭소?"

"네."

"칼은 안 무서워하면서 말은 무서워하는군!"

"네?"

그녀는 아무 생각도 나지 않았다. 소달구지하고는 비교가 안 될 만큼 높았다. 어릴 적 홍시를 따 먹기 위해 감나무 꼭대기까지 올라갔을 때처럼 아슬아슬했다. 감나무에 꼼짝없이 매달려 울고 있으면 적화루 부엌 할멈이 달려와 그녀에게 등을 내주었다. 기생 어미가 달려와 그녀를 안아 준 것이 아니라 부엌데기 할멈이었다. 파선은 두려웠다. 말 잔등에 올라타 있는 그녀를 구해 줄 사람이 상근이 아니라 다다오라는 사실이 서글펐다. 그녀는 요동치는 가슴을 진정시키며 주위를 살폈지만 땅바닥이 까마득해 내려설 엄두가 나지 않았다.

그가 담장을 넘듯 말 잔등으로 훌쩍 올라탔다.

"꼭 붙드시오."

그가 말하기도 전에 파선은 이미 그의 허리를 꼭 껴안고 있었다. 말이 달리기 시작했다. 비바람이 미친 듯 불었다. 그녀는 그의 등에 얼굴을 묻고 어둠을 뚫고 달리는 다다오의 숨소리를 들었다. 말발굽 소리보다 큰 그의 숨소리가 대숲의 정령들을 몰아내며 그녀의 가슴을 울렸다. 가마에서 집까지 한 걸음인데, 순간이 영원처럼 흘러갔다. 어떻게 왔는지 기억나지 않았다. 바람을 타고 쌩 날아온 것만 같았다. 그가 다시 파선을 번쩍 안아 땅바닥에 내려놓았다. 그녀는 간신히 바닥을 딛고 섰다.

"뜨거운 물로 찜질하면 괜찮을 거요."

파선이 고맙다는 인사를 하기도 전에 그는 어둠 속으로 사라져버렸다. 꿈을 꾼 듯했다. 방금 전 사라진 그가 사무라이 다다오가 맞는지, 잘못 본 것만 같았다. 그녀는 그가 사라진 쪽을 바라보다 절룩거리며 집 안으로 들어갔다.

집에는 아이들만 있고 원숙 어미는 없었다. 일찌감치 저녁을 차려 주고 나갔다고 큰아이가 말했다. 집회가 있는 날도 아니었다. 밤도 한참 깊은 시각이었다. 파선은 다시 절룩거리며 대문 밖으로 나갔다. 비가 내리고 바람도 심하게 불었다. 귀를 기울여 보아도 인기척은 들리지 않았다. 원숙 어미가 갈 데라고는 사촌지간인 성훈네뿐인데 자주 왕래하는 사이는 아니었다. 성훈 아비하고는 사이가 좋은데, 성훈 어미하고의 사이가 좋지 않은 모양이었다. 한참을 서성거렸지만 원숙 어미는 집으로 돌아오지 않았다.

이튿날 새벽같이 누군가 대문을 두드렸다. 홍 씨가 비를 흠뻑 맞은 채 서 있었다.

"큰일 났어요! 저기……."

그가 대숲 쪽을 가리키며 말을 더듬었다.

"무슨 일인데요?"

파선이 홍 씨를 다그쳐 물었다.

"대숲에 원숙 어미가 쓰러져 있어요, 죽은 것도 같고 산 것도 같고……."

그녀는 다리가 아픈 것도 잊은 채 홍 씨를 앞세우고 대숲을 향해 뛰어갔다. 까마귀들이 새까맣게 내려다보고 있는 대숲은 운무로 가득 차 한 치 앞이 보이지 않았다. 그녀는 운무를 훑어내며 홍 씨를 뒤따라 대숲 깊숙이 들어갔다. 원숙 어미의 저고리가 보였다. 저고리와 치마가 따로 널려 있고 속옷만 걸친 원숙 어미가 기척 없이 누워 있었다.

원숙 어미는 죽지 않았다. 죽지는 않았지만 산 사람도 아니었다. 어찌 된 일이냐고 아무리 물어도 대답하지 않았다. 한참을 통곡하다 일어나 여기저기 흩어져 있던 옷가지들을 챙겼다. 파선은 그녀가 죽지 않아 천만다행이라고 생각했다. 파리 같은 목숨이지만 가맛골 사람들이 죽는 것은 더 이상 보고 싶지 않았다. 왜국에서의 삶은 어떻게 사는 것이 중요한 게 아니라 어떻게든 죽지 않고 사는 것이 더 중요했다. 살아만 있으면 언젠가는 분명히 조선으로 돌아갈 수 있을 것이었다. 원숙 어미에게 무슨 일이 일어났는지는 그녀가 말하지 않아도 짐작할 수 있었고, 알아도 어떻게 할 수 없는 일이었다. 그저 살아 있어 다행이었다. 파선은 밤사이 죽지 않고 살아 준 원숙 어미가 고마웠다. 아직도 그녀를 시험하는 가혹한 운명이 야속했지만 파선은 그녀가 자신 곁에 오래 있어 주길 바랐다.

원숙 어미는 사나흘을 죽도록 앓았다. 원숙과 원숙 아비를 먼저 보내 놓고도 끊으려 하지 않던 목숨을 이번에는 죽으려고 작정한 듯 미음조차 입에 대지 않았다. 파선은 가마 일을 미루고 그녀 곁을 지켰다. 그녀는 잠을 자는 내내 다른 세상을 살고 있는 듯 헛소리를 하며 웃기도 하고 울기도 했다. 대숲에서의 일은 여전히 입을 열지 않았다. 파선도 누가 그랬냐고 묻지 않았다. 나흘째 되던 날 원숙 어미가 기운을 차린 듯 부스스 일어나 앉았다.

"괜찮은 거야?"

나흘 동안 고통을 잊었는지 원숙 어미가 아무렇지 않은 표정으로 파선을 바라보았다. 단잠을 자고 난 듯 개운하게 기지개를 켜고 파선이 머리를 쓸어 올려 주자 해맑게 웃기까지 했다. 너무 밝아서 그녀가 아닌 것 같았다. 뭔가 이상했다. 파선이 그녀의 양어깨를 흔들어 가며 물었다.

"괜찮은 거지, 안 아픈 거 맞지?"

"응, 언니."

원숙 어미가 아무렇지 않은 듯 대답하더니 또 웃었다. 파선이 조심스럽게 물었다.

"그날, 왜 대숲에 갔니?"

"하라다가 까마귀 잡아 준다고 해서 갔어. 언니, 밥 줘."

원숙 어미가 천진하게 웃었다. 밖에서 실컷 놀다 지쳐서 집으로 돌아와 밥 달라고 하는 애들하고 같았다. 새로 입혀 준 저고리가 맘에 드는지 옷고름을 풀었다 맸다 반복하는 원숙 어미는 예전의 그녀가 아니었다. 파선은 애가 탔다. 원숙 어미의 달아난 정신을 어디서부터 잡아야 할지 판단이 서지 않았다.

"그러니까, 하라다하고 까마귀 잡으러 대숲에 갔었단 말이지?"

"응."

몇 번을 물어도 원숙 어미는 똑같은 대답을 했다. 아니, 아무리 지켜보아도 앓기 전의 원숙 어미가 아니었다. 그녀는 자신이 무슨 일을 당했는지 누구인지조차 깨닫지 못했다. 무슨 병에 걸린 것인지 어제 일은 까맣게 잊어버린 채 밥 타령만 했다. 파선은 어찌해야 좋을지 몰랐다. 아리타에 의원이 있다는 소리는 들었지만 어디로 가야 만날 수 있는지는 알지 못했다. 알았다면 상근도 그리 죽게 내버려 두지 않았을 것이다. 가맛골 사람들이 병을 치료할 수 있는 방법은 산에서 약초를 캐다 달여 먹거나 절구에 찧어 바르는 정도였다. 원숙 어미처럼 몸이 아픈 것이 아니라 마음이 아픈 경우는 더했다. 한 젊은 도공은 몇 달 동안 화난 표정으로 살다 소나무에 목을 매달았다. 그는 밥을 달라고도 안 했고 몸이 아프다고도 하지 않았다. 신부는 몸이 아픈 것보다 더 무서운 병이니 하느님의 힘을 빌려야 한다며 집회에 나오길 권했지만 그는 듣지 않았다. 원숙 어미는 다행히 표정이 밝았고, 그녀 스스로 목숨을 끊는 일은 없을 것 같았다.

아무리 그렇다고 해도 끓어오르는 분노를 참을 수는 없었다. 칼과 총은 없지만 파선에게는 그들이 필요로 하는 것이 있었다. 대적할 수 없다고 언제까지 그들에게 짓밟힐 수는 없는 노릇이었다.

원숙 어미에게 밥상을 차려 주고 파선은 깨끗한 옷으로 갈아입었다. 머리를 곱게 빗어 넘기고 아끼던 미투리를 꺼내 신었다. 그녀는 메밀꽃처럼 소박하면서도 순결해 보였고 도라지꽃처럼 단아하면서도 당찬 모습이었다. 빈손이었지만 파선은 겁나지 않았다. 영주가 살고 있는 집까지 한걸음에 도착했다. 분노와 굴욕의 발걸음이 말을 탄 듯 가맛골을 벗어나게 하고 들길을 가로질러 달리게 했다. 파선이 영주의 집으로 찾아간 것은 처음이었다. 가마의 작업이 늦어지는 이유를 직접 와서 설명하라는 명령까지 무시한 그녀가 제 발로 영주를 찾은 것은 원숙 어미 때문이었다.

영주의 집을 살피던 파선은 낮은 목책 옆에 있는 작은 문을 발견했다. 무사들과의 대면을 피하려고 정문 반대쪽으로 돌아온 것이었다. 저만치 안채가 보이고 동산 하나를 옮겨다 놓은 듯 큰 정원이 있었다. 정원에는 마치 조선의 서낭당 비슷한 초가집 한 채가 상량보에 굵은 새끼줄을 늘어뜨리고 있었다. 파선은 그걸 보니 언뜻 홍 씨한테 들은 이야기가 생각났다. 영주가 부엉이를 집 안에 모셔 놓고 전쟁을 시작하기 전이나 누군가를 죽여야 할 때마다 한밤중에 나와 부엉이 소리를 듣고 판단한다는 것이었다. 그 부엉이는 하늘과 소통하는 영험한 동물로 지상의 일을 족집게처럼 점친다고 했다. 파선은 영주의 정원 초가집 안에 있을지도 모를 그 부엉이가 이번에는 영험한 점괘를 내놓지 않기를 바랐다.

들던 대로 영주의 집은 호화로웠다. 한 집을 통과하면 또 다른 집이 나올 정도로 여러 개의 집이 성안에 모여 있었다. 대문이 하나씩 열릴 때마다 작은 정원도 나타났다. 마지막 대문 안으로 들어서자 낯익은 얼굴이 보였다. 다다오였다. 그가 다른 무사들과 함께 영주의 방문 앞에 서 있었다. 그를 본 파선은 며칠 전 일이 떠올라 영주를 만나러 온 목적을 잠깐 잊어버렸다. 영주의 집에서 그와 마주치는 것은 당연한 일인데, 파선은 왠지 뜻밖인 듯 당황스러웠다. 영주의 무사들은 전보다 숫자가 적어 보였다. 소문대로 시계마사 영주의 세력이 약해지고 있는지도 몰랐다.

다다오가 파선을 바라보았다. 그녀는 짐짓 가벼운 목례를 건넸다. 그의 눈빛이 잠깐 흔들렸다. 그녀는 더 지체할 수 없어 그를 등지고 스치듯 지나갔다. 그녀는 방문 앞에 서 있는 어린 무사에게 영주를 만나러 왔다고 말했다. 어린 무사는 그녀의 말이 떨어지기 무섭게 어디론가 바람같이 사라졌다. 그녀는 어린 무사가 다시 나타나길 기다리며 집 안을 살펴보았다. 티끌 하나 없는 집 안은 적막하고 무거웠다. 정원의 나무와 꽃들도 하나같이 작고 정갈해서 제멋대로 툭툭 터진 봄것들 같지 않았다. 흙에서 트지 않고 처음부터 다다미방에서 씨를 내린 듯 나무도 꽃도 빈틈이 없어 답답하고 지루해 보였다. 그녀는 돌확의 물레방아 소리를 비키고 무사들과 이야기를 나누는 다다오의 목소리를 들었다. 귀를 기울이는 것도 아닌데, 그녀는 그의 목소리가 자신의 몸을 점점 부풀리고 있는 것 같아 불안했다. 다다오의 눈에 띌까 봐 빨리 벗어나고 싶었다.

"저를 따라오세요."

때맞춰 나타난 어린 무사가 그녀의 생각을 끊어 냈다. 파선은 어린 무사를 따라 길게 연결된 다다미방을 한참 걸었다. 투명한 미닫이창 밖으로 그림자처럼 무사들이 드문드문 서 있었다. 아랫집은 지붕이 보일 만큼 낮았다. 검은 기와가 촘촘히 박힌 지붕은 뾰족한 탑 모양을 하고 있고 검은 칠을 한 나무 기둥들이 기와지붕을 떠받치고 있었다. 지붕과 지붕 사이는 건너뛸 수 있을 정도로 가까웠다. 마당과 마당이 연결된 것이 아니라, 지붕과 지붕이 연결되어 있고 문과 문이 연결되어 있는 집이었다. 또 한 번 들어가면 쉽게 빠져나오기 어려울 듯 집 안은 들어갈수록 깊어졌다.

여러 개의 방을 지나 마지막 방문 앞에 섰을 때, 어린 무사가 첫 번째 미닫이문을 열었다. 영주는 없고 나무로 된 가구들만 가득했다. 그가 두 번째 미닫이문을 열자, 금속 장식들이 박힌 나무장들이 방 안 가득 진열되어 있었다. 그가 세 번째, 네 번째 문을 열었다. 수십 개의 새장 속에는 꾀꼬리, 잉꼬, 십자매 같은 새들이 가득했다.

하나의 미닫이문이 열릴 때마다 파선은 눈이 휘둥그레질 정도로 다양한 물건들을 보았다. 그녀는 특히 꽃무늬 백자 항아리와 시커먼 차 사발을 보고 크게 놀랐다. 더 오래 보고 싶었지만 어린 무사의 총총한 걸음을 뒤따라가느라 눈요기 정도로만 만족해야 했다. 그가 걸음을 멈추고 파선에게 눈을 한 번 끔벅거렸다. 뒤이어 벚꽃이 그려진 미닫이문이 스르르 열렸다.

시계마사 영주는 아직 건재해 보였다. 비단옷을 입은 영주는 검은 나무 의자에 앉아 있었고, 두 명의 어린 소년이 영주 가까이 엎드려 있었다. 언제 어떻게 나타났는지 영주의 왼편에 다다오와 그의 무사들이 무릎을 꿇고 앉아 있었다. 그녀를 안내했던 무사가 파선이 앉을 곳을 가리켰다. 그녀는 두렵지 않았다. 그녀는 그가 가리킨 곳보다 좀 더 앞으로 나아가 앉았다. 영주가 싸늘한 눈길로 말했다.

"어서 오시오, 파선."

"가맛골의 대장으로 당신을 만나러 온 것이지, 파선으로 온 것이 아닙니다."

파선은 영주가 아직도 자신을 상근의 아낙으로만 보는 것을 원치 않았다. 그녀는 이제 홍기 어미도 파선도 아니었다. 가맛골을 책임져야 하는 대장이면서 도공이었다. 지금까지는 두 아들의 어미로, 상근의 아낙으로 살았지만, 영주가 상대해야 할 그녀는 더 이상 약한 여인이나 아낙이 아니었다. 영주가 눈썹을 치켜 올리며 말했다.

"좋소, 앞으로는 달리 부르겠소. 어디, 작업이 늦어지는 이유를 설명해 보시오."

영주가 파선이 방문한 이유를 잘못 짚은 것은 당연했다. 그녀가 하라다를 통해 기다리라고 했기 때문이다.

"그 이유도 설명하겠지만, 그보다는 다른 일이 있어서 왔습니다."

"뭐요!"

탁자 위로 올려가 있던 영주의 손이 무릎 위로 내려왔다.

"나한테 다른 볼일이 있다고, 당신이?"

"그렇습니다."

그녀의 목소리는 차분하면서도 냉정했다.

"뭔지 말해 보시오."

영주가 호기심 가득한 눈으로 파선을 바라보았다. 그 눈빛이 쥐새끼를 발견한 사나운 고양이 같았다.

"며칠 전 친자매나 다름없는 동생이 큰일을 당했습니다. 동생이 그 일로 정신을 놓아 버렸단 말입니다."

"잠깐! 무슨 큰일 말이오?"

영주가 손을 들어 파선의 말을 끊었다. 파선은 가슴이 뛰었다. 영주 때문이 아니라, 봉변을 당한 원숙 어미를 생각하니 화가 치밀어 가슴이 또 후드득거렸다. 그녀는 화를 가라앉히며 찾아온 이유를 또박또박 설명했다.

"관리인 하라다가 동생을 대숲으로 끌고 갔답니다."

"잠깐, 잠깐!"

영주가 이번에는 왼손을 들어 파선의 말을 잘랐다. 그녀는 영주의 조급함에 답답함을 느꼈다.

"하라다가 당신 동생을 대숲으로 끌고 갔단 말이지, 왜?"

"동생은 하라다가 까마귀를 잡아 준다고 해서 갔답니다."

"까마귀! 까마귀를 잡는 것은 금지란 말이오. 그렇다면 그놈이 진짜 까마귀를 잡았단 말이오?"

영주는 파선의 말귀를 잘 이해하지 못했다. 그녀는 어떻게 설명해야 영주가 자신의 말을 알아들을지 생각했다.

"그러니까 그 죽일 놈이 까마귀를 잡아 준다고 내 동생을 살랑살랑 꼬드겨 가지고 대숲으로 끌고 가서는 봉변을 보였단 말입니다."

"아, 그러니까 하라다가 까마귀는 안 잡았단 말이로군. 그럼 뭘 잡았다는 말이오?"

파선은 끓어오르는 화를 꾹꾹 눌렀다.

"그놈이 까마귀는 안 잡고, 엉뚱한 내 동생을 잡았단 말입니다!"

파선이 흥분해서 목소리를 높였다.

"그러니까 동생이 죽었다는 것이오, 살았다는 것이오?"

영주의 표정이 일그러졌다.

"동생은 죽지 않았습니다. 죽진 않았지만 죽은 것이나 마찬가지입니다. 동생은 그 일로 미쳐 버렸단 말입니다. 나는 하라다를 절대로 용서할 수 없습니다. 그놈을 죽여 주시오. 그렇게 해주면 당신에게 선물을 주겠습니다. 지금까지 만든 차 사발하고는 아주 다른 조선 백자를 만들어 드리겠습니다. 이번 작업 일정이 늦어지는 이유도 그 때문입니다."

알아듣기 쉽게 전하려니 말이 길어졌다.

"그러니까 하라다 그놈이 까마귀 잡아 준다고 당신 동생을 대숲으로 유혹해서 겁탈했다 이거요?"

영주는 그제야 파선의 말뜻을 이해했다.

"맞습니다. 그래서 동생이 미쳐 버렸습니다."

"당신 참 당돌하군, 그런 일로 내게 조건을 내걸다니!"

그러나 영주는 골똘히 생각하는 눈치였다. 조선 백자를 두고 고민하는 듯 파선을 빤히 쳐다보며 손으로 톡톡 탁자를 두드렸다.

"이번 거래의 손해를 보상할 수 있는 물건이오?"

"그렇습니다."

"만일 그렇지 못할 경우, 세를 지금보다 두 배로 올리겠소. 그래도 좋소?"

영주가 눈에 힘을 주며 말했다. 그는 결코 손해 볼 거래를 하는 사람이 아니었다. 어떤 경우든 자신이 거머쥘 이득이 보장되어야만 거래를 했다. 그는 영주이고 무사이기 전에 아리타의 무역을 관장하고 세를 확보해 자신의 영역을 넓혀 가는 장사치였다. 영주 입장에서 파선이 제시한 조선 백자는 한낱 조선 도공들의 관리인에 불과한 하라다의 목숨과 비교할 수 없는 거래였다. 제대로 된 조선 백자 한 점을 얻을 수만 있다면 하라다 정도의 목숨 열 명과도 바꿀 수 있었다. 계산을 마친 시게마사 영주가 흡족한 미소를 흘렸다. 하지만 파선에게는 매우 위험한 거래였다. 영주가 원하는 조선 백자가 나오지 못할 경우 가맛골 사람들은 빈손으로 겨울을 나야 할지도 몰랐다. 영주가 지금보다 더 높은 세를 받아 간다면 가마에 아무리 불을 때도 끼니를 해결하기 어려웠다. 그러나 파선은 망설이지 않았다. 무슨 자신감인지 당장은 영주가 하라다를 죽여 주길 바랐다.

"좋아요, 약속하겠습니다."

거래는 성사되었고, 파선은 후회하지 않았다. 영주는 파선을 향해 크게 웃었지만 파선은 굳은 의지로 입술을 깨물었다. 영주에게는 다다오 같은 뛰어난 무사들과 돈, 드넓은 영토가 있었다. 조선의 도공들도 있었다. 하라다와 조선 백자를 놓고 한 이번 거래는 사실 거래라고 할 수도 없었다. 파선이 약속만 지킨다면 영주는 전혀 손해 볼 일이 없었고, 하라다가 죽어야 하는 것은 마땅한 일이라 파선의 책임만 커지는 셈이었다. 불합리한 거래인 줄 알지만 파선은 꼭 하라다를 죽이고 싶었다.

"다다오, 하라다를 죽여라."

영주가 다다오를 향해 명령을 내렸다. 전쟁을 위해 내리는 명령이 아니라 누군가에게 심부름을 시키듯 말했다. 파선은 영주의 명령을 받은 다다오를 보았다. 그녀는 영주와 거래하는 동안 그의 존재를 애써 느끼지 않았다. 그에게 시선을 빼앗기면 영주와의 거래에 집중할 수 없을 것 같았다. 하라다를 죽이라는 영주의 말은 곧 거래가 성사되었음을 의미했다. 파선은 그제야 비로소 다다오가 바로 앞에 있다는 사실을 깨달았다. 영주의 명령을 받은 그가 대답을 했는지 안 했는지는 알 수 없었다. 그녀는 그가 바람처럼 사라지고 있다는 것만 느꼈다.

"당신, 참 대단하오. 지켜보겠소!"

영주에게 하라다의 목숨을 거두겠다는 약속을 받아낸 파선은 그제야 사나웠던 마음이 조금씩 가라앉았다. 그러나 영주의 말 한마디면 한 목숨을 간단히 끊을 수 있는 세상에 살고 있다는 것이 여전히 두려웠다. 하지만 힘의 논리로 죽음이 결정되는 이곳에서 시게마사 영주도 결코 죽음에서 자유롭지 못할 것이라는 예감도 들었다. 자연이 아닌 사람이 죽음을 관장하는 세상에서 영주의 힘은 아리타를 벗어날 정도로 크지 않았다. 왜국에는 시게마사보다 힘 있는 다이묘가 셀 수 없이 많고, 중앙의 권력은 그가 감히 상대할 수조차 없을 만큼 크고 높았다.

파선은 시게마사 영주의 뒤편에 걸려 있는 족자 속 글을 보았다. 도요토미 히데요시가 쓴 사세구였다.

'이슬 떨어져 이슬처럼 사라지는 나의 생명이려나
　무슨 일이건 꿈속의 꿈'

그녀는 다시 어린 무사를 따라 여러 개의 미닫이문을 지나 밖으로 나왔다. 들판을 지나 가맛골로 향하는 다다오의 말발굽 소리가 희미해지고 있었다. 파선은 다다오의 말발굽 소리가 원숙 어미에게, 아니 가맛골 사람들에게 조금이나마 위로가 되길 바랐다. 하라다의 죽음이 원숙 어미의 정신을 되돌려주지는 않겠지만 그를 다시 보며 치욕을 느끼지는 않아도 되었다. 그것이 자신이 할 수 있는 최선의 복수라고 생각해서 내린 결정인데, 그녀는 후련하지 않았다. 영주의 성이 아까보다 더 높고 뾰족해 보여 마음이 무거웠다.

햇살 때문인지 걸음이 자꾸 허둥거렸다. 그녀는 잠시 수로 옆 길가에 앉아 흐드러지게 피어 있는 쑥부쟁이와 민들레를 바라보았다. 봄바람이 살랑거리고 수로 가득 물이 넘실거렸다. 영주의 집에서 무슨 일이 있었는지 아무것도 생각나지 않았다. 까마득한 길을 달려온 듯 나른하고 고단했다. 파선은 무릎 사이로 고개를 묻었다. 봄볕을 등에 지고 깜빡 잠들었다 어느 순간 어깨를 두드리는 바람결에 놀라 고개를 들었다. 아주 오랫동안 깊은 잠을 잔 것 같았다. 가맛골 다다미방에서 취하지 못한 잠을, 그녀는 들판 한가운데서 달게 자고 눈을 떴다. 수로의 물빛인가 했는데, 그녀의 눈앞에 긴 칼이 떡 버티고 있었다. 그녀는 놀라 두 손으로 입을 틀어막았다. 칼 주인이 파선의 어깨를 잡았다. 다다오였다.

"놀라지 마시오."

다다오가 파선 옆으로 앉았다.

"안심하오. 당신에게 칼을 뽑는 일은 없을 것이오."

그가 너무 가까이 앉은 것 같아 파선은 몸을 반대로 기울이고 물었다.

"하라다를 죽였나요?"

"죽였소."

"……."

두 사람 사이에 긴 침묵이 흘렀다. 수로의 물이 유난히 반짝거렸다. 물길에 걸린 나뭇가지 하나가 안간힘을 쓰고 있었다. 개구리 한 마리가 수로 밖으로 나오려고 펄쩍거렸다. 파선은 흐트러진 머리카락을 쓸어 넘기며 한 남자의 큰 발과 한 여자의 작은 발이 나란히 있는 것을 내려다보았다. 다다오도 아무 말 없이 파선과 같은 곳을 보았다. 다다오도 파선도 칼의 실체에 대해서는 더 이상 말하지 않았다. 다다오가 차고 있는 칼의 주인은 다다오가 아니라 영주였고, 영주의 명령에 따라 칼은 움직였다. 영주의 명령은 부정하지만 다다오의 칼은 부정하지 않았다. 다다오는 집행자일 뿐 집행관은 아니었다. 파선은 다다오의 칼이 그런 것이라고 생각했다. 그래서 때때로 그가 영주의 무사가 아닌 다다오로 보이는 것이라고 생각했다.

붉은 점박이 나비가 두 사람의 발끝을 오가며 나풀거렸다. 그녀가 발끝을 꼼지락거렸다.

"백자를 만들어 낼 자신 있소?"

다다오가 물었다.

"못 하면 죽기밖에 더 하겠어요."

그녀가 발끝을 살짝 들었다 놓았다. 짓까불던 나비가 호르르 날아갔다. 다다오가 파선 쪽으로 슬며시 고개를 돌렸다. 그녀는 모르는 척 수로를 바라보았다.

"당신은 죽음이 무섭지 않소?"

그녀는 피식 웃었다.

"무사도 죽음을 무서워하나요?"

"무섭소!"

파선은 자신도 모르게 소리 내어 웃었다. 다다오가 자신의 작은 아들인 홍주처럼 무섭다고 말하는 것이었다. 일곱 살인 홍주는 무사들만 보면 무섭다고 벌벌 떨며 파선의 품을 파고들었다. 어린 나이지만 아들도 가마 사람들과 똑같은 경험을 한 터라 두려움을 알았다. 하지만 다다오가 느끼는 무서움과는 달라야 했다. 그는 최고의 무사였다. 그런 그가 아이처럼 무섭다고 하는 것은 어울리지 않았다. 그녀가 큰 소리로 웃은 것은 그래서였다.

"무섭다면서 그리 칼을 잘 놀려요?"

"그건……."

다다오가 더듬거리다 말았다. 그녀는 문득 영주의 칼에 귀가 잘린 애기가 떠올라, 그가 애처롭게 느껴졌다. 그래서 그가 칼을 쓰는 무사이면서 칼을 무서워하는 것 아닌가 하는 생각이 들었다. 다다오의 깊은 상처가 봄볕에 유난히 도드라져 보였다. 그의 어깨가 자꾸 기울어 파선의 머리카락을 건드렸다. 그녀는 옆으로 넘어지지 않으려 무릎을 꼭 끌어안았다. 그만 일어나 가맛골로 가야 하는데, 그녀는 마음과 달리 무거운 몸을 일으켜 세우지 못했다. 그가 붙드는 것도 아니고 서로에게 볼일이 있는 것도 아닌데, 봄볕이 하도 좋은 탓인지 다다오도 그녀 곁에서 떨어질 생각을 하지 않았다. 다다오는 시간이 갈수록 더 그녀에게서 눈을 떼지 못했고, 그녀 역시 몸은 기울여도 떨어져 앉을 생각은 하지 않았다. 한참 동안 그녀를 바라보던 다다오가 말했다.

"파선, 당신은 언제나 빛나는 도자기 같소."

파선은 숨이 턱 막히는 것 같아 공연히 두 손을 비볐다. 버티고 있던 보가 와르르 무너지는 느낌이었다. 처음에는 별것 아니었다. 철옹성 같은 보에 구멍 하나 뚫린다고 문제가 생길 것이라고는 생각지 않았고, 언제든 쉽게 막을 수 있다고 자신했다. 그러나 그가 그리 쉽게 무너지는 철옹성이고 그녀 마음의 보에 난 구멍이 그리 쉽게 막을 수 있는 구멍이 아니라는 걸 두 사람은 짐작하지 못했다. 아니, 어쩌면 알고 있으면서 모른 척했는지도 모른다.

"저도 칼이 무서워요. 그래서 영주하고의 약속을 꼭 지켜야 해요. 내가 약속을 지키지 못하면 가맛골 사람들이 살기 어려워지니까요."

"믿겠소!"

다다오가 얼굴을 돌렸다. 물길에 걸려 있던 나뭇가지가 떠내려가고 있었다.

"가겠어요."

얼떨결에 그 말을 또 뱉고 나서 파선은 다시 웃었다. 다디오가 지난번에 한 말이 떠올랐던 것이다. 그도 그녀와 같은 생각을 했는지 그녀와 어깨를 부딪치며 웃었다. 서로의 몸이 닿지 않게 하려고 애쓰던 모습은 사라지고 그녀의 머리와 다다오의 어깨가 자연스럽게 부딪쳤다. 또한 무릎과 무릎이 수로의 물결처럼 바람을 타며 출렁거렸다. 그녀는 소리 내어 웃는 다다오를 보는 일이 즐거워 그에게서 눈을 떼지 못했다.

"당신과 함께 있으면 참 편안하오."

아주 길고도 짧은 봄날이었다. 두 사람은 아쉬움을 뒤로해야 한다는 걸 알았다. 그는 파선을 배웅하기 위해 가맛골 방향으로 다시 걸었다. 다다오가 할 말이 있는 듯 몇 차례 걸음을 멈추고 파선을 바라보았지만 그녀는 그를 마주 보지 않았다.

"그만 가보겠소."

칼이 무섭다고 말하던 그 목소리로 다다오가 말했다. 파선은 출렁이는 가슴을 다독거리며 멀리 파선을 향해 달려오는 홍 씨를 바라보았다.

"그럼."

다다오가 말을 돌렸다. 봄볕에 눈이 시린 그녀가 먼저 그를 향해 웃었다. 그가 비로소 말 잔등 위로 올라갔다.

홍 씨가 헐레벌떡 뛰어와 하라다의 죽음을 알렸다. 대숲에서 원숙 어미를 발견했을 때보다 더 놀란 얼굴이었다. 파선은 태연하게 관리실로 갔다. 가마 사람들이 하나 둘 입을 틀어막고 관리소에서 나왔다. 허 씨 부인은 까무러칠 듯 소리치며 반죽실로 달아났고, 박 씨는 구역질을 하며 손사래를 쳤다. 그러나 덕배는 관리소 앞에 멀쩡히 서 있었다.

"그놈 칼 한번 더럽게 잘 쓰데."

상황을 알고 있는 터라 파선은 관리소 안으로 들어가 하라다의 죽음을 확인하지 않았다.

"그만 치우세요."

"저걸 어떻게 치운데. 그러지 말고 우리 두어 근씩 나눠 먹을까."

덕배의 말에 모여 있던 사람들이 한마디씩 했다.

"덕배 아저씨는 어떻게 그런 말을……."

실실거리며 웃고 있는 덕배에게 홍 씨가 툭 치며 한마디 했다.

"저놈은 죽어도 싸. 우리한테 한 짓을 생각해 봐. 별것도 아닌 일까지 영주한테 일일이 고자질하는 바람에 그동안 우리가 당한 일을 생각하면 내가 죽였어도 시원찮어. 그나저나 다다오가 왜 그놈을 죽였는지 알다가도 모르겠네. 그놈이 영주의 심복이니까 분명 영주가 시킨 일일 텐데, 이유가 뭐지?"

덕배가 고개를 갸웃거리며 관리소를 살폈다.

"언제는 우리가 그놈들이 하는 일을 알고 지냈어요. 그놈들 맘이지."

다른 사람들은 모두 작업장으로 돌아가고, 비위 좋은 허 씨와 덕배가 관리소 청소를 맡았다. 홍 씨가 파선에게 이제 가마의 관리를 누가 맡느냐고 물었다.

"하라다가 죽었으니 홍 씨가 관리 일도 맡아 줘요."

"그건 영주의 허락이 있어야 되는 것 아니에요?"

"이제부터는 우리가 알아서 하기로 했어요. 자세한 이야기는 회의할 때 다시 하지요."

파선은 말을 아꼈다. 우선 영주와 약속한 물건을 만드는 일이 중요했다. 영주에게는 작업이 늦어질 거라고 했지만 그녀는 그보다 날짜를 앞당길 생각이었다.

　후쿠오카에서 기차로 1시간 20분쯤 걸리는 아리타에 갈 생각이었다. 아침은 역 근처 카페에서 커피와 샌드위치를 먹었다. 나는 욕심을 버리기 위한 여행자가 아니라 욕심을 갖기 위한 여행자라서 배가 든든하지 않으면 또 다른 욕심이 생길 것 같아 속을 채워야 했다. 덕분에 설친 밤잠을 기차에서 달게 잘 수 있었다.
　아리타는 유명세를 의심할 정도로 한산하고 고적한 분위기였다. 이곳의 도자기 시장은 일본의 황금연휴 기간인 4~5월에만 붐빈다는 사실을 모르는 것은 아니지만, 역에 달랑 혼자 내려서니 기분이 묘했다. 마치 처녀지에 불시착한 느낌이었다. 역사에 딸린 도자기 매장 여주인의 또랑또랑한 인사가 반가워 가게 안으로 들어서니 그곳 역시 손님이라고는 나밖에 없었다. 긴 장마에 이곳을 찾아오는 관광객은 거의 없다는 가게 여주인의 솔직한 답변에 싱겁게 웃어 주었다. 하릴없이 떠돌아다니는 여행객인 줄 알았을 것이다. 나는 오래 머물기도 그렇고 진열되어 있는 도자기들을 무심히 둘러보고는 서둘러 나왔다.

그곳에는 시아버지가 욕심내는, 내가 찾아야 할 보물이 없었다. 거기 진열된 도자기들은 하나같이 우아하고 화려한 것들로, 시아버지와 내가 찾아내야 할 작고 거칠고 투박한 사발과는 비교되지 않았다. 언젠가 먼발치에서 슬쩍 본 시아버지의 비밀 창고에 있는 물건들 역시 모두 고물 같아 보였다. 어둡고 비밀스러운 창고는 시아버지의 커다란 등판이 가리고 있어 제대로 보지 못했지만, 시어머니에게조차 구경 한 번 시키지 않았다는 그것들이 모두 값비싼 골동품이라니 믿기지 않았다. 단지 시간을 업고 왔을 뿐인 그것들이 수백만 원에서 수천만 원에 맞먹는다니, 시아버지가 혹시 사기꾼 아닌가 하는 생각도 잠깐 들었다. 그 골동품의 값은 어쩌면 시아버지가 정한 기준일지도 모른다는 생각이 들었다. 하지만 보물을 찾을 경우 내게 주겠다고 약속한 적지 않은 위자료를 생각하면 사실이라고 믿어야만 했다.

몇 번 망설이다 택시를 타고 도자기 마을에 도착했다. 비싼 교통비를 아껴야 한다는 강박에 시달렸지만 오지 않는 버스를 마냥 기다릴 수는 없었다. 도자기 마을은 역사보다 더 고적했다. 길 양쪽으로 문이 꼭꼭 닫힌 검은 기와집들이 시간을 뚝 끊어 버린 듯 우울하게 늘어서 있었다. 비는 댓잎을 간지럽힐 정도로만 내렸고, 나는 마치 고대의 시간 속으로 걸어 들어가는 듯 발소리조차 조심스러웠다. 오래전부터 비어 있었던 듯 소리도 움직임도 느껴지지 않는 마을이었다.

　마을 입구의 첫 집 미닫이 창문으로 가게 안을 들여다보았다. 가게 안은 파헤쳐진 유적지처럼 썰렁하고 심란해 보였다. 진짜는 사라지고 가짜만 남아 있는 듯 주인조차 보이지 않았다. 나는 가짜 속에 있을지도 모르는 보물을 찾기 위해 두 눈을 부릅뜨고 보고 또 보았다. 보물과 진실은 지혜로운 자의 눈에 발견된다고 했는데, 나는 아직 어리석음에서 벗어나지 못한 모양이었다. 왠지 이곳에서는 그 막사발을 찾을 수 없을 것 같았다. 두 번째와 세 번째 집도 살펴보았지만, 축제 때 빠지고 남은 찌꺼기 도자기들뿐이었다. 여섯 번째, 열 번째 집도 첫 번째 집과 별반 다르지 않았다. 아리타 역 전시실에서 봤던 것들과 같은 종류들이었다.

　그렇다고 실망할 필요는 없었다. 보물찾기는 이제 시작이고, 아리타는 보물를 찾는 데 필요한 실마리를 얻기 위해 찾은 것이니 초조해할 필요는 없었다. 이상하게 떠나올 때의 조급함이나 불안감은 거의 사라지고 마음이 차분해졌다. 떠났던 고향에 다시 온 듯 쇠락한 마을의 분위기가 낯설지 않고 익숙하게 다가왔다. 옛사랑의 기억을 더듬어 가는 중년처럼 말이다. 아마 고즈넉한 풍경 때문이었을 것이다.

　여기까지 온 이상 아리타 역사민속자료관과 이즈미야마 채석장을 들르지 않을 수 없었다. 두 곳은 도자기 마을 끝에 있어 금방 찾을 수 있었다. 자료관은 일본 전통 가마를 그대로 축소, 재현해 전시하고 있었다. 아니, 조선 도공들에 의해 만들어진 마을이니, 우리 전통

불의 여신 백파선　157

가마의 모습이라고 할 수 있었다. 돌을 깨는 기계와 반죽기, 물레, 성형 기구 들이 알아보기 쉽게 설명되어 있었다. 소나무 장작은 가마의 불구멍별로 크기가 달랐다. 볏짚으로 도자기를 싸는 도공들의 사진에서는 당시의 섬세한 포장 기술을 엿볼 수 있었다.

  도자기가 만들어지기까지의 자료는 많지만, 당시 도공들의 생활을 짐작할 수 있는 사료와 유통 과정에 대한 이야기는 보이지 않았다. 조선 자기가 아무리 영주의 권력을 상징할 정도로 귀했다고 하지만 이미 유럽인들의 왕래가 있던 시점이어서 밖으로 나가지 않을 수 없었을 것이다. 물론 시아버지가 다 알아봤다고 하지만 장담할 일은 아니었다. 일에는 항상 변수가 따르기 마련이니, 나는 나름의 방법으로 아리타 도자기가 어떻게 밖으로 나갔는지 찾아봐야 했다. 내가 지금의 이런 변수를 생각하지 못했듯이 시아버지도 아마 그 사람을 잃을 거라는 변수는 생각하지 못했을 것이다. 다행히 자료관에는 당시의 생활을 기록해 놓은 책자가 있었다. 하룻밤에 다 볼 수 있을 정도로 얇은 책이었다.

  민속자료관에서 5분 정도 떨어진 거리에 있는 이즈미야마 채석장은 쉽게 발길이 떨어지지 않는 곳이었다. 날 저무는 후미진 산속을 젊은 여자 혼자 찾아가려면 용기가 필요해, 솔직히 조금 망설였다. 도로 옆 풀숲에 채석장 안내를 표시하는 나무 팻말이 보였다. 거기까지 가서 한글이 새겨진 표지판을 보고 그냥 돌아선다는 게 왠지 마음에 걸렸다. 무슨 애국심이 발동해서가 아니라 그냥 반가움 같은 것이었다. 뜻하지 않은 곳에서 아는 얼굴을 만났을 때의 느낌 같은 거였다.

좁은 산길로 들어서니 바닥에 희고 푸르스름한 사금파리들이 타일처럼 깔려 있었다. 무수한 자기 파편들이 물안개가 뿌옇게 깔린 어스름한 산기슭에서 반짝반짝 빛나고 있었다. 신기하고도 놀라웠다. 산에서 쏟아져 나온 듯 사방에 깔려 있는 양도 엄청나지만 그것들이 뿜어내는 색채가 너무도 아름다웠다. 땅속에 아무렇게나 박혀 있는 듯 보이는데도 색과 모양의 연결이 심상치 않았다. 나는 고개를 쉽게 들 수 없었다. 땅따먹기를 하는 소녀처럼 열심히 땅바닥을 내려다보았다. 보물을 찾아야 한다는 생각도 잊어버렸다. 산은 모자이크나 스테인드글라스 기법으로 만든 하나의 설치 미술 같았고, 더 놀라운 것은 산의 정수리 측면에 있는 여러 개의 동굴들이었다. 얼핏 보면 오름에 뚫려 있는 방공호 같지만, 멀리서 보면 입 큰 짐승이 포효하는 듯 거칠고 무서운 형상을 하고 있었다. 도석을 채취한 광산이라는 걸 한눈에 알 수 있었다.

동굴에서는 흰옷 입은 영혼들의 땀에 젖은 숨소리가 들려올 것만 같았다. 조선의 도공들이 자의로든 강제로든 이곳에 왔다는 증거는 도석 광산을 발견한 사기장의 기념비가 말해 주었다. 조선 사기장 도칠이 가라츠 도자기의 시조로 추앙받고 있는데, 시아버지가 찾는 그 보물을 만든 여자 사기장의 위상은 과연 어느 정도였을지 궁금했다.

4

　가마는 별문제 없이 순조롭게 돌아갔다. 다행히 장마가 빨리 끝나고 비가 적게 내려 예정했던 날짜를 맞출 수 있을 듯했다. 파선은 원숙 어미 일을 해결한 뒤 가마에서 살다시피 했다. 다른 사람들 역시 많은 시간을 가마에서 보내며 차 사발과 막사발, 백자와 청자를 빚었고, 항아리와 물병을 만들었다. 파선은 죽기 살기로 일하지 않으면 겨울을 나기 힘들다는 말로 사람들을 단합시켰다. 파선의 말에 시비를 거는 사람은 없었다. 더러 고단함을 달래려고 술을 마시긴 해도 이튿날은 정신 차리고 작업장으로 와서 앉았다.

　다듬기를 끝낸 파선은 며칠 동안 홍 씨와 함께 가라츠에 다녀왔다. 홍 씨로부터 그곳에 큰 도자기 시장이 열린다는 소리를 들어 시간을 낸 것이었다. 길이 튼 홍 씨를 앞장세운 터라 큰 어려움은 없었다. 가라츠의 무역 시장에는 별의별 물건이 다 모여 있었다. 희귀한 물건을 사지 못해 안달하는 상인들과 값비싼 보석을 사기 위해 여러 번에서 모여든 영주와 영주의 무사들이 진을 치고 있었다. 파선은 그곳에서 수많은 도자기를 구경하며 세상이 얼마나 넓은지 깨달았다. 영주가 아니더라도 그들과 직접 거래를 할 수 있다는 정보도 얻었다.

영주로부터 별다른 통보는 없었다. 하라다 대신 다른 관리인을 보내지 않아 가맛골은 전보다 훨씬 자유로웠다. 하라다가 쓰던 관리소는 파선이 손보아 작업실로 사용했다. 가마 사람들이 부숴 버리자고 했지만 그녀는 개의치 않았다. 참혹하게 죽은 하라다의 귀신이 나타날지도 모른다며 여러 사람이 말렸지만 그녀는 듣지 않았다. 신부 말대로 귀신은 마음이 허약한 사람한테 나타나는 환영이 맞는 것 같았다. 그녀는 아직 관리소에서 하라다의 귀신을 보지 못했고 앞으로도 나타날 거라는 생각은 들지 않았다. 그녀가 귀신을 두려워하지 않는 것은 신부가 일러 준 기도 때문일지도 몰랐다. 두려움이 생기면 하느님을 찾으며 기도하라던 신부의 말을 그녀는 자신도 모르게 실천하고 있었다. 처음에는 긴가민가했지만 기도를 마치고 나면 이상하게 마음이 든든해지면서 두려움이 사라지는 것이었다. 두려움을 없애기 위해 기도하는 것이 아니라 기도하지 않아 생기는 두려움 때문에 기도하는 자신을 발견하게 되었다. 그것이 하느님을 믿는 일이라면 파선도 신부가 말하는 천주님의 자식이었다.

파선은 영주를 만난 뒤 다른 사람으로 바뀌었다. 영주의 힘과 맞서려면 전보다 더 강해져야 하고 세상에 대한 이치도 더 알아야 했다. 가맛골에 갇혀 영주가 원하는 사발만 구워 주다가는 평생 아리타를 벗어나지 못할 것 같았다. 가라츠에 가서 시장 구경을 한 것도 그 때문이었다. 가맛골 도자기를 시장에 가져가 제값을 받고 싶었다. 영주의 통제가 있어 쉽지 않은 일이지만 가마 사람들이 힘을 합치면 못할 일도 아니었다. 게다가 시게마사 영주의 세력이 약해지고 있다는 소문이 점점 커지고 있었다.

파선의 두 아들은 원숙 어미가 키우다시피 했다. 작은아들은 원숙 어미를 더 잘 따라 파선이 가마 일로 늦게 들어와도 제 어미에게 불평하지 않았다. 원숙 어미는 집 밖으로 나가지 말라는 파선의 말을 잘 들었다. 정신이 조금 돌아오긴 했지만 원숙 어미는 여전히 과거 일을 기억하지 못했고, 파선의 가족들 말고 다른 사람은 잘 알아보지 못했다. 신부는 그녀에게 안나라는 새 이름을 지어 주었다. 원숙 어미는 신부가 안나라고 부를 때마다 천진하게 웃었다. 그녀는 더 이상 예전의 원숙 어미가 아닌 안나였다.

"안나, 오늘 신부님 오시는 날이지?"

"맞아."

안나는 지난번 신부가 표시해 주고 간 종이쪽지를 꺼내 파선에게 보여 주었다. 종이쪽지에는 신부가 그녀를 찾아온 날들이 숫자와 함께 동그랗게 표시되어 있었다. 그녀는 자신이 원숙 어미였다는 사실은 까먹었지만 신부의 방문 날짜는 정확하게 기억했다. 파선은 가끔 그런 안나가 부러웠다. 사람들이 불행한 기억을 맘대로 잊을 수 있다면 안나처럼 행복해질 수 있을 것 같았다. 너무 많은 것을 기억하고 너무 많은 것을 생각하기 때문에 그 속에 숨겨진 행복을 찾지 못하는 것이라고 언젠가 신부님이 말했다. 파선은 안나를 볼 때마다 신부님 말을 떠올리며 스스로를 위로했다.

"아프지 않아?"

파선이 안나의 배를 쓰다듬으며 물었다.

"밥 많이 먹어서 괜찮아."

파선은 거울 앞에 앉아 정성스럽게 머리를 빗는 안나의 배를 살폈다. 그녀의 배는 감추기 어려울 만큼 불룩했다. 처음에는 그녀가 마음의 허기 때문에 자꾸 밥을 먹는 것이라고 생각했다. 미친병에 걸려서 시도 때도 없이 배고픔을 느끼는 것이라고 짐작해 자다 일어나 맹물이라도 먹여서 재웠다. 그러나 파선은 시간이 지나면서 그녀가 달거리를 하지 않는다는 것을 알았고, 하라다를 의심하지 않을 수 없었다.

파선의 짐작대로 그녀의 배 속에 하라다의 씨가 자라고 있었다. 파선은 이 사실을 어떻게 받아들여야 할지 고민하느라 한동안 잠을 이루지 못했다. 아무리 생각해 봐도 배 속의 아이를 어쩔 방법이 없었다. 다른 방법이 있다면 그건 죄를 짓는 일이고, 정신조차 온전치 않은 그녀에게 또 다른 형벌일 수 있었다. 파선이 그녀의 바깥출입을 막은 것은 그 때문이었다. 가마 사람들이 이 사실을 알아서 좋을 것이 없었다.

엊그제 기워 준 그녀의 버선이 또 터져 있었다. 오른쪽 버선은 아예 새끼발가락이 튀어나와 더는 신을 수 없을 듯 보였고 저고리 소매도 닳아서 나달거렸다. 자신이 무엇을 입고 먹는지 분별을 잃어버린 안나가 어린아이처럼 파선에게 손을 흔들었다.

"언니, 잘 다녀와."

파선은 흐트러져 있는 방 안의 옷들을 주섬주섬 못 고지에 걸어 놓고 밖으로 나왔다. 미닫이문 닫히는 소리에 집이 흔들렸다. 틈이 헐거워진 대나무 벽은 밖이 훤히 내다보여 겨울이 오기 전에 손질이 필요했다. 삐걱거리는 다다미방도 고쳐야 하고 부엌에서 쓸 땔감도 필요했다. 파선의 집뿐만 아니라 가맛골의 집들이 전부 그 모양이라 어느 한 집만 손보기도 그랬다. 파선은 이번 가마를 성공시켜 가맛골을 새롭게 단장할 생각이었다. 가맛골에 온 지 여러 해가 지났지만 그동안 영주가 무서워 대나무 한 그루 맘대로 베어 쓰지 못했다. 당장 죽을지도 모른다는 생각만 앞세웠지 힘을 길러 영주와 맞서야 한다는 생각은 미처 하지 못했다.

그녀는 가라츠에서, 남해에서 끌려와 정착한 한 사기장을 만나 그간의 사정을 듣게 되었다. 그도 처음에는 가맛골 사람들처럼 죽지 못해 살았다고 했다. 그러다 도자기 시장의 규모를 알고는 자신들이 영주한테 얼마나 부당한 대우를 받는지 알았다는 것이다. 그는 도공들과 단합해 가마를 폐쇄하고 영주의 부당한 처우에 대해 시위를 벌인 끝에 영주를 굴복시켰고, 지금은 가마에서 생산되는 도자기를 그들이 직접 시장에 내다 판다고 했다. 파선은 그들이 부러웠고 가맛골 사람들도 충분히 그렇게 할 수 있다는 자신감을 얻었다.

파선은 무성한 왕벚나무 그늘에 섰다. 벚나무는 그사이 훌쩍 커 버렸다. 아이들도 벚나무와 함께 봄을 나고 여름을 났다. 그녀는 벚나무 아래 의자에 앉아 잠시 생각에 잠겼다. 발밑에 묻은 흙 가마니가 상근을 떠올리게 했다. 진주의 산막과 남편 상근이 발끝에서 느껴졌다. 상근은 죽었지만 그의 흙 가마니는 함부로 버릴 수 없어 그녀가 벚나무 아래에 묻었던 것이다. 세월이 흘러 그가 죽도록 그리운 것은 아니지만 벚나무 아래에 설 때마다 그녀는 자연스럽게 상근을 떠올렸다. 상근 없이 혼자 살 수 있을까 걱정했는데 그녀는 잘 이겨 내는 자신이 새삼 대견하게 느껴졌다. 그러다가 문득 다다오를 그리워하는 자신을 발견했다.

하라다 일로 영주의 집에 갔다 오다 수로에서 만난 이후 그녀는 다다오를 보지 못했다. 무슨 일이 있는지 가맛골에도 전혀 모습을 드러내지 않았다. 그와 함께 봄볕을 쬐며 서로를 바라보던 기억이 떠올라, 그녀는 자신의 마음속에 상근보다 다다오가 더 크게 자리하고 있다는 것이 당황스러웠다. 아니, 문득문득 다다오를 떠올린 것이 아니라 그를 만난 뒤부터 매일같이 그를 그리워했다는 생각에 죄책감이 들었다. 다다오에 대한 생각을 떨쳐 버려야 하는데 잊어버리려 애쓸수록 그가 더 생각나 잠 못 이룰 때가 많았다. 두 아들과 가마 사람들을 생각하면 그 마음이 얼마나 무모하고, 또한 죽은 상근에 대한 도리가 아니라는 걸 모르지 않았다. 알기 때문에 괴로웠다. 파선의 갈등을 끊어 내려는 듯 신부가 안나를 만나러 오고 있었다.

"안녕하세요?"

어느새 안나도 밖으로 나와 신부를 기다리고 있었다. 신부가 성호를 그으며 미소를 짓자 안나가 아이처럼 신부의 품에 안겼다. 두 사람은 만날 때마다 그렇게 부둥켜안았다. 파선은 빙그레 웃으며 두 사람을 지켜보았다. 안나가 커다란 신부 품에 안겨 계집애처럼 좋아하는 모습을 보면 파선은 공연히 부끄러워졌다. 다다오를 생각하는 마음이 부정한 것 같아 안나와 신부를 똑바로 쳐다볼 수가 없었다. 신부가 파선한테 할 이야기가 있는 듯 안나를 먼저 집 안으로 들여보내고 파선에게로 다가왔다.

"생각은 해보셨나요?"

"아직요."

"배가 점점 불러 오는데, 제가 잘 보살피겠습니다. 그리고 홍기와 홍주도 선교회로 데려가 공부를 시켰으면 하는데요. 애들이 잘 자라야 힘이 생기고 희망이 생기는 겁니다."

신부는 얼마 전 안나와 애들을 자신에게 맡겨 달라고 했다. 가맛골에서 사는 것보다는 하느님의 품에서 자라는 것이 안전하다고, 천주회에 들어가 글을 배우고 익혀 하느님의 사랑을 실천하며 살게 하자고 했다. 신부님 말씀이 백번 맞지만 파선은 쉽게 대답할 수 없었다. 천주교에 대한 탄압이 심해지면서 왜국에 있는 신부들은 추방령이 내려진 상태였다. 그들이 신부들과 신도들을 얼마나 처참하게 처형하는지 소문을 들어 두 아들과 안나를 떠나보낼 자신이 없었다.

"아직 마음이 서지 않아서요. 조금만 더 시간을 주세요."

파선이 신부에게 고개 숙여 미안함을 표시했다. 신부를 못 믿는 것이 아니라 왜국을 믿지 못해서였다. 신부가 아무 걱정 말라며 파선의 어깨를 토닥거렸다.

"안나가 걱정입니다."

신부의 안나 걱정은 유별났다. 다른 신자들이 있기도 하지만, 신부가 가맛골에 오는 것은 순전히 안나 때문이었다.

"안나가 몸 풀기 전에 결정하겠습니다."

그때쯤이면 가마의 불 때기가 끝날 것이니 마지막 불을 때고 나서 모든 일을 결정할 생각이었다. 가라츠로 오라는 도칠의 제안도 받아들일지 말지 결정해야 하고 안나와 아이들 문제도 해결해야 했다. 그녀는 그 모든 일을 자신이 책임져야 한다는 생각으로 머리가 무거웠다. 그 짐을 덜어 주려고 신부가 손을 내밀 때마다 그녀는 고마우면서도 미안했다. 하얗고 긴 신부의 두 손에는 항상 그렇듯 두툼한 책이 들려 있었다. 어려운 말을 꺼낼 때마다 신부는 검은 안경을 만졌고, 동그란 안경은 신부의 뾰족한 코와 잘 어울렸다. 그녀는 벚나무를 올려다보듯 신부를 올려다보며 고마움을 표시했다.

"늘 도와주셔서 감사합니다."

"별말씀을……."

신부가 수줍게 웃으며 성호를 그었다.

"자매님, 영주와 한 약속이 잘되도록 하느님께 기도하겠습니다."

파선은 가마를 향해 바쁘게 걸었다. 짧은 가을 햇살을 쓰려면 마음이 급했다. 성형을 끝낸 자기들이 초벌구이를 기다리고 있었다. 그녀는 날아가듯 대숲을 지나 가마로 들어섰다. 장작꾼들이 가마가 있는 곳으로 소나무장작을 옮기고 있었다. 작년 이맘때쯤 해놓은 소나무는 일 년이 지나 불 때기에 아주 적당했다. 마른 장작에서 송진 냄새가 진동을 했다. 불을 붙이면 당장이라도 활활 타오를 것 같았다. 파선은 가마에 들러 반장과 허 씨에게 초벌구이를 부탁하고 관리소로 올라갔다. 두 사람이라면 파선 없이도 충분히 잘 해낼 수 있었다. 그들이 초벌구이를 할 동안 파선은 유약 만들 재료를 찾아 산으로 갈 생각이었다. 이번에는 상근이 알려 준 그 비법대로 유약을 만들어 볼 참이었다.

파선은 유약의 제조법이 적힌 종이를 꺼내 자세히 들여다보았다. 그림과 글로 자세히 표시된 유약의 비법을 손가락으로 짚어 가며 머리에 새겼다. 그것들의 느낌과 향내가 맡아지는 듯도 했다. 파선은 가슴이 뛰었다. 도자기의 색과 질감이 벌써부터 손바닥으로 전해지는 것 같았다.

그녀는 덕배를 데리고 산으로 올라갔다. 덕배는 연장이 든 망태기를 짊어지고 가파른 산길을 잘도 올라갔다. 잡목 숲을 한참 헤집고 들어가자 검은 소나무 숲이 나타났다. 그사이 많이 베어 낸 듯 빈 곳이 눈에 띌 정도였다. 왜 소나무는 조선 소나무보다 습해서 말리는 데 시간도 오래 걸리고 불꽃도 맑지 않았다. 백자를 구우려면 조선의 적송이 제격이지만 꿈꿀 수 있는 일이 아니었고, 그보다는 유약에 필요한 나무를 얻는 게 급했다. 그녀는 여기저기 잘린 소나무 가지 사이로 삐죽삐죽 솟은 어린 소나무들을 살폈다. 낫으로 길을 트며 성큼성큼 걷던 덕배가 뒤돌아서며 물었다.

"도대체 어떤 나무를 찾는 거여?"

"조금만 더 안쪽으로 들어가 봐요."

다시 소나무 숲이 나타났다. 상수리나무와 벗나무, 은사시나무도 보였다. 그녀는 나무들 사이를 비집고 숲 깊숙이 들어갔다. 점찍어 놓았던 나무는 보이지 않았다. 자발없는 억새꽃잎들만 풀풀거리며 그녀의 눈을 흐리게 했다. 덕배도 힘에 부치는지 숨을 고르며 소나무 숲으로 들어가 앉았다.

"여기 봐, 껍데기를 홀랑 벗은 나무도 있네."

무심코 던진 덕배의 말에 파선의 신경이 곤추섰다.

"어디요?"

"여기 소나무에 바짝 붙어 있네."

그 나무가 맞았다. 파선은 반가운 마음에 나무를 부둥켜안았다.

"이 나무 찾은 거여?"

"네, 이 나무가 맞아요."

소나무에 바짝 붙어사는 나무가 때죽나무였다. 제 몸의 허물을 스스로 벗겨 내며 사는 때죽나무가 전에 봤던 그 자리에 있었다.

"이걸 유약에 쓴다고?"

덕배가 고개를 갸웃거리며 때죽나무를 툭툭 쳤다.

"저기 소사나무도 있던데."

소사나무까지 찾았으니 유약의 재료는 다 얻은 셈이었다. 때죽나무는 항아리와 물병의 유약을 만들 것이고 소사나무는 차 사발과 접시, 백자에 필요한 유약을 만들 것이었다.

"안 하던 짓 하다가 탈나는 것은 아닌지 모르겠네."

유약의 성분을 모르지 않는 덕배가 걱정하는 것은 당연했다. 가맛골 사람들은 자신이 맡은 일이 아니더라도 가마의 모든 일정을 알고 있었다. 덕배가 소사나무 세 그루와 때죽나무 하나를 베어 곁가지를 대충 톱으로 잘라 냈다. 지게가 없어 토막 내어 가져가기는 어려웠다. 덕배가 가지 친 나무를 두 다발로 나누어 한 다발을 파선에게 건네주었다. 길이 없어 끌어당기는 일도 만만치 않았다. 두 사람은 나무 다발을 끌고 끙끙거리며 산에서 내려왔다.

덕배는 가마로 내려오자마자 막걸리부터 찾았다. 그의 고생을 아는 터라, 파선은 모른 체 내버려 두었다. 그가 막걸리 사발을 비우는 동안 파선은 장작꾼에게 일러 산에서 가져온 나무들을 토막 내게 했다. 3~4일 말린 뒤 유약에 쓸 재를 만들어 체에 내려야 했다.

가마에서는 애벌구이 준비를 마친 상태였다. 다섯 칸의 가마에 도자기가 차곡차곡 쌓여 있었다. 파선이 빚은 달 항아리와 물병, 백자는 가운데 칸 앞쪽에 놓여 있었다. 가마의 봉통에서 시작해 위로 올라가는 불은 맨 마지막 칸에서 화력이 가장 세지기 때문에 자기의 모양과 성질에 따라 그 위치가 달라야 했다. 파선은 불구멍이 막히지 않았는지 칸마다 살폈다.

"너무 세게 때지 마세요."

초벌구이는 양만한테 맡겼다. 예순을 넘긴 양만은 본래 산사람이었다. 평생 홀아비로 약초를 캐 먹고 사는 그를 상근이 형님으로 모시며 살겠다고 가마로 데려왔다. 양만은 산사람답게 나무를 알고 불을 다스릴 줄 아는 재주가 있었다. 상근과 파선도 불 때는 법을 그에게 배웠다.

"알아, 걱정하지 마."

요즘 들어 부쩍 기력이 떨어져 보이는 그가 걱정되어 한 소리였는데, 양만이 텅 빈 입으로 푸시시 웃었다. 그나마 있던 앞니 하나도 보이지 않았다. 이가 몽땅 빠진 데다 하도 말라 여든도 넘어 보였다. 그러나 장작을 집어 든 그의 손은 날렵했다. 지켜보던 덕배가 한 소리 했다.

"불 때다 죽는 것 아녀? 근력이 수월찮이 들 텐데."

"예끼! 이놈아, 네놈보단 낫다."

봉통으로 장작 하나를 집어 던지며 양만이 대꾸했다. 나이 차이가 열 살이나 나는데도 두 사람은 친구처럼 지냈다.

"삐쩍 마른 게, 장작개비보다 네놈 몸뚱어리가 더 잘 타겠다."

"술 좀 작작 처먹어, 이놈아."

"너, 나랑 한판 붙어 볼래?"

"과수댁도 있는데 내가 너랑 왜 붙어, 이놈아."

덕배가 불룩한 배를 내놓고 봉통 앞으로 다가섰다. 막걸리 냄새가 확 풍겼다. 박 씨와 허 씨가 순간 긴장하며 그를 붙들었다. 봉통은 불이 붙어 시뻘겋게 달아 있었다. 양만은 더 이상 불에서 눈을 떼지 않았다.

"그래, 나는 술 처먹는 낙으로 산다. 그러는 너는 무슨 재미로 사냐. 사내로 태어나서 장가 한번 못 가보고, 네 인생도 참 더럽다."

사람들한테 끌려가면서도 덕배는 입을 다물지 않았다. 산에서 내려와 술병을 잡은 것이 탈이었다. 목만 축이겠다고 시작한 술이 고주망태가 되었다. 양만은 못 들은 척 꿈쩍도 하지 않았다. 무연한 눈길을 불길에 던진 채 장작개비만 집어 던졌다. 누구도 그에게 말을 걸지 않았다. 모두 자기 자리로 돌아갔다. 파선도 조용히 가마에서 물러났다. 양만 혼자 해야 될 일이었다.

양만이 불을 땐 지 하루가 지났다. 초벌구이가 끝난 도자기는 유약을 씌워야 했다. 그의 불 때기는 당연히 만족스러울 테지만, 단단한 형태를 갖추고 나올 도자기를 생각하니 마음이 들떴다.

아이들은 아직도 자고 있었다. 훈장이 감기 들어 며칠째 누워 있다는 소식이었다. 안나가 아이들과 종일 집에서 씨름할 판이었다. 아침마다 아이들이 훈장 집에 가는 걸 싫어하는 안나는 오히려 신나 했다. 자신만 빼놓고 가버리는 아이들이 야속해서 한나절 동안 시무룩해 있기 일쑤였다.

부엌에서 안나의 움직임이 부산하게 들리더니 잠시 후 찐 고구마를 가지고 들어왔다.

"자, 먹어."

안나가 고구마가 담긴 소쿠리를 파선에게 내밀었다.

"세상에! 이걸 안나가 했단 말이야."

파선이 소쿠리를 받아 방바닥에 내려놓고 박수를 쳤다.

"나 잘하지?"

"정말 잘했어."

파선이 고구마 껍질을 벗겨 안나에게 내밀자 그녀가 호호 불어가며 아이처럼 먹었다. 형편이 조금만 나아진다면 파선은 안나와 이대로 살아도 괜찮았다. 지금보다 더 큰 어려움만 닥치지 않는다면 진주로 돌아갈 때까지 이렇게 부비고 살았으면 싶었다. 파선이 일어서자 안나가 고구마 두 개를 건네주며 점심이라고 했다.

"고마워, 잘 먹을게."

안나가 크게 고개를 끄덕였다. 가마로 가는 파선의 걸음은 가벼웠다. 그녀는 가맛골을 둘러싸고 있는 산을 휘 둘러보았다. 산은 어제와 다르게 푸른 물이 빠지고 있었다. 가맛골은, 가을은 스치듯 지나가고 겨울은 오래 머무는 곳이었다. 가을이 스치듯 가버리기 전에, 찬바람이 엄포를 놓기 전에 파선은 가마에 마지막 불을 지펴야 했다.

벌써부터 가마 앞에 사람들이 모여 있었다. 다들 이번 가마에 거는 기대가 컸다. 파선이 다가가자 모여 있던 사람들이 웅성거리며 자리를 비켜섰다. 그런데 무슨 일인지 심상치 않은 분위기가 느껴졌다. 덕배와 박 씨, 허 씨, 그리고 홍 씨가 봉통 앞에서 안달을 하며 그녀를 맞았다. 파선은 순간 이상한 예감에 사로잡혀 머리끝이 서는 것 같았다.

"왜 그래요!"

덕배가 새파랗게 질린 얼굴로 다가와 통곡하듯 말했다.

"내가 죽일 놈이여! 양만이는 내가 죽인 거여."

양만이 보이지 않았다. 지금쯤 혼곤한 모습으로 가마 앞에 앉아 있어야 할 양만이 보이지 않는 것이었다.

"아침부터 술 드신 것 아니죠?"

술 냄새는 풍기지 않았지만 덕배의 헛소리에 이골이 난 터라, 파선은 묻지 않을 수 없었다.

"양만 씨는요?"

모두들 말없이 봉통만 쳐다보았다.

"내가 죽일 놈이여……."

덕배가 울면서 봉통 앞에 주저앉았다. 설마 하던 파선은 홍 씨가 내미는 양만의 신발을 보고서야 깜짝 놀랐다.

"형님이 죽인 것 맞아요! 형님이 그런 소리만 안 했어도 그리 죽진 않았을 거예요."

허 씨도 덕배를 향해 소리쳤다.

"오죽했으면 그 불구덩이 속으로 몸을 던졌을까. 좌우지간 덕배 형님 그놈의 술 때문에 큰일 한번 낼 줄 알았다니까."

"그러잖아도 혼자 사는 것 불쌍해서 죽을 뻔했는데!"

"요새는 통 먹지도 않고 멍하니 산만 바라보더니……."

여기저기서 양만을 동정하는 말이 터져 나왔다. 믿고 싶지 않지만 사실이었다. 양만이 시뻘건 가마에 몸을 던져 버린 것이다. 파선은 홍 씨로부터 양만의 짚신을 건네받았다. 발가락 두어 개 정도 걸칠 수 있을까 싶을 정도로 닳아 빠진 짚신이었다. 오른쪽 짚신 역시 간신히 걸치고 다닌 듯 새끼가 풀어지고 끊어져 있었다. 파선은 자신이 무슨 짓을 저지른 듯 손이 떨렸다. 상근이 가마 사람들에게 못할 짓을 했다는 가책이 들었다. 상근이 한 일은 곧 파선이 한 일이나 마찬가지였다.

"확실한 거예요?"

혹시나 하는 마음으로 파선은 다시 한 번 물었다.

"확실해요, 박 씨가 가마 주변과 집까지 다 뒤졌는데 없더래요. 봉통 앞에 짚신만 놓여 있고."

홍 씨가 박 씨를 대신해서 말했다. 박 씨는 충격이 큰 듯 여전히 때다 남은 장작개비 위에 앉아 눈물을 훔쳤다. 허 씨댁과 반장댁은 부둥켜안고 소리 내어 울었다. 양만의 흔적은 짚신뿐이었다. 어찌해야 좋을지 몰랐다. 파선은 자신이 장작을 잡지 않은 게 후회스러워 아무 말도 할 수가 없었다. 양만은 파선이 상근과 혼인하기 전부터 그녀를 여식처럼 챙겨 주고 아껴 준 사람이었다. 어린 그녀가 처음 가마에 들어와 고생할 때, 양만은 한겨울 추위를 무릅쓰고 독 가득 물을 채워 주었고, 어쩌다 진주 장에라도 나가면 파선에게 줄 떡을 사오곤 했다. 아비 구경 못하고 산 그녀에게 양만은 자상한 아비나 다름없었다. 그녀는 그런 양만을 허투루 보내고 싶지 않았다. 쥐어 짜도 나올 것 없는 형편들이지만 그의 죽음을 상근 이상으로 잘 치러 주고 싶었다. 상근이 알면 서운할 테지만, 평생 외롭게 살다 죽은 그의 저승길마저 초라하게 보내고 싶지는 않았다.

양만의 유품이 시신을 대신했다. 짚신 한 짝과 남루하기 그지없는 옷가지가 그의 초라했던 인생을 대변했다. 덕배가 엉엉 울어 가며 양만의 유품을 가마니에 쌌다. 둘둘 말린 가마니는 생전의 양만처럼 가늘고 초라했다. 몸의 호의보다 마음의 호의가 더 낫다는 말은 거짓이다. 양만에게 새 버선을 지어 줄 누군가가 있었다면 양만은 그처럼 불구덩이 속에 가랑잎처럼 몸을 날리지 않았을 것이다. 마무리를 하던 덕배가 어디론가 사라졌다 다시 나타났다. 그의 손에는 치마저고리 두 벌과 술 한 병, 새 짚신이 들려 있었다. 덕배는 가마니를 다시 풀어 가져온 물건들을 가지런히 늘어놓았다. 헌 짚신과 새 짚신을 가운데 놓고 그 옆으로 치마저고리를 놓은 다음 술병과 술 주전자를 치마로 감쌌다. 지켜보던 박 씨가 퉁명스레 말했다.

"죽으라고 욕할 땐 언제고, 그건 또 뭔 짓이여?"

"이놈아, 죽어서라도 계집 냄새는 맡아 봐야 할 것 아녀. 한잔하고 둘 중 맘에 드는 여자랑 신방 꾸미겄제."

제법 두툼해진 가마니의 위아래를 새끼로 묶자 염이 끝났다. 한쪽에서는 상근 때 쓰던 상여를 꺼내 휘장을 달고 창호지로 꽃을 만들어 달았다. 부녀자들은 곡식을 추렴해 지지미를 부치고 떡을 했다. 술은 소식을 들은 신부가 건넛마을에서 얻어다 주었다. 신부로부터 가맛골 소식을 전해 들은 영주가 약속을 안 지킬 경우 응당한 대가를 치러야 한다고 말했다면서 신부가 걱정했다. 파선은 태연했다. 당장은 영주와의 약속보다 양만의 초상이 먼저였다. 가맛골 사람들에게 이보다 더 큰일은 없었다.

흰옷과 흰 두건을 쓴 가맛골 사람들이 양만의 상여를 에워쌌다. 만장은 박 씨와 허 씨가 들고, 상여는 힘이 좋은 홍 씨와 반장, 장작꾼 두 명이 멨다. 덕배는 만가를 하겠다고 종을 잡고 앞장섰다. 나머지 사람들은 곡을 하며 상여를 뒤따랐다. 상여는 초라했지만 상주가 많아 세도가의 초상 못지않았다.

덕배의 구슬픈 만가가 가맛골을 울리자 상여가 움직이기 시작했다.

"어랑! 떨랑! 어랑! 떨랑! 가네, 가네, 나는 가네, 가맛골 장작꾼

양만이 가네. 아이구! 아이구! 서러워라. 어찌 이리 서러울까. 어랑! 떨랑! 어랑! 떨랑……."

눈물 콧물이 뒤섞인 덕배의 만가가 가맛골에 울려 퍼졌다. 뒤따르는 상여꾼들의 통곡이 길을 붙들고, 펄럭이는 만장이 세월을 불렀다.

"내 아버지 날 낳으시고 내 어머니 날 키우셨는데, 이 못난 놈 부모 생전 효도 한번 못 해봤네. 이 죄를 다 어찌 씻을 것이오. 어랑, 떨랑! 어랑, 떨랑!"

부녀자들의 울음소리가 높아지면 덕배의 만가도 점점 더 애절해졌다.

"그래도 사내인데 계집 한번 품어 보지 못하고 이내 신세 가엾다, 가여워 죽겠다. 들판의 잡초도 제 씨 하나는 퍼뜨리고 죽는데, 씨는커녕 계집 냄새조차 못 맡고 죽으니, 가엾다 내 인생, 불쌍하다 내 육신. 어랑, 떨랑! 어랑, 떨랑……. 그 모든 것도 서러운데, 이 어찌 물 건너까지 와서 생판 모르는 놈들한테 설움받고 살다 죽는 것인지, 더럽게 박복하다 내 팔자야, 거지 같은 내 인생아. 죄 지은 것 없으니 제발 저승에 가거들랑 사람답게 살게 해주소. 마누라 새끼랑 알콩달콩 재밌게 살도록 옥황상제님 제발 한 번만 봐주소. 이 한 몸 불태워 이승의 설움 모두 가져가리다. 어랑! 떨랑! 어랑! 떨랑……."

만가는 그칠 줄 몰랐고 상여는 가다 서다를 반복했다. 양만의 상여가 파선의 집 앞을 지나 대숲을 지날 때는 까마귀들의 군무가 하늘을 뒤덮었다. 가마에 도착한 상여는 천천히 가마 구석구석을 돌았다. 양만의 발길이 닿은 곳마다 상여가 멈춰 섰다. 상여 맨 끄트머리에 서 있던 파선은 얼핏 가맛골 입구에 서 있는 다다오를 보았다. 그가 말 위에서 가맛골의 초상을 바라보고 있었다. 그를 본 파선은 가슴 한구석이 출렁거렸다. 양만의 죽음에 대한 감정이 일순 다다오에 대한 감정으로 바뀌면서 덕배의 만가 소리가 귀에 들어오지 않았다. 파선은 도무지 자신을 이해할 수 없었다. 마음속에서 다다오를 털어내야만 살 수 있다는 걸 알면서도 미련을 떠는 자신이 답답하고 원망스러웠다. 그녀는 가마 사람들에게 출렁거리는 가슴을 들킬까 봐 마음 졸이며 걸었다. 가마 앞에 멈춰 섰던 상여는 상근의 묘가 있는 뒷산 중턱으로 올라갔다. 가맛골 사람 여섯이 묻혀 있는 곳이었다. 마지막으로 봉분에 술을 따르며 덕배가 흐느꼈다.

"조금만 기다려 친구야! 내 곧 갈 테니께."

덕배의 눈물에 사람들이 또 한 차례 흐느꼈다. 다다오는 어느새 사라지고 없었다. 초상은 그렇게 끝났다. 가마 사람들 모두 허탈한 걸음으로 집으로 돌아갔다. 가맛골의 어른이 죽고 나니 큰 고목나무 한 그루가 사라진 듯 텅 빈 느낌이었다. 산 그림자가 가맛골에 짙게 드리워지고 있었다. 어둠은 순식간에 찾아올 것이고, 가맛골은 다시 적막 속에 잠길 것이었다. 파선은 허허로워 견딜 수가 없었다. 자신을 감싸 주던 담들이 하나씩 허물어지는 것만 같았다. 그녀는 저물어 가는 가맛골을 바라보았다. 가맛골을 지킬 사람이 자신이라는 사실이 새삼스러웠다. 그녀는 손등으로 흐르는 눈물을 닦았다. 지금 그녀가 있을 곳은 가마였다. 파선은 서늘한 저녁 공기를 헤치며 다시 가마로 발길을 돌렸다.

그녀는 미친 듯이 가마 주변을 정리하기 시작했다. 널브러져 있는 장작 더미부터 차곡차곡 반듯하게 쌓았다. 성토소와 성형소, 반죽소를 차례로 들러 흩어져 있는 기구들을 제자리에 놓았다. 가마에서 꺼낸 도자기들은 유약을 기다리고 있었다. 건조실 옆으로 소사나무와 때죽나무를 태운 재가 소반에 담겨 있었다. 도석 가루에 섞어 유약을 만들 것이었다. 정리를 마친 파선은 나뭇재가 담긴 소반을 가지고 관리소로 갔다. 어스름 저녁 안개가 가맛골에 자욱이 내려앉고 있었다. 유약에 섞을 도석 가루를 잊은 파선은 다시 성토소로 내려와 도석 가루를 찾았다. 분명 준비해 두라고 일렀는데 보이지 않았다. 도석 가루는 보이지 않고 선반 한쪽에 있는 막걸리 병만 눈에 띄었다. 술을 보니 헛헛한 마음이 더욱 또렷해졌다. 그녀는 막걸리 병을 들어 숭늉처럼 마셨다. 병이 비워질 때까지 꿀꺽꿀꺽 술을 마시고 난 그녀는 비틀거렸다. 비틀거리며 선반 여기저기를 뒤지고 다녔다. 도석 가루가 담긴 소반은 선반 맨 아래쪽에 있었다.

유약의 비법이 적힌 종이를 꺼내 탁자 위에 올려놓은 파선은 가쁜 숨을 몰아쉬며 유약을 만들기 시작했다. 차 사발에 씌울 유약은 소사나무와 도석 가루를 섞고, 달 항아리와 물병에 쓸 유약에는 때죽나무와 도석 가루를 섞었다. 물과 나뭇재와 도석 가루의 비율이 잘 맞아야 좋은 유약을 얻을 수 있었다. 파선은 작은 접시에 여러 번 시험을 해보았다. 성분보다 더 중요한 것이 재료의 배합이었다. 도석 가루에 철이 얼마나 섞였는지 파악해야 비색을 만들 수 있었다. 그러나 아무리 열중해도 그녀가 원하는 색은 좀처럼 만들어지지 않았다. 술기운 탓이었다. 그녀는 정신이 들 때까지 손바닥으로 얼굴을 때렸다. 입을 벌려 술기운을 불어 내기도 하고 찬물을 들이켜 속을 달래기도 했다. 얼마쯤 지나자 그녀는 어지럼증이 가시면서 정신이 맑아지는 걸 느꼈다.

호롱불이 닳아 불이 꺼지기 전에 유약을 만들어야 했다. 파선은 다시 각각의 재료를 섞어 보았다. 손이 알아서 척척 움직였다. 유약을 찍어 손등에도 발라 보고 냄새도 맡아 보았다. 색감과 묽기의 농도가 맞았다. 마침내 그녀는 종이에 적힌 비법의 유약을 만드는 데 성공했다. 조상님이 개발한 유약의 비법을 그녀가 재현한 것이다. 파선은 크게 숨을 내쉬었다. 상근과 첫날밤을 치르던 때처럼 가슴이 두근거려 숨을 제대로 쉴 수 없었다. 색과 냄새가 분명 종이에 적힌 비법과 똑같았다. 파선은 오늘을 위해 그 긴 세월 갖은 고생을 했나 싶어 목이 멨다. 상근이 이 사실을 안다면 얼마나 기뻐할까 생각하니 또 눈물이 쏟아졌다. 그녀는 두 손을 모으고 벽을 향해 서서 나지막하게 중얼거렸다. 술기운 탓에 그녀의 중얼거림은 기도 같기도 하고 노래 같기도 했다.

바람이 훅 들이치며 호롱불이 흔들렸다. 아니, 바람이 아니었다.

파선은 놀라 하마터면 호롱불을 넘어뜨릴 뻔했다. 관리소 문 앞에 다다오가 떡하니 버티고 서 있었다.

"어머!"

그녀는 쿵하는 가슴을 쓸어내렸다.

"오, 저런!"

흔들리는 호롱불을 다다오가 채다시피 가져갔다.

"초상 끝났는데, 무슨 일로?"

"난 그저……. 고생했소."

파선은 가만히 서 있지 못하고 벽에 기대거나 의자에 앉거나 계속해서 움직였다. 그를 보는 순간 그녀는 깨려던 술이 다시 취하면서 몸이 갈피를 못 잡아 좀처럼 정신을 차릴 수가 없었다. 다다오가 파선이 움직이는 대로 호롱불을 이리저리 움직여 주었다.

"내가 하찮아 보이나요? 왜 자꾸 나타나요?"

파선이 다다오를 향해 손가락질하며 말했다.

"아니오, 당신이 만만한 것이 아니라, 내가 만만해졌소."

다다오가 파선의 얼굴 가까이 호롱불을 비추며 말했다.

"난 처음부터 당신이 만만했는데. 이 칼, 당신 것 아니잖아요."

"맞소, 이 칼은 내 것이 아니라 주군 것이오. 나는 주군의 무사일 뿐이오."

파선이 주정하듯 놀렸지만 다다오는 얼굴을 붉히지 않았다. 행여 그녀가 넘어질까 전전긍긍하며 호롱불을 밝혀 주었다. 파선이 밖으로 나가려, 그녀를 가로막고 서 있는 다다오를 향해 손을 휘저었다.

"당신을 집까지 데려다 주겠소."

"괜찮아요."

비틀거리며 걸어가는 파선과 그녀를 잡으려는 다다오가 부딪쳤다. 그녀는 혼자 갈 수 있다며 고집을 부렸고, 그는 위험하니 데려다 주겠다고 버텼다. 그러다 그녀는 그의 힘에 붙들리고 말았다. 그가 파선을 번쩍 들어 안고 말이 있는 곳으로 갔다. 파선은 몸에 힘이 쭉 빠지는 것을 느꼈다. 자신도 모르게 그의 목에 팔까지 두르고 있었다. 성큼성큼 걷던 그가 걸음을 멈추었다. 파선은 움직일 수가 없었다. 아무것도 생각할 수가 없어 눈을 꼭 감았다. 그의 입술이 따뜻하게 느껴졌다. 거친 숨결의 냄새가 나쁘지 않았다. 그녀는 그의 손길을 뿌리치지 않았다. 말 잔등에 올라타고서도 그의 허리를 꼭 껴안았다. 그가 천천히 말을 몰았다.

"당신을 보는 게 좋소."

다다오가 조심스럽게 말했다. 파선은 아무 말도 하지 않았다.

"당신 때문에 내 칼이 무뎌질까 두렵소. 하지만 당신을 향한 내 마음을 더는 어쩌지 못하겠소."

"안 돼요! 당신은 무사이고 저는 도공입니다."

"당신이 더 사무라이 같소."

다다오가 피식 웃었다. 그의 웃음소리가 대숲의 바람을 재웠다. 다다오가 자신의 허리를 감고 있는 파선의 손을 잡았다.

"손은 이렇게 작은데, 그 배짱은 대체 어디서 나오는 것이오?"

밤은 순식간에 들이닥쳤고 가맛골은 깊은 굴속처럼 어두워졌다. 파선은 다다오의 허리를 놓고 싶지 않았다. 이처럼 감미로운 느낌은 난생처음이었고, 술기운 때문에 느끼는 감정이라면 술에서 깨고 싶지 않았다. 이 순간만큼은 누군가 돌을 던지고 욕을 해도 다다오의 허리를 풀고 싶지 않았다. 하지만 그녀는 이내 낯선 자신을 받아들일 수 없다는 걸 깨달았고, 그 감미로운 감정의 끝을 감당할 자신이 없었다.

"그만 내려 줘요."

파선은 다다오의 허리에서 손을 풀었다.

"위험하니 날 잡으시오."

다다오가 파선의 팔을 잡아 다시 자신의 허리에 둘렀다.

"당신보다 말 잔등이 더 무서워요."

다다오가 웃으며 말을 세웠다.

"좋소, 서두르지 않겠소."

다다오가 파선을 들어 땅에 내려놓았다. 파선은 어지러워 한참 동안 정신을 차릴 수 없었다. 술 탓인 것도 같고 말 탓인 것도 같았다. 아니, 그를 너무 거리낌 없이 대한 것 같아 부끄러웠다. 다다오가 두 손으로 파선의 얼굴을 만지다 또다시 긴 입맞춤을 했다. 파선은 그제야 술이 확 깨며 정신이 번쩍 들었다. 모든 일을 술 탓으로 돌리고 싶었지만 술을 핑계로 그를 몰아내기에는 너무 늦은 것 같앉다.

"제가 술 때문에……."

"아니오, 나도 당신한테 취해 있었소."

다다오는 쉽게 돌아서지 못하고 여전히 말고삐를 잡은 채 파선을 바라보고 서 있었다. 파선은 어둠 속에 서 있는 그의 형상을 가만가만 만져 보았다. 그녀만을 위해 열려 있는 그의 눈과 입과 코가 그녀의 손바닥 안에 닿았고, 서늘한 갈바람을 물리며 다가온 그의 숨결이 그녀의 입과 코를 마비시켰다. 그녀는 다다오를 꼭 안아 보고는 한 걸음 물러났다.

"파선! 내가 당신을 얼마나…… 당신 때문에 한시도 딴생각을 할 수가 없소. 당신과 싸우느라 매 순간 전쟁을 한단 말이오!"

다다오가 두 손을 뻗어 뒤로 물러서는 파선을 잡으려 했다.

"저는 살기 위해서 매일같이 전쟁을 합니다. 당신은 힘없는 한 사람과 전쟁을 하지만 저는 아리타, 아니 당신 나라와 전쟁을 치러야만 합니다."

"난 모르겠소, 나는 내 전쟁만 생각할 거요."

뒷걸음치던 파선은 또다시 다다오의 품에 붙들리고 말았다. 다다오의 말이 길을 재촉하며 주인을 바라보았다. 시커먼 어둠이 켜켜이 포위하고 선잠을 깬 대숲의 날짐승들이 도리질을 쳤다. 두 사람을 지켜보던 다다오의 말이 제 갈 길을 찾자, 파선이 다다오를 슬쩍 밀어냈다.

"전쟁은 하는 것보다 안 하거나 피하는 게 낫겠지요."

말과 파선 사이에서 다다오의 눈빛이 불안하게 흔들렸다.

"목숨을 걸고서라도 하고 싶은 전쟁이 있는 법이오. 나는 비겁한 전쟁은 하지 않소."

파선이 먼저 발길을 돌리자 말이 움직였다. 다다오가 비로소 어둠 속으로 사라졌다. 파선은 가슴 깊은 곳에서 울리는 말발굽 소리를 들었다. 그녀는 뛰기 시작했다.

오랜만에 보는 햇살은 눈이 부셨다. 컨디션이 좋아 일정을 빡빡하게 잡았다. 아리타로 다시 가서 도잔陶山 신사와 그 여자 사기장의 기념비가 있다는 호온지報恩寺에 가볼 생각이었다. 기차로 한 시간여 거리에 있어 오전에 두 곳을 보고 오후에 규슈 국립박물관에 들러도 충분할 듯했다.

서둘러 역으로 갔더니 축제가 벌어진 듯 두루마기 모양의 긴 무명옷과 유카타를 걸친 젊은 남녀들이 광장 한복판에서 춤사위를 펼치고 있었다. 궁금하긴 했지만 거기에 눈을 팔고 있을 수 없어 물 한 병을 사 들고 역으로 향했다. 다행히 늦지 않았다. 붐비던 역사와 달리 기차 안은 손님이 별로 없었다.

아리타는 한 번 왔던 곳이라 낯설지 않았다. 택시를 타고 도잔 신사부터 찾았다. 신사 입구에 도자기로 만든 거대한 조형물이 신사의 위상을 말해 주었다. 신사는 생각보다 소박했다. 작은 항아리 하나와 마른 꽃이 담긴 꽃병 하나, 조그만 나무 상자가 전부였다. 사발 찾는 일에 얼마나 몰두해 있었는지 혹시 조형물에 사발 조각이 붙어 있지 않을까 뚫어져라 바라보기도 했다.

백파선의 기념비가 있다는 절은 2차선 도로에서 바로 보였다. 큰 개울과 채소밭이 있는 평화로운 농촌 마을 한가운데였다. 기척을 느낀 주지가 나와 반갑게 맞아 주었다. 그녀의 흔적들은 오래전에 화재로 소실되었고, 그녀의 기념비만 절에 남아 있다고 스님이 말해 주었다. 그녀의 기념비는 수많은 도공비들 가운데 있었다. 그녀와 함께 이곳으로 왔다가 돌아가지 못한 도공들이었다. 전설 같은 그녀는 타국의 이름 없는 절 마당 한쪽에 검은 이끼를 뒤집어쓴 돌로 남아 있었다. 마음속에서 그녀에게 묻고 싶은 말들이 또랑또랑하게 들려왔다. '당신이 만들었다는 그 사발이 그렇게 대단한 것입니까? 도대체 나머지 한 개는 어디에 있는 것입니까? 당신이 조선으로 돌아가지 않은 까닭이 정녕 사랑하는 사람 때문이었습니까? 고향과 자식을 버릴 만큼 그렇게 절박했습니까? 그리고 내 조상인 그 백파선이 맞습니까?' 그녀에 대한 자료를 수집할 때부터 궁금했던 질문이었다.

시간을 먹으며 부풀려졌을지도 모르는 그녀의 이야기에 관심이 가기 시작한 것은 어쩌면 부산에서 배를 타면서부터였는지도 모른다. 살기 위해서 배를 타고 이곳까지 와야만 했던 그녀와 나는 서로 다르지 않았다. 내가 이곳에 찍은 발자국은 그녀가 빚은 도자기의 한 조각과 같다는 생각이었다. 나는 잠깐 혼란스러웠다. 그녀의 이야기가 전설이 아닌 사실일지도 모른다는 생각이 들자 당황스러웠다. 공연히 이곳까지 왔다는 후회가 들었다. 절에 혹시 그녀의 도자기가 있느냐고 물을 때는 스님의 눈을 똑바로 쳐다볼 수가 없었다. 그래서 차 한잔하고 가라는 스님의 인자한 손길을 거절하고 서둘러 절을 빠져나왔다.

규슈 국립박물관에 도착해서야 내가 잠깐 정신이 나갔었다는 걸 깨달았다. 사진조차 본 적 없는 사람의 이름을 기념비에서 확인하는 순간, 이상하게도 그녀의 파란만장한 삶이 나와 상관없게 느껴지지 않았다. 뒤숭숭했던 꿈자리가 맞아 돌아갈 때의 불길함 같은 것이었다. 하지만 내 처지에 역사조차 허술한 그녀를 안타까워한다는 것 역시 허세였고, 보물찾기에 필요한 경비도 벌써 반 이상 써버려 여유를 부릴 시간이 없었다.

규슈 박물관은 축구장이 통째로 들어갈 정도로 크고 박력이 넘쳤다. 암청색 장방형 건물로 지붕은 반원형이고 벽면은 채광이 높은 유리였다. 운 좋게도 박물관 특별 전시실에서 지난달부터 아시아 도자기 전시회가 열리고 있어 기대가 컸다. 아리타 도자기는 물론이고 아시아 지역의 국보급 문화재를 볼 수 있을 거라는 기대로 나는 얼른 가방에서 사진을 꺼냈다. 다시 봐도 보통의 사발과 별다를 게 없어 보이는 물건이었다. 전시실은 비교적 한산한 편이어서 못 보고 그냥 지나치는 실수는 하지 않을 듯싶었다. 일본 도자기는 대체로 화려하면서도 입체감이 좋았고 에도 시대 이후에 만들어진 것들이 많았다. 그렇지만 내가 찾아야 할 사발은 전시된 것들과 다른 순박한 것이어서 관람할수록 처음과 달리 기대감이 떨어졌다.

당연히 중국과 대만, 캄보디아 등 다른 아시아 국가들 도자기도 자세히 살펴보았다. 나처럼 오래 신중하게 관람하는 사람은 없었다. 그러나 아무리 자세히 살펴봐도 내가 찾는 사발은 보이지 않았다. 제법 비슷해 보이는 일본 도자기가 있었지만 비교해 보니 사진 속의 사발이 작고 질감도 더 거칠었다. 대만 쪽 전시실에도 비슷한 것이 하나 있었지만 그 역시 크기와 색깔이 달랐다.

국보급 문화재 몇 점씩만 전시한 듯 수량이 그리 많지는 않았다. 도자기 축제를 겨냥해 급하게 기획된 특별 전시회 같다는 인상이 짙었다. 전시실에 들어서기 전에는 혹시나 하는 마음으로 몹시 설레었는데, 15세기에 만들어졌다는 대만의 검은 접시를 마지막으로 보고 나올 때는 늦은 밤 빈집 앞에 혼자 서 있는 기분이었다. 이제 시작이라고 큰소리쳤는데, 원점에서 방향 감각을 잃어버린 사람처럼 멍하니 한참을 서 있었다. 전시실 입구를 지키고 서 있던 안내원이 이상한 눈길로 쳐다본다는 걸 알고 나서야 1층 로비로 내려가는 계단으로 향했다.

처음부터 다시 시작해야 한다는 각오로 국립도서관을 찾아갈 생각이었다. 좀 전과 달리 로비 중앙에는 대학생으로 보이는 젊은 남자들로 시끄러웠다. 그들은 2층 전시실로 올라가기 위해 줄 서 있었고, 흰 셔츠의 소매를 걷어 올린 인솔자가 관람할 때의 에티켓에 대해 설명하고 있었다. 나는 흥미 떨어진 놀이터를 벗어나듯 시큰둥한 표정으로 그들 옆을 지나쳤다. 그런데 이상하게도 얼굴 한쪽이 후끈해지는 느낌이었다.

누군가 나를 불렀다. 학생들 속에 있던 그 인솔자였다. 그가 2층 전시실 계단을 뛰어내려 오더니 나를 향해 달려왔다. 그를 정면으로 보는 순간 나는 마치 몇 겹으로 포장된 보물 상자를 하나씩 뜯어 보는 기분이었다. 마지막 상자의 뚜껑을 여는 순간 그가 코앞에서 숨을 몰아쉬고 있었다. 그를 만나다니! 너무 놀라서 아무 말도 할 수가 없었다. 그 사람 역시 놀란 표정이었지만 나보다 훨씬 여유로워 보였다. 버림받은 자의 시간은 당당하고 여유로울 수 있지만, 버린 자의 시간은 수시로 비겁하고 비굴해진다는 걸 깨닫는 순간이었다. 그는 약속 시간에 조금 늦은 연인처럼 연신 머리를 긁적이며 웃었다. 나도 따라 웃을 수밖에 없었다. 부모님이 반대한다는 핑계를 대고 그를 떠난 마당에 무슨 염치가 있을까. 미안하다는 말은 너무 늦은 것 같고, 그럴 수밖에 없었다는 말은 너무 구질구질할 것 같았다. 만난 걸 물릴 수도 없었다. 그는 그만 어리석은 시간의 기억에서 벗어나라는 듯 나를 다정한 눈길로 바라보았다.

이런 재회를 두고 운명이라고 말한다면 나 역시 피할 수 없다는 생각이 들었다. 시아버지와의 약속 때문이긴 하지만 이곳까지 온 것은 모두 내 의지였고, 사찰을 먼저 가고 나중에 이곳에 들른 것도 내 의지였다. 전시실을 두 번씩이나 돌며 관람하느라 시간을 지체한 것 역시 내 의지였다. 그 시간에 맞춘 듯 학생들을 데리고 나타난 그 사람 역시 정해진 시간에 따랐을 뿐일 것이다. 우리가 만난 것은 순전히 우연이었다. 우연을 운명이라고 우기고 싶지는 않았다.

어찌 되었든 우리는 만났고, 어제의 연인들처럼 서로 바라보고 있다는 사실에 당황스러우면서도 서로의 손길을 뿌리칠 수 없었다. 나는 예전에 그랬던 것처럼 그가 이끄는 대로 자연스럽게 그를 따라갔다. 낯선 곳에서 아는 얼굴을 만나면 제 감정에 속듯 나도 어쩌면 그런 심정이었을 것이다. 사랑했던 사이였으니 그럴 수 있었다. 모르는 척 그냥 지나쳐 버리는 것이 더 이상했다. 그에게 시간을 내주는 게 옳았다. 아니, 내가 그에게 시간을 구해야 맞았다. 10년 전 타당한 이유 없이 그를 버린 것에 대해 용서든 이해든 해명하고 싶었다.

5

 새벽같이 일어나 목욕을 마친 파선은 깨끗한 한복으로 갈아입었다. 치마는 거치적거리지 않도록 허리띠로 단단히 묶고, 머리는 흐트러지지 않도록 곱게 빗어 흰 머릿수건으로 동여맸다. 버선도 새것으로 신었다. 엊저녁에는 마당의 왕벚나무와 천지신명께 기도했고, 하느님과 죽은 상근에게도 가마가 성공할 수 있도록 도와달라고 빌었다. 모든 준비를 마친 파선에게서는 경건함과 의연함이 묻어났다. 그녀는 다시 한 번 머리를 매만지며 아이들이 기다리는 밥상으로 가 앉았다. 안나가 맑은 무국을 준비해 놓고 기다리고 있었다.
 "언니, 참 곱다."
 단장한 파선을 보고 안나가 환하게 웃으며 말했다. 몇 번을 기워 입은 자신의 저고리와 비교되는지 안나는 좀처럼 파선에게서 눈을 돌리지 못했다. 밥상에 둘러앉은 두 아들도 평소와 다른 파선의 모습이 보기 좋은 듯 키득거리며 속닥거렸다.

"안나야, 언니 고와?"

"응, 천사 같아."

안니는 기분 좋을 때 천사라는 말을 썼다. 안나의 천사인 신부님은 안나를 위해 노란 머리핀을 선물했고, 그녀의 머리에는 항상 비녀 대신 서양 머리핀이 꽂혀 있었다. 안나는 신부에게 받은 모든 선물이 하느님 것이라고 믿었고 잠을 잘 때도 빼놓지 않았다. 배 속의 아이가 자라면서 무엇이든 닥치는 대로 먹어 움푹 들어갔던 볼에 살도 올랐다. 파선은 안나를 위해 가맛골 사람들한테 고구마와 감자를 얻었고, 신부에게도 귀띔을 해 말린 생선과 과일, 콩 등을 얻었다. 신부는 안나의 배 속에 있는 아이를 하느님이 주신 축복이라고 했다. 우리 모두의 자식이고 형제니, 기쁘게 받아들여야 한다며 안나의 출산을 기다렸다.

안나 옆에 앉아 밥을 먹던 큰아들이 집 걱정하지 말라며 파선을 안심시켰다. 큰아들은 갈수록 죽은 상근을 닮아 갔다. 가늘고 긴 코와 좁은 이마, 튀어나온 광대뼈가 젊은 시절의 상근과 흡사했고, 말끝을 흐리며 웃음으로 마무리하는 버릇까지 그와 똑 닮았다. 파선은 그런 아들이 대견하고 고마우면서도 혹여 상근처럼 몸이 허약해질까 봐 걱정이었다.

가마 앞에는 이미 조촐한 제사상이 차려져 있었다. 쌀밥과 미역

국, 나물 몇 가지, 조와 쌀을 섞어 빚은 맑은 술이 큰 사발에 담겨 상 위에 놓였다. 가마 사람들 역시 흰옷으로 정갈하게 차려입고는 가마와 제사상 주변으로 빙 둘러서 있었다. 본불을 때기 위한 제를 지내야 했다. 그녀는 깊은 심호흡과 함께 절을 세 번 올렸다. 덕배와 박 씨, 허 씨가 이어 절했고, 반장과 홍 씨도 삼배를 올렸다. 장작꾼을 비롯해 가마에서 일하는 모든 사람이 차례로 절을 올렸다. 파선이 절하는 모습은 경건하다 못해 비장했다. 이번 가마에 가맛골의 생사가 달려 있었다. 파선은 조상님과 가마신에게 빌고 또 빌었다.

"양만이를 봐서라도 이번 가마 잘되게 해주십시오."

덕배가 제사상 위에 술잔을 올리며 말했다.

"제발, 좋은 물건 나오도록 천지신명님 도와주십시오."

이번에는 반장이 빌었다. 그는 절을 하고 기도도 했다. 반장의 기도를 처음 듣는 가맛골 사람들은 의아해서 서로를 바라보았다. 그의 기도 절반이나 차지하는 하느님이 정말로 가마의 불꽃을 활활 타오르게 할지도 모른다는 기대감을 갖는 한편으로, 그의 기도가 잠꼬대나 헛소리로 끝나는 것 아닌가 싶어 불안해하기도 했다. 반장은 그러거나 말거나 오래도록 간절하게 기도했다. 반장의 길고도 지루한 기도를 가장 참을 수 없어 하는 사람은 덕배였다.

"이 사람아! 하느님만 찾으면 천지신명님이 섭섭하지. 양만이도 젯밥 먹으러 왔다가 서운해서 그냥 가겠다, 얼른 끝내."

덕배가 한마디 하자 반장이 기도를 마무리했다. 파선은 마지막 술잔을 들어 가마의 봉통에 여러 차례 나누어 부었다. 대숲에서 떠오른 해가 가마를 비추기 시작하자 모여 있던 사람들은 음식을 들고 가마를 떠났다. 가마 앞에는 파선만 남았다. 이제부터는 파선 혼자서 불과 싸워야 했다.

 본불이 도자기의 모든 것을 결정했다. 아무리 잘 빚은 도자기라도 제대로 굽지 않으면 허사였다. 도자기를 만드는 흙과 유약은 땅에서 얻지만 불은 하늘의 뜻이었다. 그 하늘의 뜻을 제대로 다스려야 하는 사람이 사기장이었다. 그녀는 앞으로 하루 반나절 동안 불을 다스려야만 했다.

 날은 맑고 쾌청했다. 바람도 적당했고 눈발도 날리지 않아 초겨울치고는 춥지 않은 날씨였다. 파선은 봉통에서 세 걸음쯤 떨어져 앉았다. 봉통 입구에는 일정한 크기의 소나무 장작이 쌓여 있고, 장작더미 한쪽으로 불의 화력을 돋워 줄 마른 솔 한 동이와 밀짚, 절굿공이만 한 칡이 놓여 있었다. 마른 솔과 밀짚은 불쏘시개로 그만이고 칡은 밀려오는 잠을 쫓는 데 좋은 방도로 쓰였다. 그녀는 축축해진 손바닥을 저고리 섶에 문지르고는 잠깐 호흡을 가다듬었다. 이제 장작에 불을 지피기만 하면 되었다. 그런데 문득 오래전 가마에 불을 지피던 시아버지의 모습이 떠올랐다. 부정한 일이기에 가까이서 볼 수는 없었지만 본불을 때던 시아버지는 전혀 다른 사람 같았다. 굿을 하는 무당 같기도 하고 사나운 짐승을 쫓는 사냥꾼처럼도 보였다. 눈빛은 무엇에 홀린 듯 간절하면서도 애처로웠고 신명이 든 팔과 다리는 너울너울 나비의 날갯짓과 같았다. 들숨과 날숨은 씨실과 날실처럼 촘촘하다가 어느 순간 표범처럼 거칠고 사나워졌다. 파선은 시아버지가 풍랑처럼 거칠고 6월의 미풍처럼 따뜻하고 어머니의 가슴처럼 평화로운 동작들을 신들린 듯 반복하는 모습을 지켜보느라 날이 새는 줄 몰랐다. 시아버지의 모습은 마치 벌거벗은 몸으로 봄·여름·가을·겨울 속에 혼자 서 있는 사람 같았다. 계절을 벗어나 지쳐 쓰러진 시아버지의 혼곤한 등을 보면서 파선은 우리의 삶도 불꽃과 다르지 않다는 것을 느꼈다. 타오르던 불꽃이 시들어 꺼지듯 우리 인생도 불꽃이었다가 재로 돌아가야 했다.

파선은 불쏘시개에 불을 붙였다. 순식간에 밀짚과 마른 솔에 불이 붙었다. 맑고 얕은 불꽃이 화르르 피어오르며 고소한 냄새를 풍겼다. 그녀는 장작개비 하나를 집어 무게를 가늠한 뒤 손목의 힘을 풀어 봉통 안으로 던졌다. 불꽃은 잠깐 몸을 뒤척이는가 싶더니 서서히 장작으로 옮겨 붙으며 눈앞의 먹이를 향해 이빨을 드러냈다. 그녀는 다시 장작개비 하나를 골라 다른 방향으로 힘껏 던졌다. 성난 불꽃이 길길이 뛰기 시작했다. 파선은 미친 듯 달려드는 불꽃을 보며 솟구치는 기운을 아랫배로 끌어당겼다. 아직 갈 길이 멀었다. 불과의 싸움은 이제 시작이었다. 가마가 서서히 달아올랐다. 하나둘 장작을 던지는 파선의 손길이 빨라졌다. 가마의 온도를 높이기 위해 손은 쉴 틈이 없었다. 굴뚝에서 뭉텅뭉텅 연기가 피어올랐다.

파선은 쉬지 않고 서너 개의 장작을 한 번에 몰아서 던졌다. 몸을 낮게 구부리기도 하고 무릎을 세우기도 했다. 어느 때는 바닥을 쓸듯 납작 엎드려 장작을 던졌다. 얼마쯤 지나, 파선은 봉통 안의 불꽃을 살폈다. 투명한 빛이 가마 속을 환하게 비췄다. 늦가을의 노을 같은 고운 불꽃이 요염한 자태로 가마 안에 흐드러져 있었다.

파선은 무연한 눈길로 가마를 바라보았다. 불꽃 속으로 흰옷을 입은 사람들이 줄줄이 서 있는 게 보였다. 그들은 크게 웃거나 원통한 듯 곡을 했다. 가마 안에서 그들이 차례로 걸어 나왔다. 상근의 모습이 보이는가 하면 양만의 모습도 보였다. 시아버지가 환하게 웃으며 그녀를 바라보았다. 그들이 가까이 오라고 미친 듯이 손짓했다. 파선은 숨을 멈추고 그들을 멍하니 바라보았다. 눈꺼풀이 무거웠다. 몸이 연기처럼 날아오르는 것도 같고 봉통 속에서 누군가 잡아끄는 것도 같았다. 그녀는 봉통 쪽으로 기우는 몸을 간신히 일으켜 세웠다. 그러나 몸은 또다시 불꽃이 날름거리는 봉통으로 쓰러질 듯 휘청거렸다. 파선은 너무 추웠다. 춥고 배가 고파 견딜 수가 없었다. 사람들이 시뻘건 아궁이 속에서 진수성찬을 차려 놓고 춤을 추며 오라고 손짓했다. 가맛골을 떠난 모든 사람이 자신을 부르고 있어 들어가지 않을 수 없었다. 그녀는 한 발 한 발 봉통 가까이 다가갔다.

그러던 순간, 파선은 상근인 듯 누군가 던진 기물에 머리를 맞고 정신이 번쩍 들었다.

날이 저문 지 한참이었다. 소복을 한 파선만 가마 앞에 쪼그리고 앉아 있었다. 파선은 세차게 머리를 흔들었다. 불꽃이 시들기 전에 다시 장작을 지펴야 했다. 허기를 채운 불꽃이 은은한 연꽃 색을 띠며 잠시 숨을 고르고 있었다. 더는 지체할 수 없었다. 그녀는 옆에 있던 칡 한 가닥을 찢어 입에 넣고 우물거렸다. 타들어 가던 목을 축이고 나자 혼미하던 정신이 또렷해졌다.

파선은 다시 봉통 안으로 장작을 던졌다. 세게 또는 멀리 오른쪽 아니면 왼쪽으로 불꽃의 방향을 틀었다 돌렸다 반복했다. 장작은 파선의 손끝에서 사라지는 순간 불꽃으로 변했다. 붉은 혀를 날름거리며 지칠 줄 모르고 타들어 갔다. 전쟁이 시작된 것이다. 누군가 가져다 놓은 밥상이 파선 옆에 그대로 있었다. 불에 붙들린 파선은 가마 앞에서 꼼짝도 할 수 없었다. 파선은 잠깐 몸을 일으켜 굴뚝을 올려다보았다. 연기가 하얗게 피어오르고 있었다. 뭉게구름 같은 하얀 연기가 차가운 밤공기를 가르며 하늘 높이 치솟고 있었다. 파선은 장작을 들고 노리 칸으로 몸을 움직였다. 이제부터는 칸 불이었다. 칸 불은 가마 속의 도자기에 맞지 않도록 던지는 게 중요했다. 파선은 유연한 동작으로 칸 불을 향해 장작을 던졌다. 칸 속으로 익어 가는 도자기의 형체가 보였다. 불꽃이 점점 얼음처럼 투명한 색으로 변하면서 가마 안이 들여다보였다. 쉴 새 없이 노리 칸을 옮겨 다니던 파선은 잠시 손길을 멈추고, 긴 장대를 이용해 가마 속의 도자기 하나를 깨어 불꽃에 비춰 보았다. 뜸을 더 들여야 했다. 그녀는 공기구멍을 열어 놓고 쉬엄쉬엄 장작을 집어 던졌다. 불꽃은 더 이상 사납게 덤벼들지 않았다. 새참을 먹는 듯 가볍고 순한 몸짓으로 여유로운 미소를 보냈다. 파선은 알 수 없는 허전함으로 헛헛해하며 잦아드는 불꽃을 뚫어져라 바라보았다.

새벽이 밝아 오고 있었다. 대숲에서 까마귀들이 뒤채는 소리가 들려왔다. 가맛골 사람들의 가난한 굴뚝에서도 연기가 피어올랐다. 파선은 천천히 숨을 돌린 뒤 삭정이 두어 개를 집어 봉통에 던지고는 손바닥을 털었다. 입가심을 한 불꽃이 푸르르 눈을 감았다. 쌓여 있던 장작더미가 바닥을 드러내자 비로소 가마가 속살을 내보인 처녀처럼 다소곳해졌다.

일찌감치 나온 반장이 땀에 푹 젖어 있는 파선에게 다가왔다.

"식사도 안 하시고……."

엊저녁 밥상이 보자기에 덮인 채 그대로 있었다.

"칡으로 요기했어요."

파선이 시커멓게 칡 물이 든 입을 가리며 웃었다.

"세상에! 이 큰 칡을 다 드셨네."

파선이 앉아 있던 땅바닥에는 그녀가 밤새 씹다 버린 칡이 한 무더기였다. 파선 자신도 언제 그렇게 씹었는지 기억이 없었다. 잠을 쫓기 위해 씹고 갈증이 나서 먹다 보니 그 큰 칡이 온데간데없이 사라졌다. 파선은 반장 보기가 민망했다. 먹어도 너무 많이 먹은 것 같아 입에서 손을 뗄 수가 없었다.

가마 사람들이 하나 둘 모여들었다. 헐레벌떡 뛰어오는 덕배를 보고 반장이 말했다.

"형님도 참 급하시네, 뜸도 안 들었구먼."

"한숨도 못 잤어. 우리 대장님 걱정돼서."

덕배가 주먹만 한 눈곱을 떼어 내며 너스레를 떨었다.

"아따, 그런 거짓말은 하지도 마쇼. 엊저녁에 보니께 어떤 여우 한 마리가 형님 집으로 들어가던디?"

"이 사람이 큰일 날 소리 허네."

반장의 말에 덕배가 질색한 표정을 지으며 바지춤을 오므렸다. 파선은 그들이 새삼 반가웠다. 그들의 얼굴 하나하나가 죽었다 살아온 듯 신기하기까지 했다. 홍 씨가 파선에게 수건을 건네며 사람 좋게 웃었다. 눈만 뜨면 부비고 살아온 처지들이라 이웃이 아니라 가족이었다.

"도와주지도 못하고, 고생 많으셨죠?"

"아니에요, 뜨거운 밤 잘 보냈어요."

파선의 말에 가마 사람들이 박수를 치며 웃었다.

"그럼, 방해 안 하길 잘했네요."

옆에 있던 허 씨댁이 깔깔거렸다. 전과 다르게 그녀의 표정이 밝았다. 눈 밑과 콧등에 주근깨가 새까맸지만 피부는 반들거렸다. 요즘은 덕배하고 입씨름도 안 하는 눈치였다. 그래선지 자주 까르르 웃었고, 가마 사람들에게도 친절하게 굴었다.

"그나저나 우리 대장님 시집보내야 하는데, 영주하고 다다오 두 놈만 빼놓고 다 말해요. 내가 중신 설 테니까."

덕배가 파선을 쳐다보며 자신 있게 말했다. 다다오라는 말에 파선은 순간 아찔했다. 영주와 다다오는 가맛골 사람들과 결코 친해질 수 없었다. 가맛골 사람들에게 두 사람은 원수나 마찬가지였다. 파선은 그래서 더 마음이 무거웠다.

"저는 됐고요, 덕배 씨나 얼른 짝 찾으세요."

"그렇죠? 양만이 놈 꼴 나기 전에 색시 하나 얻어야 하는데."

덕배는 당장 짝이라도 만난 듯 신났다.

허 씨댁이 공연히 삐죽거리며 그 자리를 벗어났다. 홍 씨와 박 씨가 마주보며 키득거렸다.

"좌우지간 덕배 형님 조심해요."

저만치에서 허 씨가 걸어오자 두 사람은 쉬쉬하며 자리를 떠났다. 눈치 빠른 홍 씨가 얼른 뛰어가 허 씨의 손을 잡아끌었다.

"형님, 이제 나오세요. 오늘 아침은 반장님 집에서 먹는다고 하니까 어서 갑시다."

"그거 잘됐네, 엊저녁도 굶었다네."

부인과 달리 허 씨는 까칠했다. 겉보기는 멀쩡해도 오랜 소갈병 탓에 걸음걸이까지 시원찮았다.

"아니, 왜 저녁을 굶었어요?"

허 씨와 홍 씨의 뒤를 따르며 파선이 물었다.

"여편네가 요즘 마실 다니느라 서방 밥도 안 챙겨 준다니까."

허 씨는 가맛골에 오기 전만 해도 풍채가 좋았다. 살자고 달려드는 주막집 과수댁이 한둘이 아니었다. 허 씨댁은 진주 장에서 제 어미와 떡장사를 하다가 그릇 팔러 나온 허 씨와 눈이 맞았고, 그길로 허 씨를 따라 가마에 들어온 지 20년이었다. 그렇게 좋아 죽던 두 사람이 언제부턴가 짜그락짜그락 싸움이 잦아지면서 가마 사람들이 모두 알 정도로 두 사람 사이는 예전 같지 않았다.

가맛골 사람들이 아무리 가족처럼 지낸다고 해도 내외 문제까지 속속들이 알 수는 없었다. 설사 안다고 해도 파선이 참견할 일은 아니었다. 하지만 요즘 들어 덕배와 박 씨, 허 씨 등 가맛골 사람들에게서 뭔지 모르게 심상치 않은 분위기가 느껴졌다.

누구보다 긴장한 사람은 파선이었다. 가마가 식자 허 씨와 박 씨는 가마로 들어가고, 반장과 덕배, 홍 씨는 물건을 받아 진열하기 시작했다. 이윽고 이번 가마의 첫 작품인 꽃병이 세상 밖으로 나왔다. 숨죽이며 지켜보던 사람들이 일제히 덕배의 손에 들린 꽃병을 보았다. 덕배가 파선에게 꽃병을 건네주며 입을 딱 벌렸다.

"최고입니다!"

덕배의 찬사가 쏟아지자 가마 사람들이 일제히 소리를 질렀다. 파선은 꽃병을 들어 햇빛에 가만히 비춰 보았다. 가슴이 뛰었다. 맑은 수면 위로 가을 하늘이 비친 듯 푸르고 투명한가 하면, 명주 천을 만지는 듯 부드럽고 고왔다. 얼음처럼 차가운 느낌이기도 하고 말차처럼 따뜻한 느낌이기도 했다. 파선의 눈물 어린 얼굴이 꽃병에 반사되었다. 그토록 바라던 비색이었다. 홍 씨가 발을 구르며 좋아했다.

"대단하십니다! 이렇게 고운 색은 처음입니다."

"대장님, 이젠 살았습니다. 올겨울은 굶어 죽지 않겠습니다."

가마 사람들의 감탄을 뒤로하며 달 항아리와 물병에 뒤이어 크고 작은 접시들이 줄줄이 가마에서 나왔다. 덕배가 달 항아리를 끌어안고 가맛골 최고의 걸작이라며 절레절레 머리를 흔들었다. 유약을 달리 쓴 꽃병과 차 사발, 달 항아리는 특히 선명하면서도 은은한 색이 빼어나기 그지없었다. 유약의 비법이 고스란히 살아 숨 쉬었다. 파선은 그제야 안도했다. 불과 사투를 벌이던 일이 오랜 기억처럼 아득해졌다. 유약의 비법을 간직하기 위해 이곳까지 흙 가마니를 지고 온 남편 상근에 대한 기억이 떠올라 가슴이 뭉클했다. 이제 영주와 담판 지을 일만 남았다. 가맛골 사람들도 이번 가마에 거는 기대가 파선 이상이었다.

파선이 홍 씨를 시게마사 영주에게 보내 가마 소식을 알리자, 이튿날 영주와 다다오가 득달같이 달려왔다. 가마에는 홍 씨와 파선 둘만 있었다. 영주가 가마의 진열실 안으로 먼저 들어오고 다다오가 그 뒤를 따랐다. 다다오가 흘낏 파선을 쳐다보았다. 파선은 애써 도자기에 눈길을 주었다. 선반 위에 진열된 꽃병에 영주의 눈길이 멈쳤다.

"오!"

시게마사 영주의 수염이 바르르 떨리며 짧은 탄성이 터져 나왔다. 긴장한 손길이 당장이라도 선반 위의 자기들을 덥석 집어낼 듯 비단 옷자락 사이에서 바스락거렸다. 파선은 영주의 날카로운 눈빛이 또 다른 욕심으로 번뜩이는 걸 놓치지 않았다. 파선은 냉정하고 침착했다. 영주하고의 싸움은 이제부터일지도 몰랐다. 영주의 욕심은 파선이 이번에 만든 도자기가 아닐 것이었다. 도자기는 영주의 욕심을 채우는 데 없어서는 안 되는 절대적인 것이지만, 영주가 원하는 욕망은 아니었다. 영주의 욕망은 가마 사람들이 만든 도자기를 통해야 얻을 수 있는 것이었다. 파선은 영주가 무엇을 꿈꾸든 가마 사람들을 상대로 더 이상 욕심 부리지 않기를 바랐다. 영주와 달리 다다오는 자기에 별 관심이 없었다. 그는 영주의 뒤통수 너머로 보이는 파선만 바라보고 있었다.

"오! 도대체 무슨 비법을 쓴 거요?"

빛을 받은 자기들은 눈이 부셨다. 그 반짝이는 자기에 정신을 빼앗긴 영주가 조심스럽고도 위엄 있게 물었다. 파선은 서두르지 않았다. 영주가 원하는 대답을 해줄 수도 없지만 그에게 만만하게 보이고 싶지 않았다. 그녀는 표정 없는 얼굴로 담담하게 대답했다.

"특별한 방법은 없습니다."

영주는 차 사발과 달 항아리, 대접과 접시도 유심히 살펴보았다.

모양과 색뿐만 아니라 자기의 질감도 느껴 보았다. 높이 들어 햇빛에 비춰 보기도 하고 바닥에 놓고 위에서 내려다보기도 했다. 영주가 자기에 정신이 팔려 있는 동안 파선은 뚫어져라 자신을 바라보는 다다오의 눈길에 붙들리고 말았다. 아무렇지 않은 듯 애를 써보지만 귀때기는 이미 벌게 있었다. 다다오 역시 파선에게 향해 있는 큰 눈이 흔들리면서 칼집 속의 칼이 덜컹 소리를 냈고, 꿈쩍도 안 할 것 같던 그의 몸은 미풍을 만난 듯 허허로워졌다.

"색이 달라진 것을 보니 유약을 달리 쓴 모양이군. 아무튼 기대 이상이오. 그럼, 이제 약속한 선물을 보여 주시오."

파선은 따로 두었던 또 다른 물병과 달 항아리를 꺼내 영주 앞에 내놓았다. 백자였다. 영주는 한동안 입을 열지 못했다. 아무 말도 하지 않고 계속해서 백자만 쳐다보았다. 어느새 파선 곁으로 한 발짝 다가선 다다오가 그녀의 손을 잡을 듯 손가락을 꼼지락거렸다. 당황한 파선이 그를 향해 눈을 끔벅거렸지만 그는 당장이라도 그녀를 덥석 끌어안을 듯 중심을 못 잡았다. 파선은 불안했다. 영주가 아무리 달 항아리와 물병에 정신이 팔려 있기로 두 사람을 인식하지 못할 만큼 둔하지는 않을 것이었다. 그녀는 한 번 더 다다오를 향해 간절한 눈짓을 보냈다.

"대단하오, 이만한 물건은 우리 번에서도 처음일 것이오. 더 보고 싶으니 모두 가지고 나와 보시오."

영주는 들떠 있었다. 달 항아리를 보고 나서는 더 흥분해 제자리에 가만히 서 있지 못하고 정신없이 서성거렸다. 애꿎은 다다오만 영주의 몸을 피하며 파선을 바라보느라 애를 먹었다.

"선물은 그것뿐입니다."

영주가 놀라 눈을 동그랗게 떴다.

"겨우?"

"약속드린 선물은 그걸로 충분하리라 생각합니다."

당초 약속이 그랬다. 선물을 주겠다고만 했지, 무엇을 얼마나 주겠다는 약속은 하지 않았다. 영주가 눈을 치켜뜨고 파선을 바라보다가 항아리를 가리키며 말했다.

"좋소. 대신 다음에는 차 사발 말고 이것만 만드시오. 다다오, 어떤가?"

파선에게 정신이 팔려 있던 다다오가 흠칫 놀랐다.

"네, 좋으신 생각입니다."

다다오는 전과 다른 모습이었다. 차고 딱딱하고 무겁던 그는 커다란 덩치에도 불구하고 한없이 따뜻하고 부드러워 보였다. 자신을 향해 열려 있던 눈동자는 세상 한복판에서 길을 잃은 듯 휘청거렸다. 파선의 눈에 그는 더 이상 무섭고 잔인한 무사가 아니라 한 여자를 사랑하는 남자일 뿐이었다. 파선은 그런 다다오가 걱정되었다. 그가 무사 같지 않아서 좋기도 하지만 그가 무사 같지 않은 무사로 변하고 있어 불안했다. 다다오는 결코 파선의 남자가 될 수 없는 사람이었다.

"그럼, 저것만 가져가겠소."

영주가 항아리와 물병을 가리키며 말했다. 파선은 세 개의 나무 상자에 부드러운 볏짚을 깔고 그것들을 담았다. 영주는 나머지 물건에 대해 가라츠의 무역상이 직접 가맛골에 들어와 사갈 것이라고 했다. 그때 다시 올 테니 잘 준비해 놓으라며 상자 속으로 들어가는 물병을 다시 한 번 쳐다보았다.

"뭐 하오! 당신이 하지 않고."

다다오가 멀뚱히 서 있는 홍 씨에게 소리를 질렀다. 엎드려 있던 파선은 그의 큰 소리에 깜짝 놀랐다. 영주도 의아한 듯 다다오를 쳐다보았다.

"제가 하겠습니다."

홍 씨가 달려들어 파선의 손에서 볏짚을 빼앗았다. 홍 씨는 능숙한 솜씨로 나무 상자를 새끼로 묶었다. 영주 앞에 세 개의 나무 상자가 나란히 놓였다. 영주는 매우 흡족한 표정으로 나무 상자들을 바라보았다. 다다오는 떠날 준비를 하기 위해 관리소 밖으로 나갔다. 눈발이 휘날리기 시작했다. 첫눈이었다. 가마 일이 끝나 다행이었다. 다다오는 말 옆에 장승처럼 서서 눈을 맞았다.

"내 말 명심하시오. 다음 가마에는 꼭 그 물건들만 만드시오."

파선은 대답하지 않고 영주를 따라 밖으로 나갔다. 홍 씨가 준비한 나무 상자들을 마차에 실었다. 눈송이가 점점 굵어졌다. 다다오가 파선을 향해 아쉬운 눈길을 보냈다. 영주의 마차가 눈발 속으로 금세 사라졌다. 파선은 모든 일이 꿈만 같았다. 비색 항아리를 빚은 것도 영주와 함께 다다오가 다녀간 것도 모두 꿈인 양 허허로웠다. 그녀는 울컥울컥 눈송이를 쏟아 내는 하늘을 올려다보았다.

"대장님, 영주의 욕심이 더 커질까 봐 걱정이네요."

파선도 같은 생각이었다. 파선의 선물이 어쩌면 영주에게 더 큰 욕심을 부추길 수도 있었다.

그녀는 선반 위에 진열된 자기들을 다시 보았다. 가맛골 사람들의 처연하면서도 간절한 소망이 느껴졌다. 이번 가마만 성공하면 영주의 욕심을 잠재울 줄 알았는데, 더 큰 절망이 닥칠 것 같아 맥이 빠졌다. 파선은 진주의 푸른 바다와 산을 품고 있는 자기들을 서러운 마음으로 하나하나 만져 보고 품어 보았다. 바다를 힘차게 가르는 물고기와 청정한 소나무가 손에 닿을 듯 가까운 느낌이었다.

며칠 후, 가라츠에서 여러 대의 마차가 들어왔다. 장작을 쌓아 놓은 마당에서부터 가마가 있는 곳까지 말과 마차와 사람들로 가득 찼다. 가맛골에 온 이후 처음 있는 일이었다. 영주와 다다오가 새벽부터 와 있어 파선은 부득이 가마에 일찍 나올 수밖에 없었다. 그녀는 관리소 한쪽에 앉아 가마의 분위기를 살폈다. 거래 분위기를 보고 난 다음 영주와 이야기를 나눌 참이었다. 파선에게 백자 선물을 받은 시계마사 영주는 태도가 전하고 달랐다. 전보다 훨씬 우호적인 분위기로 파선을 대하며 다음 가마에 대한 기대를 은근히 강요했다. 그러나 파선은 다음 가마에 대한 그 어떤 약속도 영주에게 하지 않앉다.

"손님들이 다 온 듯합니다."

안내를 맡은 홍 씨가 관리소로 들어왔다. 영주가 슬슬 자리에서 일어나 먼저 밖으로 나갔다. 누구보다 큰 기대를 하고 왔을 영주는 웬일인지 기분 좋은 얼굴이 아니었다. 파선 역시 그의 불편한 모습 속에 또 다른 속셈이 감춰져 있는 것 같아 마음이 편하지 않았다. 뒤따라 나가던 다다오가 갑자기 멈추고는 파선에게 몸을 돌렸다. 아직 홍 씨가 옆에 있어 파선은 그의 시선을 받을 수 없었다. 그녀는 미투리에 뻗친 지푸라기를 잡아 뜯고 버선목을 잡아당겼다. 바닥에 떨어져 있는 서너 개의 사금파리를 천천히 줍고 일어섰는데도 다다오는 그대로 서 있었다. 그 자리에 박힌 듯 서서 그녀가 봐주길 기다리고 있었다. 그녀가 바라보자, 다다오가 푸시시 웃었다. 둔해 보이던 다다오의 몸이 간지러움을 탄 듯 순간 살랑거렸다.

"저 사람 왜 그래요?"

눈치 빠른 홍 씨가 다다오의 태도에 의심을 품었다.

"글쎄!"

홍 씨는 여전히 다다오가 이상한 듯 흘깃거리며 파선을 따라나섰다.

가맛골을 찾아온 사람들은 거의가 이웃 번의 영주들과 가라츠에서 온 무역상들이었다. 다른 번에서 온 영주들은 시게마사 영주와 우호 관계를 유지하려고 방문한 자들이거나 가까운 시일 내 시게마사 영주와 전쟁을 벌일 자들이라고 홍 씨가 전했다. 전쟁을 일으켰던 도요토미가 죽자 도쿠가와가 전국을 집권하면서 도요토미의 지지 세력이었던 지방의 영주들을 하나씩 제거해 나가기 시작했다는 것이다. 시게마사 영주도 조만간 도쿠가와 막부에 충성을 하든지 전쟁을 벌여 자신의 위치를 확보해야 하는 처지라고 했다. 깃발을 휘날리며 많은 무사를 거느리고 나타난 몇몇 영주들은 시게마사에게 힘을 과시하기 위해 온 다이묘들이었고, 그들은 비단 옷을 입고 오뚝이처럼 불안하게 걸어 다니는 왜의 여자들과 동행했다. 여자들은 진열되어 있는 차 사발을 하나씩 들고는 방앗간에 모인 참새들처럼 요란을 떨었다. 여자들 무리 한 옆으로 서 있는 키 작은 사람들은 명나라 상인들이었다. 그들은 자신들이 전파한 도자기를 조선과 왜국에서 역으로 사들였는데, 다른 무역상들보다 집요하고 깐깐해서 시게마사 영주는 그리 반기지 않았다. 명나라 상인들은 물건의 질보다 양을 따져 그들이 한번 다녀가면 메뚜기 떼가 훑고 지나간 듯 물건이 동난다고 가라츠에서부터 소문이 나 있었다.

시게마사 영주는 저만치에서 그들을 살펴보았다. 차 사발 하나의 결정권이 자신에게 있다는 여유로움과 배짱이 흘러넘쳤다. 북적거리며 차 사발을 살펴본 사람들이 하나 둘 차례대로 시게마사와 면담을 하기 시작했다. 홍 씨와 파선은 이를 가만히 지켜만 보았다. 어차피 사고파는 문제는 시게마사가 결정할 일이었다. 아무리 좋은 값을 받더라도 영주가 비싼 세금을 물리면 싸게 판 것이나 별다를 게 없었다.

가장 먼저 시게마사 영주와 거래를 신청한 사람은 기요마사淸正 영주였다. 그는 사가번佐賀藩에서 꽤 힘이 있는 영주로, 가맛골 사람들도 소문으로 들어 알고 있었다. 소문과 달리 그의 외모는 시게마사 영주보다 작고 왜소해서 소박해 보이기까지 했다. 그토록 대단한 돈과 권력을 가졌다는 걸 짐작하기 어려울 정도로 그는 인상이 온순해 보였다. 그러나 시게마사 영주도 그 앞에서 고개를 숙인다는 말은 사실이었다. 기요마사가 다가오자 시게마사가 벌떡 일어나 자리를 권했다. 그를 수행하고 온 무사도 족히 스무 명이 넘었다. 무사들의 복장도 다다오의 복장과 달랐다. 더 화려하고 장식이 많았다. 여러모로 보아 기요마사가 시게마사보다 우세해 보였다. 기요마사가 가맛골에 나타난 것은 뜻밖이라고 홍 씨가 말했다.

"이렇게 초라한 가마에서 저런 물건이 나왔단 말이오?"

믿지 못하겠다는 듯 기요마사가 시게마사에게 말했다.

"아직은 미흡합니다."

무슨 꿍꿍이인지 시게마사 영주가 답변을 얼버무렸다.

"당신이 여기 우두머리인가?"

기요마사가 파선을 가리키며 물었다.

"네."

"몇 년 전부터 가맛골에 대해 알고 있었소. 솜씨가 대단하더군.

내게도 두 개의 가마가 있소. 하나는 당신들 같은 조선 도공들이 하는 가마이고, 또 하나는 우리 도공들이 하는 가마요. 두 가마에서 나오는 도자기들도 물론 훌륭하오. 하지만 난 여기 가맛골에서 나오는 물건에 관심이 많소. 오늘 내가 온 것은 차 사발을 사러 온 것이 아니라, 가맛골에 대한 내 관심을 전하러 온 것이니 깊이 생각해 주기 바라오."

기요마사가 파선을 쳐다보며 점잖은 목소리로 말했다. 그의 눈빛은 단호했지만 정직해 보였다. 파선은 처음에 그의 말뜻을 잘 이해하지 못했다. 기요마사의 관심이 가맛골에 어떤 영향을 줄지 짐작하지 못했다.

"글쎄요, 저희는 좋은 자기를 만들 수만 있다면 어디든 만족합니다."

"당연한 말이오. 난 도공들의 피를 빨아먹고 살 정도로 가난하지 않소. 그리고 나는 당신들의 능력을 존중해 주고 싶소. 나중에 다시 사람을 보낼 테니 잘 생각해 보시오. 아, 시게마사 영주하고의 문제는 내가 해결하겠소."

기요마사는 자신의 뜻을 분명히 밝혔다. 차 사발의 단순한 거래로만 생각했던 파선은 기요마사의 말에 머리가 복잡해졌다. 지켜보던 시게마사 영주 역시 기요마사의 일방적인 제안에 당황한 듯 표정이 굳어 있었다.

"시게마사, 내 볼일은 다 끝났소. 우리 문제는 당신 집에 가서 다시 얘기합시다."

 기요마사는 시계마사가 말할 틈을 주지 않았다. 자신의 얘기만 끝내고 벌떡 일어나 밖으로 나갔다. 시계마사가 급하게 파선의 눈치를 살폈다. 당황스럽기는 파선이 더한 입장이었다. 기요마사가 나가고 역관을 앞세운 다른 무역상이 급하게 들어오지 않았다면 분위기를 수습하는 데 시간이 걸렸을 것이다.

 "모두 살 테니 내달 초까지 가라츠로 운송해 주시오."

 명나라 무역상의 뜻은 역관을 거쳐 시계마사 영주에게 전달되었다.

 "그건 안 되오, 스무 점 이상은 안 팔겠소."

 시계마사는 다음 거래상에게도 똑같은 말을 했다. 물건을 모두 사겠다는 사람에게 안 팔겠다니 무슨 속셈인지 알 수 없었다. 영주가 다른 상인들과 이야기를 나누는 사이 홍 씨가 파선에게 다가왔다.

 "값을 올리려는 수작입니다. 나쁜 놈!"

 화가 난 홍 씨가 파선의 귓전에서 씩씩거렸다. 아니나 다를까, 상인들은 서로 값을 더 쳐주겠다고 흥정을 해왔다. 영주는 그제야 가장 높은 값을 매긴 명나라 상인과 다른 번에서 온 영주들에게 나누어 팔았다. 근래 나온 차 사발 중 최고의 값을 쳐주었다고 명나라 상인이 투덜거렸다. 이제 가맛골의 차 사발은 없어서 못 팔 것이라고, 선금을 주지 않으면 구하기 힘들 것이라는 뒷소리도 들려왔다. 신이 난 홍 씨는 당장 부자가 된 듯 구경 나온 가맛골 사람들을 붙들고 수

다를 떨었다.

사람들이 썰물처럼 빠져나갔다. 가맛골은 다시 조용해졌다. 파선은 기요마사 영주의 방문이 왠지 마음에 걸렸다. 그의 제안이 가맛골 사람들에게는 더없이 좋은 기회일 수 있으나 시게마사 영주가 어떻게 나올지 알 수 없었다. 파선이 느끼는 불안의 정체도 시게마사 영주의 입장이었다.

"기요마사의 말에 혹하지 마시오. 당신들은 절대로 이곳을 떠나지 못하오."

시게마사는 기요마사에 대한 불편한 심기를 가맛골 사람들의 이동은 절대 없을 것이라는 말로 드러냈다. 기요마사에게 자신의 의견을 표현할 기회도 얻지 못한 시게마사의 분풀이였다. 가맛골 사람들은 한낱 도공에 불과하지만 두 영주한테는 자신들의 입지를 넓히고 권력을 가질 수 있는 중요한 존재들이었다.

"우리가 떠나고 싶은 마음이 생기지 않았으면 좋겠습니다."

"뭐야!"

영주가 파선을 날카롭게 째려보았다.

"당신들을 조선에서 데려온 사람은 나야, 어딜 감히!"

시게마사가 찬바람을 일으키며 밖으로 나갔다. 그를 태운 말이 뽀얀 먼지를 일으키며 사라지자, 안달이 난 홍 씨가 달려와서 파선에게 물었다.

"당장 떠난다고 한 것도 아닌데 저리 무섭게 굴다니, 아무튼 가맛골이 유명해진 것은 사실이네요."

"좋은 일인지 나쁜 일인지 잘 모르겠어요."

두 사람은 어수선해진 가마 주변을 정리하기 시작했다. 하루를 어떻게 보냈는지 정신이 하나도 없었다. 끼어들고 싶어 조바심 났던 덕배도 그들이 떠나자마자 가마로 달려들어 부산히 몸을 놀렸다.

"세금만 아니라면 여기서 아주 떼돈을 벌 텐데, 영주 놈 배만 불리는 꼴이지 뭐야."

"기요마산가 뭔가 하는 영주가 가맛골을 탐내는 모양인데, 세 적게 받는다고 약속하면 우리 그리로 갑시다."

그새 가맛골에 소문이 쫙 돌았다. 너도 나도 기요마사의 제안에 관심을 나타내며 파선의 뜻을 은근히 들춰 보려 애썼다.

"영주가 어떻게 나올지 좀 더 지켜본 다음에 결정하지요."

가맛골 사람들 모두가 들떠 있었다. 차 사발의 품질이 최고라는 소리를 들었고, 기요마사 같은 영주에게 좋은 조건의 제안까지 받았으니 그럴 만도 했다. 당장 어떤 변화가 생긴 건 아니지만 파선은 이번 일로 도공으로서 힘이 생겼다는 걸 알았다. 그건 미처 예상 못한 파선의 권력이었다. 가맛골의 도자기가 소문났으니 거래를 걱정할 필요도 없을 것 같았다.

"그놈들, 우리 대장님이 빚은 백자 항아리를 봤더라면 뒤로 넘어갔을 텐데. 영주 그놈이 아주 영리한 놈이여."

덕배는 시게마사 영주 소리만 들어도 얼굴을 찌푸렸다. 너나없이 기대와 우려를 함께 갖고 있었다. 해가 뉘엿뉘엿 질 즈음, 다다오가 마차를 끌고 다시 가마로 왔다. 가마 사람들은 또 무슨 일인가 싶어 다시 술렁거렸다. 짐을 실은 마차는 언뜻 보기에 별다를 게 없어 보였다. 다다오가 말에서 펄쩍 뛰어내리더니 멀뚱히 서 있는 파선에게 다가갔다.

"영주님이 보내셨소, 선물에 대한 보답이오."

함께 온 무사가 마차에서 물건들을 내리기 시작했다. 박 씨와 허 씨가 다가가 마차에 싣고 온 먹을거리를 보고는 입을 쩍 벌렸다.

"그리고 이것은 온천이라도 다녀오라고 영주님께서 보낸 거요."

다다오가 파선의 손바닥에 한 냥짜리 금화 한 닢을 건넸다. 풍성한 먹을거리와 금화라니, 놀라서 서로들 얼굴만 바라보았다.

"이걸 정말 영주가 보냈단 말입니까?"

파선은 동전을 손에 쥐고도 믿어지지 않았다.

"그렇소, 당신이 약속을 지켜 준 덕분이오. 그리고 영주께서 당신을 따로 보자고 하니 시간 내어 건너오시오."

다다오는 영주의 말만 전하고 휙 가버렸다. 파선에게 애틋한 눈길 한번 건네지 않고 사라진 것이다. 이상한 일이었다. 파선은 가슴 한구석이 대숲의 찬바람이 부는 듯 서걱거렸다. 다다오의 차가운 눈빛이 잊히지 않았다.

해가 저물고 가맛골은 잔치 분위기였다. 의도가 무엇이든 영주가 보내온 푸짐한 음식은 가맛골 사람들을 행복하게 만들었다. 말린 거위고기와 오리고기가 대여섯 근 정도 되었다. 싱싱한 물고기도 종류별로 있고, 말린 과일도 바구니 가득 채워져 있었다. 쌀로 만든 달콤한 떡이 있는가 하면, 맑은 빛깔의 술도 한 상자나 들어 있었다. 홍 씨가 집집마다 찾아가 어린아이들까지 가마로 불러왔다. 장작꾼들은 마당 한가운데 불을 피우고, 박 씨와 허 씨가 장작불 주변으로 음식을 늘어놓았다. 아이들이 식욕을 참지 못하고 먼저 음식에 손을 대기 시작했다. 파선도 음식을 보니 시장기가 솟구쳐 허둥지둥 오리고기를 집어 먹었다. 허 씨 부인과 다른 여자들이 돌아가며 음식을 나누어 주었다. 술병을 잡은 덕배가 한껏 신나 몸을 출렁거렸다.

"먹고 죽은 귀신은 때깔도 좋으니께, 한 잔 받어."

덕배의 술잔을 거절하는 사람은 아무도 없었다. 파선도 연거푸 서너 잔을 마셨다. 막걸리와는 다른 싱거우면서도 깔끔한 맛이었다. 물 같기도 하고 차 같기도 한 것이 기분 좋게 취했다. 그만 마시라고 말리는 사람도 없었다. 불꽃이 꺼지지 않는 한 계속해서 마실 분위기였다. 허 씨와 박 씨는 이미 취해 있었다. 서로 뒤엉켜 춤을 추고 노래를 불렀다. 여자들도 마다하지 않고 술잔을 비웠다. 모처럼 먹어 보는 푸짐한 음식에 그간의 고생을 다 잊은 듯했다. 아이들도 행복한 표정으로 연신 고기를 뜯어 먹었다. 모두 먹고 마시는 것에 한이 맺힐 정도로 배곯아 있었다. 하루에 한 끼도 먹지 못할 때가 많았다. 배부르게 먹는 것만이 최고의 호사였다. 장작불은 녹아들고 배는 불렀다. 더러는 불가에 앉아 꼬박꼬박 졸고 더러는 춤을 추며 노래를 불렀다.

파선은 장작불을 바라보며 아련한 그리움에 잠겼다. 상근을 떠올려 보려 했지만 도무지 기억이 나지 않았다. 상근의 병든 얼굴과 진주가 기억나야 하는데 어디선가 말발굽 소리만 들려오는 것 같았다. 한 번도 상근을 미워하거나 원망해 본 적이 없는데, 그에 대한 그리움은 한낮 여우비처럼 질금거리다 그쳐 버리고, 말발굽 소리 같은 그리움이 장대비처럼 쏟아져 견딜 수가 없었다. 가마 사람들과 두 아들이 전부여야 하는데, 아무리 빗소리를 막으려고 해도 부끄러운 마음이 끝없이 밀려왔다.

파선은 박 씨가 따라 주는 술잔을 비운 뒤 누군가 부르는 노랫가락이 희미해질 때까지 어디론가 하염없이 걸어갔다. 대숲인 것도 같고 수로인 것도 같았다. 희미하게 들려오는 곡조를 따라 부르며 걷던 그녀는 어느 순간 커다란 벽에 부딪혔다. 파선은 두 손으로 벽을 더듬다 무너지듯 바닥에 주저앉아 엉엉 울었다.

"내가 오는 줄 알았소?"

"아닙니다, 가마가 잘돼 좋아서 그래요."

다다오가 그녀를 일으켜 세웠다.

"당신은 사무라이가 아니라 백파선이란 말이오."

"그래요, 저는 도공입니다. 제가 어떻게 무사인 당신과 힘을 겨루겠습니까?"

"나 때문에 당신이 가마 사람들한테 봉변을 당할까 봐 겁났소. 그래서 모른 체했던 것이오."

다다오가 그녀의 흐트러진 머리카락을 쓸어 주었다.

"저는 당신을 볼 수도 안 볼 수도 없습니다."

파선은 울음을 멈추고 다다오를 보았다. 끝까지 참았어야 하는데 그러지 못했다. 다다오를 향한 마음을 막았어야 하는데, 그녀는 힘에 부쳐 허물어진 자신이 원망스러웠다. 피했어야 하는데 피하는 척만 한 자신이 가증스러워 그를 똑바로 쳐다보기가 민망했다. 다다오가 그녀를 안고 있던 팔을 풀더니 서둘러 파선을 말에 태운 뒤 어디론가 달렸다. 다다오의 허리를 감싸 안은 그녀는 그가 가맛골에서 벗어나 멀고먼 세상으로 달려가 주길 바랐다. 잠깐 그런 생각이 들었다. 가맛골의 사기장도 대장도 아닌 백파선으로 다다오와 함께 있고 싶었다. 다다오와 둘이 있을 수만 있다면 그곳이 어디든 상관없었다. 두 사람이 어둠을 헤치며 달려 도착한 곳은 허름한 산막이었다. 다다오가 서둘러 불을 밝혔다. 화덕에 불을 피우고 주전자에 물을 끓였다. 냉기로 가득 찼던 산막이 금세 훈훈해졌다.

"미안하오, 당신을 편안하게 해줄 곳이 여기밖에 없었소."

다다오가 그윽한 눈빛으로 파선을 바라보다 가까이 다가왔다. 파선은 자연스레 그의 손을 잡았다.

"당신 손을 놓지 않으려면 나는 가맛골을 버려야 해요."

파선이 다다오의 손을 잡으며 안타깝게 말했다. 그녀의 눈을 지그시 바라보던 다다오가 아무 말 없이 파선을 끌어안으며 그녀의 저고리 옷고름을 풀었다. 파선은 가만히 눈을 감았다. 눈을 감고는 그의 숨소리를 느꼈다. 그녀는 세찬 바다를 건너는 것 같았고, 마지막 장작을 삼킨 불꽃을 바라보는 듯 황홀했다. 다다오가 파선에게서 내려왔을 때, 파선은 그의 왼쪽 귀를 보았다. 친구를 구하려다 베인 귀. 자신의 귀를 벤 영주를 모시고 살아야 하는 무사의 삶. 파선은 희열인지 안타까움인지 모를 눈물이 흘렀다. 파선은 몸을 돌려 그의 왼쪽 귀에 입을 맞췄다. 숨을 고르던 다다오가 움찔했다. 파선은 그의 두 볼을 잡고 왼쪽 귀에 다시 한 번 긴 입맞춤을 했다. 다다오의 가슴에 남은 상처가 아물기를 바랐다. 아니, 파선은 자신으로 인해 다다오가 더 큰 상처를 입을까 봐 안타까웠다. 파선이 흘린 눈물이 그의 왼쪽 귀가 있던 흉터에 떨어졌다. 다다오가 다시 파선을 거칠게 끌어안았다.

다다오가 파선을 내려다보며 말했다.

"당신이 날 만만하게 보지 않았다면, 당신을 상대로 전쟁을 하지 않았을 것이오."

"그럼, 제가 먼저 항복해서 전쟁을 끝내야겠군요."

파선이 그의 꽁지머리를 흔들어 가며 웃었다.

"걱정하시 마시오, 내가 당신을 지킬 것이오."

다다오의 손길이 그녀의 눈과 코와 입술에 차례로 머물렀다.

"당신 칼 주인은 이제 저 아닌가요?"

"맞소, 이 칼의 주인은 당신이오."

"그런데 영주가 왜 갑자기 우리한테 호의를 베푸는 거예요?"

"영주는 당신이 선물한 달 항아리로 중앙의 권력을 약속받았소. 중앙의 권력자가 그 항아리를 받고는 홀딱 반했소. 그래서 기요마사와 전쟁을 벌이게 될지도 모르오. 시게마사 영주는 절대로 가맛골을 내주려 하지 않을 것이니 아마도 전쟁이 불가피할 것 같소. 어쩌면 당신이 만든 도자기가 화를 부를지도 모른다는 생각이 들어 걱정이오."

다다오가 파선의 머리를 쓸어 주며 말했다. 그녀는 다다오의 걱정이 귀에 들리지 않았다. 그가 옆에 있다는 생각뿐이었고 그에 대한 그리움을 채울 수 있어 행복했다. 파선은 그만 일어나 저고리를 집어 들었다. 다다오가 걱정스러운 눈빛으로 파선을 바라보며 말했다.

"내가 당신의 무사 노릇을 제대로 할지 걱정이오."

"당신이 저 때문에 불명예스러워지는 것은 원치 않아요. 귀를 잃는 것보다 명예롭게 죽는 게 낫지 않겠어요. 저도 당신 때문에 사기장으로서의 사명을 저버리지는 않을 것입니다."

파선은 서둘러 옷가지를 챙겨 입었다. 자신을 바라보는 다다오의 애처로운 눈빛을 외면하느라 더 냉정하게 말했지만, 그녀와의 헤어짐을 늦추려 애쓰는 그를 보니 표정을 바꾸기가 쉽지 않았다. 그러나 다다오의 말대로라면 영주가 곧 전쟁을 일으킬 것이고, 가맛골 사람들이 가장 먼저 희생양이 될 것이다. 다다오와 헤어지는 것은 아쉽지만 언제까지나 백파선으로 그의 곁에 머물 수는 없었다.

6

 가맛골에서 멀지 않은 곳에 온천이 있다는 것은 진작부터 알고 있었지만, 그곳에 가보겠다는 생각을 해본 적은 없었다. 산에서 솟아나는 뜨거운 물에 목욕을 하면 어지간한 피부병은 치료된다는 믿지 못할 소문만 들었을 뿐이다. 오늘에야 그 소문을 확인하러 갈 수 있게 되었다. 가마 사람들은 반신반의하면서도 기대에 찬 얼굴로 일찍부터 가마로 모였다. 파선은 결정해야 할 일들이 많지만 잠시 제쳐 놓고 온천에 다녀오기로 했다. 그동안의 고단함을 말끔히 씻어 내고 나면 새로운 각오가 생길 것 같아서였다.
 안나와 파선의 두 아들, 그리고 급작스럽게 설사병이 난 홍 씨가 가맛골에 남기로 했다. 가마 사람들이 다 같이 가맛골을 나서는 것은 처음이었다. 눈이 올 듯 하늘은 무거웠지만 사람들의 표정은 밝

앉다. 여름에는 계곡물에 몸을 씻고 겨울에는 화덕에 물을 데워 몸만 겨우 씻고 살아온 그들이었다.

온천으로 가는 가맛골 사람들의 긴 행렬이 새로운 아침 풍경을 만들었다. 따뜻한 물이 펑펑 쏟아진다는 소릴 듣고 빨랫감을 챙긴 아낙들도 있었다. 신난 허 씨댁의 콧노래가 그치질 않았다. 반장댁은 남편에게 연신 온천에 대해 물어보았다.

"그러니까 온천이 목욕하는 곳 맞지?"

"그렇대."

반장이 무뚝뚝하게 대답했다.

"재영 엄마가 그러는데, 왜놈들은 남자 여자가 옷을 홀랑 벗고 다 같이 씻는다는데, 그것도 맞어?"

걸음까지 막아서며 묻자 반장이 귀찮은 듯 말했다.

"그렇대. 그게 그렇게 좋으냐?"

"어머나!"

재영 엄마가 놀라 입을 가렸다. 앞서 걷던 허 씨댁도 뒤돌아보며 키득거렸다.

"세상에! 참 이상한 나라야."

허 씨가 옆구리를 찔러 가며 그만 하라고 해도 허 씨댁과 반장댁은 죽이 맞아 계속 쑥덕거렸다.

파선은 안나가 걱정되어 가맛골에 남으려고 했다. 대장이 가지 않으면 어떡하느냐고 덕배가 하도 졸라 어쩔 수 없이 따라나섰지만

불의 여신 백파선 225

안나가 은근히 신경 쓰였다. 신부의 발길이 뜸해지면서 안나는 자주 밤잠을 설쳤고 아침이면 얼굴이 퉁퉁 부어 있었다. 전처럼 글공부도 하지 않고 찬송가도 부르지 않는 눈치였다. 파선은 온천에 다녀와서 홍 씨를 신부에게 보내 무슨 일인지 알아볼 생각이었다.

꼬불꼬불한 산길로 10리 이상을 걸었는데도 온천은 나타나지 않았다. 반장이 다시 다다오에게 얻은 그림 지도를 펴놓고 온천 가는 길을 살펴보았다. 마을을 벗어난 지 한참 되었고, 두 개의 야트막한 산을 넘은 지도 제법 되었다. 지도를 보며 주변을 이리저리 살피던 반장 얼굴에 화색이 돌았다.

"다 왔어요. 이 고개만 넘으면 바로 온천이에요."

반장의 손가락을 따라 사람들의 시선이 움직였다. 밟고 있는 고갯마루만 내려가면 온천이라는 말에 모두들 얼굴이 환해졌다.

"그런데 어떻게 개미새끼 한 마리 안 보이네."

덕배의 말대로 가맛골 사람들 말고는 아무도 눈에 띄지 않았다. 온천 가는 길목에는 시커먼 소나무와 대나무만 빽빽하게 들어서 있었다.

"어서 가봅시다."

박 씨가 앞장서서 고갯마루를 내려갔다. 길은 잡목과 풀들이 우거져 한 사람씩 걸어가야 할 정도로 좁았다. 가맛골보다 더한 산골이었다. 찬바람을 안고 얼마쯤 걸어가자 산 아래쪽에서 불이 난 듯 하얗게 연기가 피어오르고 있었다. 앞이 보이지 않을 정도로 골짜기가 온통 희뿌연 김으로 뒤덮여 있었다.

"저기 같은데요. 김이 저렇게 많이 나는 걸 보니 물이 꽤 뜨거운 모양이네요."

반장이 흥분해서 소리쳤다. 가까이 갈수록 뜨거운 기운이 느껴졌다. 물이 펄펄 끓는 솥단지를 열었을 때처럼 사방에서 김이 뿌옇게 피어올랐다.

"그것 참 희한하네, 산에서 뜨거운 물이 나오다니."

허 씨가 믿을 수 없다는 듯 신기해했다. 가마 식구들이 기대에 찬 발걸음으로 골짜기로 내려서자 온천의 모양새가 드러났다. 골짜기는 생각보다 꽤 넓었다. 계곡 여기저기로 뜨거운 물이 흐르고 있었다. 벌거벗은 채 편편한 돌 위에 앉아 있는 사람들이 더러 보이자 가맛골 아낙들이 민망해 눈을 가렸다. 남자들은 헛기침을 하며 고개를 돌렸다.

골짜기에는 옷을 갈아입도록 만들어 놓은 허름한 산막이 두 개 있을 뿐, 사람이 사는 집은 보이지 않았다. 주춤거리던 덕배가 겉저고리만 벗은 채 조심조심 발을 담갔다.

"오메! 뜨뜻해라. 어여들 들어와 봐."

"진짜 뜨뜻한 거야?"

허 씨가 발끝을 살짝 물에 적셔 보았다.

"참 신기하네."

허 씨가 조금씩 물속에 몸을 담그더니 진저리를 치며 좋아했다.

머뭇거리던 남자들이 하나 둘 온천물 속으로 들어가기 시작했다. 여자들은 여전히 구경만 하고 서 있었다.

"어떻게 같이 목욕을 한대?"

허 씨댁은 망측스럽다며 몸을 돌려 버렸다.

갑자기 들이닥친 가맛골 사람들을 왜국인 남자 서너 명이 마땅치 않은 얼굴로 쳐다보았다. 두 사람은 손바닥만 한 천 쪼가리로 샅만 가린 채 골짜기에서 쏟아지는 물을 맞고 있었다. 가맛골 사람들이 떼로 나타나 신기한 듯 바라보자, 그들은 벌겋게 익은 엉덩이를 원숭이처럼 흔들어 가며 다른 골짜기로 가버렸다. 그들을 본 가맛골 사람들은 자빠질 듯이 웃었다.

"언제까지 그렇게 서 있을 거야?"

반장댁이 쭈뼛거리며 서 있자 반장이 물에서 나와 그녀의 손을 잡아끌고 들어갔다. 그녀 뒤를 따라 가맛골의 아낙들이 하나 둘 물속으로 들어가 자리를 잡자, 골짜기가 가득 찼다. 여기저기서 기분 좋은 비명이 들려왔다.

"벌건 대낮에 이게 웬일이랴."

허 씨댁이 좋으면서도 민망함을 감출 수 없는 듯 나직이 속삭였다.

"좋긴 좋네요. 형님, 해산독이 싹 빠지는 것 같아요."

온천물은 가맛골 사람들이 전부 차지한 상태였다. 왜인 한 명이 눈살을 찌푸리며 몇 마디 했지만, 수세에 몰린 듯 슬그머니 자리를 떠났다. 냇가에서 멱을 감는 것과는 차원이 달랐다. 사람들은 매끈거리는 온천물에 푹 빠졌다. 부끄러워 주춤거리던 여자들이 더 난리였다.

파선도 무슨 호사인가 싶어 실감이 나지 않았다. 속저고리와 속치마만 입어 적이 민망했지만, 그동안 쌓였던 몸의 피로가 확 풀리는 것만 같았다. 안나와 아이들을 데려오지 않은 것이 못내 아쉬울 뿐이었다. 파선은 바위에 등을 기대고 앉아 고즈넉이 눈을 감았다. 피로가 풀리면서 슬며시 잠이 쏟아졌다.

꿈속에서 다다오가 여러 명의 무사와 말을 타고 어디론가 달려가고 있었다. 그들은 한참을 달려 한 마을의 넓은 밭에 도착했다. 그곳에는 많은 사람이 모여 있었다. 다다오 일행이 말에서 내리자 사람들이 길을 열었다. 밭 한가운데에 밧줄로 묶여 있는 사람들이 있었다. 그 사람들은 목에 흰 천 쪼가리를 두른 채 일렬로 서 있었다. 다다오와 무사들이 묶여 있는 사람들 앞에 한 명씩 다가가 섰다. 잠시 후, 다다오가 먼저 칼을 빼 들자 나머지 무사들도 모두 칼을 빼 들었다. 구경꾼들은 숨을 죽이고 그들을 바라보았다. 날카로운 기합 소리와 함께 무사들의 칼이 공중에서 번뜩였다. 칼춤인가 싶었는데, 사방에서 붉은 피가 솟구쳤다. 묶여 있던 사람들이 토막토막 바닥으로 나뒹굴었다. 팔과 다리와 목이 누구의 것인지 모르게 뒤섞였다. 구경꾼들이 비명을 지르며 얼굴을 가렸다.

파선도 신음 소리를 내며 꿈에서 깨어났다. 바로 눈앞에서 일어난 듯 생생한 꿈이었다. 대나무를 자르듯 칼을 놀리던 다다오를 생각하니 소름이 돋았다. 꿈이라는 사실에 안심하면서도 파선은 불길함을 떨칠 수가 없었다. 꿈이 아니라 어디선가 그런 일이 꼭 일어나고 있는 것만 같았다.

가맛골 사람들은 여전히 온천에 빠져 있었다. 몸의 때를 벗기고 입은 채로 빨래까지 하느라 정신이 없었다. 구들장 하나를 차지한 박 씨는 아예 드러누워 코를 골았다. 파선은 꿈자리가 좋지 않아 더 이상 온천물에 몸을 맡길 수가 없었다.

"그만 가요!"

파선이 돌아가자고 재촉해도 물소리 때문인지 벌떡 일어서는 사람이 없었다.

"조금만 더 있다 가요."

반장 부인이 파선의 치맛자락을 잡아당겼다.

"저물기 전에 출발해야 돼요."

"언제 또 오겠어요, 우리 실컷 놀다 가요."

아무도 쉽게 온천물에서 빠져나올 기색을 보이지 않자 파선만 혼자 밖으로 나왔다. 무거운 마음과 달리 몸은 가뿐했다. 웬만한 피부병과 신경통은 거뜬히 낫는다는 소문이 틀리지 않는 듯싶었다. 피부가 어찌나 보드라운지 비단결처럼 느껴졌고, 항상 뻐근하게 쑤시던 발목도 언제 그랬냐 싶게 멀쩡해진 느낌이었다. 신기한 물이었다. 그런 물이 산골짜기에서 펑펑 쏟아진다는 것이 믿어지지 않았다. 파선은 박속 같아진 살결을 비벼 가며 가까운 산막으로 들어갔다. 점심때가 한참 지난 시간이었다. 산막 대나무 평상 위에 가맛골 사람들이 가져온 점심거리가 있었다. 파선은 보따리 하나를 풀어 주먹밥을 꺼냈다. 그녀는 밥알보다 시래기가 더 많이 씹히는 주먹밥 한 덩이를 단숨에 먹어 치웠다.

어지럽다며 허 씨가 물에서 나왔다. 그가 벌겋게 달궈진 얼굴로 싫다는 아내까지 억지로 끌고 나오자 다른 사람들도 하나 둘 물에서 나와 산막으로 들어왔다. 파선은 그들을 위해 자리를 내주었다. 하나같이 반질반질 윤이 났다. 반장댁은 보들보들해진 살결이 흡족한 듯 물기조차 닦아 내기 싫어했다.

옷을 갈아입고 주먹밥 하나를 다 먹은 덕배가 뽀얗게 변한 반장댁에게 농을 걸었다.

"오늘 신방 꾸며야 되겠네."

반장댁이 부끄러워하며 돌아앉아 버선을 신었다.

"형님도 새신랑 같네. 말 나온 김에 과부 하나 업어다 줄까요?"

박 씨가 덕배에게 바짝 다가와 말했다. 남은 주먹밥이 없나 걸근거리던 덕배가 씩씩거리며 웃었다.

"이놈아, 그 말 꼭 책임져라. 이렇게 말끔히 닦고 혼자 잔다는 게 말이 되냐?"

"좌우지간 형님도 어지간히 밝힌다니께."

"이놈아, 밤마다 여편네 끼고 자는 놈이 뭘 안다고 그려."

"알았우, 내가 왜국 과부라도 알아볼 테니 기다려 봐요."

두 사람은 주거니 받거니 말싸움을 즐겼다. 그러거나 말거나 주먹밥으로 시장기를 채운 사람들이 서서히 돌아갈 준비를 했다. 파선은 마음이 급했다. 아무리 꿈이라고 하지만 너무 끔찍하고 생생해서 무슨 일이 생긴 것만 같아 조바심이 일었다.

"얼른얼른 갑시다!"

초조해하는 파선을 보고 반장이 사람들을 다그치기 시작했다.

가맛골 사람들의 행렬이 다시 산을 넘었다. 겨울바람이 미친개처럼 사람들의 발길을 막아섰지만 누구 하나 투덜대지 않았다. 온천물에 달군 탓인지 찬바람이 오히려 상큼하게 느껴졌다. 기분 좋은 피로가 몰려오는 듯 걸으면서 꾸벅꾸벅 조는 사람들도 있었다. 파선은 일행들보다 한참 앞질러 걸었다. 가맛골에 도착하면 가마부터 가봐야 하는지 집부터 가봐야 하는지 마음이 자꾸 뒤엉켰다. 꿈에서 본 광경이 아무래도 마음에 걸렸다. 다다오가 칼을 썼다는 것은 영주에게 무슨 일이 있다는 뜻이었다. 당분간은 영주가 가맛골에 큰 불만을 표시하지 않을 듯 행동했지만, 한편으로는 기요마사의 일이 잘못 꼬인 것 아닌가 하는 생각도 들었다. 가맛골에 도착하는 대로 영주를 만나러 가야 할 것도 같았다.

파선은 영주를 찾아가 세금을 낮춰 달라고 요구할 참이었다. 다다오는 영주를 만나 가마 일을 마무리 지은 다음에 만나고 싶었다. 그녀는 이제 어떤 일을 하든 다다오의 존재를 무시할 수 없었다. 저만치 가맛골로 들어서는 산문이 보였다. 집이 가까워지자 사람들 발걸음이 빨라졌다. 타국 땅이지만 가맛골은 이제 그들의 또 다른 고향이 되어 버렸다. 파선은 가마가 아닌 집으로 발길을 서둘렀다.

집은 비어 있었다. 아이들과 안나가 보이지 않았다. 파선은 와락 겁이 났다. 안나가 저녁 준비를 할 시간인데, 화덕은 차가웠고 음식 냄새도 나지 않았다. 파선은 혹시나 하는 마음으로 반장 집으로 달려갔다. 반장 집에도 안나와 아이들은 보이지 않았다. 파선은 다시 가마로 발길을 돌렸다. 안나와 아이들이 있을 곳이라고는 집 아니면 가마였다. 이 시간에 그들이 가마에 있을 리는 없지만 찾아볼 곳이라고는 거기밖에 없었다.

가마 마당에도 사람의 그림자는 보이지 않았다. 장작 더미와 도석이 가마니에 덮여 있고, 대빗자루와 성토기, 작업실에 들이지 않고 놔둔 반죽기만 놓여 있었다. 파선은 혹시나 하는 마음으로 마당에서부터 작업실, 관리소까지 구석구석 찾아보았다. 아무래도 무슨 변고가 생긴 것 같아 다리가 후들거렸다.

파선은 얼핏 가마의 봉통이 막혀 있는 것을 발견했다. 어제만 해도 봉통이 열려 있었는데 흙벽돌 몇 개가 봉통을 막고 있었다. 그녀는 가마로 다가가 흙벽돌을 살짝 들어냈다. 어둠만 차있을 뿐 아무것도 없었다.

"안나!"

파선은 탄식하듯 안나의 이름을 불렀다. 그러자 가마 안에서 희미한 목소리가 새어 나왔다.

"언니!"

"안나?"

"엄마, 우리 여기 있어."

작은아들 홍주가 엄마, 하고 부르면서 가마 안에서 튀어나왔다. 안나와 큰아들 홍기도 뒤따라 가마에서 나와 파선의 품에 안겼다.

"어떻게 된 거야? 왜 거기 들어가 있어?"

안나는 울기만 했고 작은아들 홍주가 차분하게 말했다.

"무서운 다다오가 우리보고 얼른 가마 속에 들어가 있으라고 했어."

"다다오가?"

"응, 엄마 올 때까지 절대로 가마에서 나오지 말라고 했어. 밖으로 나오면 죽는다고."

무슨 소린지 정확히는 모르겠지만, 다다오가 안나와 두 아들을 위험한 상황에서 벗어나게 해준 것만은 확실했다. 불길했던 꿈이 들어맞은 것이다. 파선은 아이들을 품에 안고 나서야 한숨 돌렸다. 놀란 듯했지만 안나도 몸에 이상은 없어 보였다.

"무서워, 언니."

"아픈 데는 없고?"

"응, 언니."

파선은 아이들과 안나를 집에 데려다 놓고 홍 씨에게 갔다. 홍 씨는 다행히 설사가 그쳤다고 했다. 그러잖아도 파선을 찾아가려던 참이었다며 홍 씨의 얼굴에는 반가움과 두려움이 뒤섞여 있었다.

"무슨 일 있었죠? 우리 애들이 가마 안에서 나왔어요."

파선의 팔을 잡아당기는 홍 씨 얼굴에 긴장이 역력했다.

"설사가 멎어서 가마에 가려는데, 다다오가 미친 듯이 대장님 집으로 달려가는 거예요. 무슨 일인가 해서 지켜보았더니, 다다오가 안나하고 애들을 데리고 가마로 가더라고요. 제가 뒤쫓아가자 다른 무사들이 찾아올지 모르니까 얼른 집에 가 있으라더군요. 온천에 간 대장님이 되도록 천천히 와야 하는데, 그렇게 혼잣말하며 돌아갔어요."

"그래서요?"

파선이 홍 씨를 다그쳐 물었다.

"다다오가 바람처럼 사라진 뒤 조금 있으니까 다른 무사들이 몰려와 가맛골을 뒤지고 다녔어요. 저도 무서워서 산으로 달아났다가 방금 전에 돌아왔어요. 도대체 무슨 일인지 모르겠어요."

홍 씨는 설사병 탓인지 그사이 핼쑥해진 모습이었다.

"다다오는 그러고 나서 다시 안 왔어요?"

"네, 못 봤어요."

큰일이 난 게 분명했다. 다다오가 아이들을 피신시킨 것도 그렇고, 무사들이 가맛골을 뒤진 것도 그렇고 예삿일이 아닌 것은 분명했다. 당장 다다오를 찾아가 물어보기도 그랬다. 파선은 홍 씨에게

당분간 다른 사람들에게 말하지 말라고 당부했다. 당장 해결할 수 없는 문제인데 모두가 두려움에 떨 필요는 없었다. 파선은 위험을 무릅쓰고 아이들을 보호한 다다오를 생각하니 마음이 짠해졌다.

파선은 더 늦어지기 전에 시계마사 영주를 만나야 할 것 같아 마음을 바꿨다. 영주의 집 주변은 전과 다르지 않았다. 겨울이라 정원은 눈에 덮여 있고 겹겹의 대나무 문들은 차가운 냉기를 뿜고 있었다. 파선이 전갈을 넣자 전에 있던 어린 무사가 나타났다. 그녀는 어린 무사를 따라 여러 개의 문을 통과한 다음 마지막 방에 있는 영주에게 안내되었다.

다다오는 보이지 않고 다른 사무라이들도 보이지 않았다. 영주가 벌떡 일어나 파선을 반갑게 맞이했다. 달라진 영주의 태도에 파선은 어안이 벙벙했다. 영주가 왜 자신한테 그런 모습을 보이는지 오히려 불안했다. 영주는 다과상까지 준비시켰다. 맑고 투명한 말차를 영주가 손수 파선에게 따라 주었다. 어린 무사는 영주 옆에 납작 엎드려 있었다. 영주가 파선을 쳐다보며 묘한 웃음을 지었다.

"온천엔 잘 다녀왔소?"

"네, 덕분에 잘 다녀왔습니다."

파선은 찻잔에서 눈을 떼지 않고 말했다.

"당신들이 온천에 간 사이 문제가 하나 생겼소. 중앙에서 신자들 단속을 나와 이곳 신부와 신도들이 여러 명 희생당했소. 내가 어떻게 막아 보려고 했는데, 모두 막지는 못했소."

파선은 들었던 찻잔을 도로 내려놓았다. 다다오가 급하게 가맛골로 달려온 것은 바로 그 때문이었다. 안나는 세례까지 받은 신자이고, 아이들도 신부를 통해 공부하고 있다는 사실을 다다오도 알고 있었다. 신부와 신자들이 희생당했다는 말은 죽었다는 뜻이었다. 끔찍한 악몽이 거짓말 같은 사실이었던 것이다.

"영주님도 신도 아니었나요?"

영주가 표정을 바꾸더니 유쾌한 듯 눈썹을 치켜 올리며 말했다.

"당신 덕분에 살았소. 당신이 선물한 물병이 아주 요긴하게 쓰였소."

영주가 찻잔 가득 물을 따랐다. 비단 옷자락 사이에서 삐져나온 그의 하얀 손이 괴기하게 느껴졌다. 그녀는 더 이상 찻잔에 손을 대지 않았다. 창밖에서 까마귀 한 마리가 영주의 말에 자꾸 끼어들었다. 파선은 문에 어른거리는 대나무의 형상이 신부의 검은 옷자락같아 눈이 매웠다. 자신과 전혀 상관없는 조선 사람들을 위해 기도해 주고 보살펴 주던 신부가 그토록 처참하게 죽임을 당했다는 것이 가슴 아팠다. 신부를 지켜 주지 못하고 파선이 선물한 물병으로 자신의 목숨만 챙긴 영주를 어떻게 상대할지 파선은 또다시 낭떠러지에 서 있는 기분이었다.

"저를 만나자는 이유가 무엇인지요?"

"당신이 어떤 선택을 하느냐에 따라 가맛골의 운명이 달려 있소."

영주가 가늘게 뜬 눈으로 파선의 표정을 살폈다.

"전에도 말했지만, 저는 가맛골 사람들이 지금보다 나은 생활을 할 수 있는 쪽을 선택할 것입니다."

"내년부터 세를 내려 줄 생각이었소. 한데 지금 문제는 그게 아니오. 기요마사 영주가 당신을 탐내고, 가라츠의 도공이 당신에게 다녀간 사실도 알고 있소. 만일 당신이 기요마사하고 손잡는다면 나는 전쟁을 할 수밖에 없소."

파선도 다다오를 통해 그 정도는 알고 있었다. 영주가 전쟁 준비를 위해 여기저기 손을 쓰고 무사들을 사들인다는 말도 그가 전해 주었다. 그는 또, 어쩌면 전쟁을 하러 나가야 할지도 모른다며 파선과의 이별을 미리 안타까워하기도 했다.

"제가 혼자 결정할 일은 아니지만, 가맛골 사람들은 기요마사에 대해 좋은 감정을 가지고 있습니다. 가맛골 사람들의 의견이 기요마사 영주한테 모아지면 저는 그렇게 따를 것입니다."

파선은 솔직하게 자신의 진심을 밝혔다. 가라츠의 도칠에게 갈지 기요마사 영주에게 갈지 겨울 안으로 결정할 생각이었다. 순간, 영주의 얼굴색이 무섭게 변했다.

"말했지만, 가맛골은 내 것이오!"

시게마사 영주가 부르르 화를 내며 소리쳤다. 비단 옷자락 스치는 소리가 그의 감정처럼 차갑게 들려왔다. 파선은 떨지 않았다. 그 순간 칼끝이 영주를 향해 있다는 생각이 들었다. 초조하고 불안한 사람은 영주지 파선이 아니었다.

"나는 가맛골 사람 모두는 필요 없소, 당신만 필요하오. 당신이 모든 걸 알고 있잖소. 그래서 결정했소. 당신이 내 여자가 되시오!"

전혀 예상치 못한 제안이고 요구였다. 파선은 망치로 뒤통수를 맞은 것만 같았다.

"놀랄 것 없소. 진작부터 그럴 생각이었소. 보름을 줄 테니 결정하시오. 당신도 가맛골도 내 것이라는 것만 명심하시오, 알겠소!"

파선은 움찔했다. 자신을 만나려고 했던 이유가 그것이었다니. 영주의 속셈을 알았으니 이제 파선의 수만 남은 셈이었다. 영주가 주먹으로 찻상을 내리쳤다. 찻잔이 요란스럽게 흔들리다 바닥으로 굴러떨어졌다. 파선은 침착하게 뒤로 물러나 앉았다. 뜨거운 찻물이 엎드려 있는 어린 무사의 품으로 소리 없이 스며들었다. 어린 무사는 움직이지 않았다. 그녀는 고심 끝에 입을 열었다.

"말미를 주신다니, 모두가 살 수 있는 결정을 내리지요."

"그게 무슨 말이오?"

영주가 미간을 찡그리며 물었다.

"……."

파선이 침묵하자 영주가 찻상을 두드리며 노려보다, 또다시 표정을 바꾸었다.

"어쨌거나, 당신이 현명한 결정을 내릴 거라 믿겠소. 하지만 이것한 가지만 명심하시오. 내가 전쟁을 시작하면 가맛골은 무사하지 못할 것이오."

영주가 손을 들어 나가도 좋다는 표시를 했다. 어린 무사는 그제야 고개를 들었다. 파선은 깊은 굴속에 갇혀 버린 듯 눈앞이 캄캄했다. 영주에게 모두가 살 수 있는 결정을 내리겠다고 말했지만, 파선은 사실 아무런 대책이 없었다. 가맛골 사람들의 의견을 들어 보겠지만 결국 모든 것은 파선이 결정할 문제였다. 그녀는 어찌해야 좋을지 몰라 지끈거리는 머리를 두 손으로 감쌌다. 영주가 파선을 욕심낸 이상 그녀의 선택은 더 이상 없었다. 가라츠의 도칠에게 갈 수도, 기요마사 영주의 제안을 받아들일 수도 없었다. 어느 쪽을 선택해도 파선과 가맛골 사람들은 영주에게 무사하지 못할 것이 뻔했다. 파선은 영주의 집 마당에 눈을 이고 피어 있는 국화를 바라보았다. 추위에 질린 국화 한 송이가 부러질 듯 고개를 떨어뜨리고 있었다.

파선이 영주의 집 담장을 돌아 나가는데 느닷없이 다다오가 나타났다.

"어서 타시오, 아까부터 기다리고 있었소."

그녀는 뭐라 할 새도 없이 다다오의 말에 올랐다. 다다오가 회오리바람을 일으키며 내달렸다. 영주의 집에서 얼마쯤 달렸을까, 다다오가 전에 왔던 산막 뒤꼍에 말을 세운 뒤 파선을 내려 안고 쏜살같이 산막 안으로 들어갔다.

"무슨 일이에요?"

말없이 파선을 안고 있던 다다오가 입을 열었다.

"내가 어떻게 하면 좋겠소?"

다다오가 파선의 어깨를 흔들어 가며 물었다. 파선은 차마 영주의 말을 전할 수가 없었다.

"당신은 가맛골의 사기장 백파선이라는 걸 잊지 마시오."

다다오가 빨리 대답하라고 파선을 흔들어 댔다.

"맞아요, 가맛골의 사기장이 어떻게 영주의 여자가 되겠어요."

"정말 괜찮겠소?"

다다오가 두려워한 것은 영주가 아니라 영주의 요구를 받아들일지도 모른다고 생각한 파선이었다.

"당신처럼 겁 많은 남자가 또 있다면 모를까! 가마를 떠나지 않을 겁니다."

다다오의 얼굴에 비로소 안심하는 듯 미소가 돌았다.

"당신 칼이 있는데 뭐가 걱정이에요?"

다다오의 얼굴에 드리워져 있던 불안의 그림자가 조금씩 사라졌다.

"신부가 죽은 게 사실이에요?"

"사실이오. 전날 중앙의 권력자로부터 이곳 천주교 신자들 내사가 있다는 말을 들었소. 영주는 그 사실을 알고 당신이 선물한 물병으로 미리 손을 썼소. 가맛골 신자들 정보는 집회에 나오던 왜인 여자가 고했소. 다행히 내가 한 발 앞서 가 당신 아이들을 구하긴 했지만, 안심하긴 아직 이르오. 다음에 적발되면 화형을 시킨다는 정보가 있었소."

"당신 덕분에 안나와 아이들이 살았군요."

아이들과 안나를 잃는다는 건 생각하기도 싫었다. 파선은 다다오에 대한 고마움을 어떻게 전할지 몰라 그를 간절히 바라보기만 했다. 처음으로 그와 가맛골에서 평범한 부부로 살았으면 하는 소망이 솟구쳤다. 불안하면서도 두려운 인연이지만, 그래도 그와 함께 가마에 불을 지피며 잠깐이라도 살아 보고 싶었다. 그것이 얼마나 무모하고 위험한 짓인 줄 알지만 다다오와 헤어지는 것보다는 나을 것 같았다.

"너무 걱정하지 마시오. 당신이 어떤 결정을 내리든 원망하지 않겠소."

"당신은 제가 본 최고의 무사입니다. 그리고 백파선이라는 여자를 바라본 다다오라는 사내입니다. 저 역시 당신이 어떤 결정을 내리든 원망도 후회도 하지 않을 것입니다."

칼을 풀어 놓은 다다오가 파선을 뜨겁게 안았다. 이 순간만큼은 파선도 다다오도 마지막 선택에 대한 두려움을 갖고 싶지 않았다. 파선도 그가 자신 때문에 불안해하지 않기를 바랐고, 다다오 역시 자신 때문에 그녀가 영주와의 싸움에서 지는 걸 원치 않았다. 다다미방은 싸늘해 발이 시렸다. 대나무 쪽문은 바람에 덜컹거렸고, 길 잃은 까마귀는 자꾸 산막을 기웃거렸다. 파선은 이것이 그의 품에 안기는 마지막일지도 모른다는 생각이 들었다. 그녀는 다다오의 손길과 느낌을 잊지 않으려 더 깊이 그를 안았다. 파선에게 열중하던 다다오가 짓궂게 말했다.

"역시, 당신이 영주보다 센 것 같소. 당신 때문에 내 칼이 녹슬고 있지 않소."

"뭐라고요?"

다다오가 손을 휘저으며 웃었다.

"열흘 뒤 이곳에서 다시 봐요. 그때 제 결심을 말할게요."

파선이 그의 옷깃을 여며 주며 말했다.

"당신, 잘할 거라 믿소."

두 사람이 밖으로 나오자 산막을 얼쩡거리던 까마귀 한 마리가 놀라 푸드득 날아갔다. 다다오가 먼저 떠나고 뒤이어 파선도 산막에서 내려왔다. 파선은 다다오의 뒷모습을 오랫동안 바라보았다. 다다오의 목숨은 영주 것이고, 주군을 위해 명예롭게 죽는 것이 사무라이 정신이었다. 그녀는 다다오와 무사 사이에서 갈등했다. 그에게 무사가 아닌 다다오로 살라고 할 수도 없고, 다다오가 아닌 무사로 살라고 할 수도 없었다. 집으로 가는 발길은 멀고도 무거웠다. 진주에서 배를 타고 아리타에 처음 도착했을 때처럼 피로하고 막막한 느낌이었다. 산막에서 돌아온 파선은 긴 여행에서 돌아온 듯 깊은 잠에 빠졌다.

안나가 파선을 흔들었다.

"언니, 죽었어?"

안나가 그녀의 얼굴을 빤히 내려다보고 있었다.

"아니."

파선이 눈을 크게 떠 보였다.

"안나, 배 안 아파?"

"안 아파. 근데 왜 신부님 안 와?"

안나는 아침마다 신부를 찾았다.

"신부님, 아주 멀리 갔어. 나중에 온다니까 기다리지 마."

안나는 금세 얼굴이 어두워졌다. 안나를 서슴없이 안아 주고 사랑한다고 말해 준 사람은 신부뿐이었다. 안나가 미쳤다는 소문이 알려지면서 가마 사람들조차 특별한 일이 아니고서는 파선의 집에 오지 않았다. 파선이 사람들의 발길을 일부러 막은 탓도 있지만 안나도 하라다 일로 다른 사람들을 극도로 꺼렸다. 가맛골 사람들이 안나의 임신 사실을 모르는 것도 그 때문이었다.

"그럼, 신부님 언제 오신대?"

"나중에 온대."

안나는 신부가 다시 온다는 말을 믿는 듯 더 이상 신부 이야기를 꺼내지 않았다. 불룩한 배를 뒤뚱거리며 부엌으로 가더니 옥수수와 감자를 섞어 만든 죽을 가지고 들어왔다. 안나는 시래기로 죽도 쑤고, 떡도 찌고, 부침개도 만드는데 하나같이 맛있었다. 죽은 상근도 안나의 손만 거치면 맛이 다르다고 말하곤 했다. 안나가 턱을 괴고 앉아 파선이 먹는 모습을 지켜보았다.

"안나, 더 먹을래?"

"응, 배고파."

파선은 먹다 남긴 죽 그릇을 안나 앞으로 밀어 놓았다. 안나는 기다렸다는 듯 허겁지겁 죽을 퍼 먹었다. 죽 그릇은 눈 깜짝할 사이에 비워졌다. 전보다 두 배는 더 먹는데 그녀는 갈수록 야위었다. 파선은 그런 안나를 볼 때마다 가슴이 아팠다. 쇠고기 한 근만 끊어다 먹이면 얼굴에 기름기가 돌 텐데, 아이를 낳으려면 걱정이었다. 안나에게 고기를 먹이는 것은 쉬운 일이 아니었다. 고기를 사려면 건넛마을로 가야 했고, 마을로 간다고 해도 조선 도공이 고기를 사기는 어려웠다.

"안나, 맛있는 것 많이 먹을 수 있는 곳으로 갈래?"

"응, 갈래."

안나가 선뜻 대답했다. 그녀가 몸을 풀기 전에 가맛골에서 내보내야 한다는 생각은 진작부터 하고 있었다. 신부의 도움을 받으려 했는데 신부가 죽었으니, 이제 파선이 알아서 결정해야 했다.

"정말이지?"

"응, 그렇다니까."

여러 번 물어도 안나는 같은 대답을 했다. 파선은 안나의 배를 한 번 만져 보았다. 배 속의 아이는 손바닥에 느껴질 정도로 컸다. 가마 일에 신경 쓰느라 아이가 그리 크는 줄도 몰랐다. 파선은 안나의 배가 더 불러오기 전에 그녀를 안전한 곳으로 보내야 했다.

"안나, 언니 말 잘 들을 수 있지?"

안나는 몇 번이고 고개를 끄덕거렸다. 안나를 떠나보내야 한다고 생각하니 파선은 벌써부터 집 안이 썰렁해지는 느낌이었다. 그녀는 빈 그릇들을 가만가만 씻어서 선반 위에 올려놓은 뒤 살며시 집을 나왔다. 안나는 그새 잠들어 있었다.

마당의 왕벚나무는 가지만 앙상했다. 언제 꽃을 피우고 그늘을 만들어 냈는지 기억조차 없어 보였다. 파선은 벚나무 아래 앉아 생각하고 또 생각했다. 그림자가 길게 늘어질 때까지 앉아서 고민하고 또 고민하다가 벚나무 아래 묻어 둔 흙 가마니를 파냈다. 가마니는 파묻었던 때와 똑같았다. 상근이 진주를 떠나올 때 가져온 흙을 잘 간직하고 있었다. 파선은 가마니를 열어 흙의 질감을 손으로 느껴 보았다. 포슬포슬한 흙에서 진주의 옛 가마 냄새가 났다. 상근은 그 흙으로 가마를 이루고 사발을 만들었다. 사발이 잘 팔리면 돼지를 잡아 잔치도 벌였다. 그곳에서 파선과 결혼도 하고 아이도 낳았다. 파선은 그릇장이의 운명이 고달프다고, 기생이었던 모친을 그리워한 적이 없었다. 옹기장수를 따라 외롭게 떠돌지 않아서 좋았고, 가족 같은 가마 사람들과 정을 나누느라 산 아래 사람들이 부럽지 않았다.

파선은 흙 가마니를 지고 가마로 갔다. 가마는 텅 비어 있었다. 봄이 올 때까지 가마는 굴뚝에 연기를 피우지 않을 것이고, 사람들도 한동안 가마를 잊고 지낼 것이다. 하지만 파선은 겨울 가마에 불

때기를 결심해야 했다. 눈 속에서 산딸기를 찾아내야 하는 것만큼 어려운 일이었다. 파선은 찬바람 가득한 마당을 지나 반죽소로 들어가 흙 가마니를 풀었다.

파선은 나무 함지에 흙을 쏟고 물을 부었다. 물이 스며들자 흙들이 꿈틀거리며 되살아났다. 맨발로 자근자근 흙을 밟아 나갔다. 발바닥에 흙의 찰기가 알싸하게 느껴졌다. 파선은 수레바퀴 같은 인생을 돌아보듯 두 눈을 꼭 감고 흙 밟기에 열중했다. 흙의 찬 기운이 없어지고 점성이 생길 때까지 꼭꼭 밟았다.

파선은 송편을 빚듯 사발을 빚기 시작했다. 장작불에 손을 녹여가며 익숙한 솜씨로 물레를 돌렸다. 진주에서 하던 방식 그대로였다. 하나 둘, 그녀의 손끝에서 사발이 만들어졌다. 그동안 맘속에만 담고 있던 작고 사랑스러운, 부푼 벚꽃잎 같은 옴파리를 빚어내는 그녀의 손끝은 가는 빗줄기처럼 조심스러웠다. 파선은 함지의 반죽이 모두 없어질 때까지 물레에서 발을 내려놓지 않았다. 물레와 발과 손이 붙어 돌아가는 양 숨소리조차 끼어들지 않았다. 날이 저물면서 가늘던 빗줄기가 진눈깨비로 바뀌어 하늘을 덮었고, 찢어진 가마니 사이로 차고 축축한 바람이 사납게 들이쳤다. 그녀는 밤을 꼬박 지새우며 물레를 돌려 막사발을 만들었다.

며칠 뒤, 초벌구이를 해놓은 사발들이 파선의 손길을 기다리고 있었다. 파선은 새벽같이 볏짚을 태워 유약을 만들었다. 잿물에 도석 가루를 섞어 풀어질 때까지 골고루 저은 다음 촘촘한 체로 걸러

냈다. 언 손과 발이 가려웠지만 신경 쓰지 않았다. 건조된 사발들을 유약에 담갔다 건져 내기를 반복했다. 유약이 씌워진 사발들은 분을 바른 듯 뽀얀 빛을 띠었다.

파선은 유약을 먹고 건조된 사발들을 가마로 옮겼다. 본불을 때야 했다. 봄까지 기다릴 시간이 없었다. 파선이 가마에 불을 때는 것을 아무도 몰랐다. 그녀 혼자 사발을 빚고 가마에 불을 지핀 것이었다. 장작에 불을 붙이자 서서히 불꽃이 일며 가마를 덥히기 시작했다. 파선은 활활 피어오르는 불꽃 속에서 상근과 신부를 떠올리며 기도했다.

'하느님, 가맛골 사람들의 새로운 삶에 밑천이 될 수 있는 좋은 사발이 나올 수 있도록 도와주십시오. 안나와 아이들이 무사할 수 있도록 당신과 하느님이 지켜 주십시오. 저와 다다오로 인해 다치는 사람이 없도록 보살펴 주십시오. 신부님, 그리고 당신, 우리를 살려 주십시오.'

파선은 절실한 마음으로 가마에 장작을 지폈다. 맹렬하게 타오르던 불꽃은 시들기를 반복했다. 이윽고 창호지 문살에 아침 햇살이 비치듯 가마 속 사발들이 훤하게 드러났다. 사발이 햇빛 잘 받은 과일처럼 익어 가고 있었다.

파선은 쏟아지는 졸음을 쫓으며 가마 속의 사발들을 바라보았다. 사발 속에서 사람들이 걸어 나와 너울너울 춤을 추었다. 파선은 장작개비 하나를 들어 허벅지를 내리쳤다. 정신이 번쩍 들었다.

사발이 뜸 드는 시간이었다. 파선은 불보기를 꺼내 사발의 익은 상태를 보았다. 유약의 흐름이 자연스러웠다. 파선은 다시 서너 개의 장작을 한꺼번에 던져 넣고는 가마의 봉통을 막아 버렸다. 이제 기다리는 일만 남았다. 그녀는 가마 앞에 쪼그리고 앉아 날이 밝을 때까지 새우잠을 잤다. 그리고 아주 먼 여행을 다녀온 듯 새 날을 맞았다.

이제 식은 가마에서 사발을 꺼낼 차례였다. 파선은 신방에 든 새 색시처럼 몸이 떨렸다. 숱하게 가마를 열었지만 지금처럼 긴장되기는 처음이었다. 가마를 망쳤다고 사발을 깨버릴 형편도 아니었다. 파선은 이번 가마에 모든 걸 걸었다. 사기장으로 지금까지 꿈꿔 왔던 최고의 사발을 만들기 위해 혼신을 다했다. 그건 남편 상근과 진주를 그리워하는 가맛골 사람들의 소망이고 꿈이었다.

가마 안에서 하얀 빛이 쏟아져 나왔다. 흰 옥양목이 바람에 펄럭이는 것도 같고, 불꽃을 삼킨 무엇이 수줍게 미소 짓는 것도 같았다. 그녀는 조심조심 손을 뻗어 사발 하나를 들어 품에 안았다. 더 이상 품을 수 없는 자식을 떠나보내는 어미처럼 그녀는 사발을 어루만지고 쓰다듬었다. 진주의 흙으로 만든 막사발이었다. 그녀를 닮은 작고 소박한 막사발이 마침내 세상으로 나왔다. 파선은 꿈만 같았다. 그토록 많은 그릇을 만들었지만 이처럼 따뜻하고 아름다운 사발은 처음이었다. 이런 사발을 만나기 위해 그 숱한 세월을 도공으로 살아왔다고 생각하니 까마득하면서도 잠깐인 듯했다. 여자로 살아온 세월보다 도공으로 산 세월이 더 커서 한없이 가난하고 지난했지만 후회하지는 않았다. 도공 노릇을 하느라 어미 노릇을 제대로 못해 미안하지만 사발을 만들어 온 일을 후회하지는 않았다. 그녀는 삶에 끌려온 것이 아니라 자신이 선택한 삶을 산 것이었다. 도공으로 산 것은 사발에 빠져 도공의 길을 선택한 자신의 의지이지, 누군가의 제안과 협상에 의한 강요가 아니었다. 파선은 불과 흙과 물빛으로 살아 있는 마지막 사발을 바라보았다.

이튿날 파선은 가마 마당에 마차 한 대를 대기시켰다. 홍 씨를 가라츠의 도칠에게 보내, 안나와 두 아들이 조선으로 무사히 돌아갈 수 있도록 도움을 요청하기 위해서였다. 그녀는 채비를 하고 나온 홍 씨에게 도칠에게 전할 편지를 건네주었다.

"걱정하지 마세요. 도칠도 우리가 간다고 하면 좋아할 거예요."

파선은 도칠이 가맛골 사람들과 함께 일하자고 했던 제안을 받아들이기로 했다. 그러기 전에 안나와 두 아들을 조선으로 갈 수 있도록 도와달라고 했고, 빠른 시일 내 가맛골 사람들과 함께 가라츠로 가 힘을 보태겠다고 했다. 그리고 그녀는 또 한 통의 편지를 써서 막사발 두 개와 함께 보따리에 고이 쌌다. 강진의 적화루에 있는 파선의 어미인 소화한테 보내는 편지였다. 생전 찾지 않을 것이라 떠난, 얼굴조차 희미한 어미에게 편지를 쓸 수밖에 없었다.

어머니, 제가 어머니의 여식이라는 증표는 없습니다. 너무 먼 길을 혼자 걸어와 어머니에 대한 것은 제 희미한 기억뿐입니다. 그렇다고 어머니를 원망하는 것은 아닙니다. 지금의 저는 누구를 원망하는 마음조차 여유일 만큼 도공으로서의 책임만 느낍니다. 바라기는 제 기억이 부디 틀리지 않고 어머니를 찾아가는 것입니다.

어머니, 저의 두 아들인 홍기와 홍주입니다. 큰아이는 제 아비를 닮았다고 하고, 작은아이는 저를 닮아 작고 야무지다고들 합니다. 어머니도 보시면 분명히 그렇게 느끼실 것입니다. 아이들이 어머니와 제가 만든 엄청난 세월의 간극을 메워 주길 바랍니다.

그리고 어머니, 아이들과 함께 간 아낙은 제게 여동생 같은 사람입니다. 어쩌다 왜놈한테 봉변을 당해 정신은 온전치 않지만, 본래부터 정이 많고 착하기 그지없는 아낙입니다. 그녀가 순조롭게 아이를 낳을 수 있도록 도와주시고, 그 아이가 그녀의 자식으로 조선 땅에서 잘 살 수 있도록 지켜 주십시오. 그 아이의 아비가 왜인이라는 사실보다 소중한 한 생명이라고 생각하면 귀하지 않은 사람이 어디 있겠습니까.

어머니, 이제야 어머니의 삶을 이해하게 되었습니다. 아이들을 어머니께 보낼 수 있었던 것도, 제가 어머니를 이해하듯 아이들도 언젠가는 저를 이해할 수 있을 거라고 믿기 때문입니다. 삶이 이해로만 살아지는 것은 아니지만, 어머니와 제가 스스로의 삶을 개

척하며 살았듯이 아이들도 자신들의 삶을 꿋꿋하게 헤쳐 나갈 것입니다.

어머니, 그리운 진주의 가마 흙으로 빚은 사발을 선물로 보냅니다. 이 사발은 도공으로서의 제 마지막 자존심이며 불꽃같은 제 삶의 마무리입니다. 더 많은 선물을 드려야 하는데, 진주의 흙과 이곳의 세월이 허락하지 않아 막사발 두 개에 제 마음을 담습니다. 나머지 하나는 두렵고도 안타까운 제 연인에게 드릴 것입니다. 제 선택을 부디 이름 없는 들꽃의 향기를 가진 막사발의 간절한 소망으로 생각해 주시기 바랍니다.

어머니가 제 아이들의 웃음을 보며 저에 대한 마음의 빚을 털어 내고, 봄날의 오수를 즐기며 행복하길 기도하겠습니다.

안나는 파선이 챙겨 준 보따리를 가슴에 꼭 껴안았다.
"안나, 보따리 잊어버리면 안 돼."
"알았어, 언니."
파선은 안나 곁에 서 있는 큰아들 손을 잡고 당부했다.
"안나 아줌마 잘 챙기고, 그곳에 도착하면 보따리 속에 있는 편지를 꺼내서 꼭 할미한테 보여 주거라. 어미도 곧 따라갈 테니 걱정 말고……."
"걱정 마세요. 안나 아줌마하고 홍주는 제가 잘 보살필게요."
연약하게만 생각했던 큰아들 홍기가 제법 어른스럽게 말했다. 작은아들도 파선에게 울거나 매달리지 않았다. 그녀는 애어른 같은 두 아들이 애틋해서 눈시울이 붉어졌지만 우는 모습을 보이지 않기 위해 눈물을 삼켰다.

안나와 아이들이 마차에 오르자 파선은 홍 씨에게 눈짓을 해 떠나라고 했다. 마차의 휘장이 닫히고 아이들과 안나는 더 이상 보이지 않았다.

마차가 사라지자 파선은 하염없이 눈물을 흘렸다. 아이들을 언제 또 볼지 기약할 수 없었다. 조선으로 무사히 갈 수 있을지도 걱정이지만 조선으로 돌아가서도 안나와 아이들이 파선의 뜻대로 친정어미를 만날 수 있을지 걱정이었다.

파선에게는 중요한 일이 하나 더 남아 있었다. 가맛골 사람들을 안전하게 가라츠로 보내야 했다. 홍 씨가 가라츠에 갔으니 소식을 전하겠지만, 영주가 알면 순순히 가도록 내버려 두지 않을 것이었다. 영주의 전쟁은 이미 시작되었고, 가맛골 사람들과 파선은 그 전쟁의 이유가 되고 말았다. 파선이 할 일은 지금부터인지도 몰랐다.

영주의 요구대로 파선이 영주의 여자가 되겠다고 하면 가맛골 사람들은 무사히 가라츠로 갈 수 있을 것이다. 하지만 파선은 다다오를 위해 그럴 수 없었다. 아니, 그가 아니더라도 영주의 여자로 살며 가마를 열 수는 없었다.

안나와 아이들을 떠나보낸 파선은 다다오하고의 약속을 지키기 위해서 산막으로 갔다. 다다오가 먼저 와 있었다. 그는 전과 다르게 정좌를 틀고 앉아 있었다.

"앉으시오."

다다오가 정좌를 풀지 않고 말했다. 처음 봤을 때처럼 표정 하나 없는 차가운 얼굴이었다. 그녀와 사랑을 나누던 사내가 아니라 무사 다다오의 모습이었다. 파선 역시 자신의 결심을 말해야 했다.

"영주의 요구를 들어주지 않을 겁니다."

파선이 벽을 향해 앉아 있는 다다오에게 말했다.

"고맙소, 이젠 내가 해결하겠소."

그는 마치 전장에 나가려는 사람 같았다. 그녀가 눈앞에 있는데도 눈썹 하나 까닥하지 않았다. 그녀는 비장함이 서려 있는 그의 목소리가 낯설어 가까이 다가갈 수가 없었다.

"영주의 적은 곧 당신의 적이지요. 내가 영주의 뜻을 받아들이지 않을 것이니 당신과 나는 적이 되었어요. 당신이 할 일은 영주의 적을 처단하는 일이지요."

다다오의 눈꺼풀이 파르르 떨렸다. 그가 주먹 쥔 손을 잠깐 풀었다 다시 쥐었다.

"맞소, 난 영주의 무사요. 주군의 명령을 따르는 것이 무사의 명예요."

다다오는 여전히 파선과 눈을 맞추지 않았다. 대나무 벽만 뚫어져라 바라보았다. 그러나 그녀는 다다오의 오른쪽 어깨가 바르르 떨리는 걸 느꼈다. 그의 어깨가 경련을 일으키는 순간 그녀의 손이 그를 향해 나아갈 듯 움찔했다. 그녀는 숨을 참았다. 그에게 다가가려는 마음을 잡았다. 대나무 창으로 들이친 겨울바람이 두 사람을 흔들었다. 차가운 다다미방으로 무거운 침묵이 날카로운 비수처럼 쏟아졌고, 갈 곳을 잃은 다다오와 그녀의 시선은 허공에 머물러 있었다. 그녀는 다다오의 등을 한참 동안 바라보다 명주 천에 싸온 사발을 꺼냈다.

"여기, 제가 있습니다."

파선이 떨리는 소리로 말했다. 다다오의 눈빛이 흔들렸다.

"드리겠습니다."

그녀는 더 이상 말을 맺지 못하고 눈을 감았다. 다다미 바닥에 오롯이 놓여 있는 사발이 가련했다. 다다오를 위해 준비했지만 기쁘지 않았다. 사발도 다다오도 모든 게 마지막인 양 겁이 났다. 자신의 판단이 옳은지 갈등이 생겼다. 하지만 그녀는 이것이 최선이라고 갈등을 잘랐다. 다다오는 시게마사 영주의 무사이고 파선은 조선의 사기장이었다. 다다오는 영주를 위해 살아야 하는 사람이고, 파선은 가맛골 사람들을 위해 살아야 하는 사람이었다. 다다오가 돌아보았다. 사발이, 파선이 그를 바라보고 있었다. 눈사람 같던 다다오가 허물어지기 시작했다. 그의 어깨가 흔들리고 눈빛이 흔들렸다.

"……."

그러나 그는 파선을 바라보듯 사발만 바라보았다. 파선은 그만 떠나야 했다. 다다오를 위해 마지막 선물을 주었으니 더는 바랄 것이 없었다.

"잘 가시오."

두꺼운 벽을 뚫고 나오는 소리 같았다. 파선은 그가 야속했다. 자신과 눈조차 마주치지 않는 그가 서운했다. 다다오가 전쟁을 부른 자신의 선택을 진정으로 옳다고 생각하는지 의심스러웠다.

"제 선택이 옳지 않은가요?"

그는 대답하지 않았다. 파선은 왜 그러는 것이냐고 다시 묻고 싶었지만 그가 무슨 말을 할지 몰라 자신이 없었다. 파선은 침묵하는 그를 잠깐 바라보다 산막을 나왔다. 다다오와 보낸 일들이 주마등처럼 지나갔다. 행복했다. 다다오와 보낸 시간이 그녀 인생의 전부인 양 다른 일들은 기억나지 않았다. 돌아보지 말고 그냥 가야 하는데 다리에 힘이 빠졌다. 까마귀 소리 때문인지 갑자기 멀미가 나면서 진주를 떠나 처음 배를 탔을 때처럼 속이 울렁거렸다. 분명히 땅을 디디고 서 있는데 시커먼 바다 위에 떠 있는 것 같았다. 가슴에서 시커먼 폭풍이 일어 중심을 잡을 수 없었다. 얼마쯤 갔을까, 다다오가 쿵쿵거리며 달려와 파선을 끌어안았다.

"고맙소. 이 칼의 주인은, 당신이오."

다다오가 어깨를 들썩였다. 칼이 우우우거렸다. 대숲의 까마귀떼가 일제히 날아올랐다. 파선은 숨이 가빠 그의 말이 잘 들리지 않았다. 여전히 거친 파도 소리만 심장을 흔들었다.

"내 명예는 당신이오! 사랑했소!"

파선이 뒤돌아서 무슨 말을 하기도 전에 다다오는 말을 타고 사라졌다. 그녀는 아니라고, 당신이 나를 바라보는 것은 좋지만, 나 때문에 당신이 칼을 쓰는 것은 안 된다고 말하려고 했다. 다다오는 돌아보지 않았다. 그의 말발굽 소리가 천둥처럼 들리고 그녀의 숨소리가 비명처럼 들렸지만 두 사람은 점점 멀어졌다.

집으로 돌아온 파선은 맥없이 방바닥으로 쓰러졌다. 산막에서 집으로 오는 길이 진주를 떠나 왜국으로 오는 여정만큼이나 길었다. 그녀는 어디선가 다다오의 말소리가 들려오는 것 같아 잠을 이룰 수 없었다. 그가 쿵쿵거리며 나타날 것만 같아 꼼짝할 수 없었다. 살아가야 하는 일이 자신 말고 다른 무엇을 위한 일이기도 하다면, 그녀의 선택은 결코 용감한 선택이 아니었다. 다다오는 그녀를 위해 영주의 목에 칼을 겨눌 것이지만 파선은 그를 위해 해줄 수 있는 것이 아무것도 없었다. 그녀는 자신과 아이들과 가마 사람들만 챙긴 꼴이었다. 시게마사 영주의 죽음은 곧 다다오의 죽음이기도 했다. 파선은 괴로웠다. 다다오의 죽음을 막으려면 당장 쫓아가 달리는 말꼬리라도 잡아야 하는데 그녀는 한 발짝도 움직일 수가 없었다.

가라츠의 도칠에게 다녀온 홍 씨는 기요마사 영주가 시게마사의 의중을 읽은 터라 이미 전쟁 준비를 마친 상태고, 지금쯤 아리타로 진군해 오고 있을지도 모른다고 했다. 시게마사가 순순히 가맛골 사람들을 내주지 않을 것이니 전쟁을 할 수밖에 없다고 선전 포고한 터라 더 이상 협상은 어려울 것이라고도 했다. 홍 씨는 또 가라츠의 도칠로부터 안나와 아이들을 무사히 조선으로 보낼 것이니 걱정하지 말라고, 하루라도 빨리 파선이 자신의 가마로 와주길 기다리겠다고 전했다. 이제 파선이 결정할 일만 남은 셈이었다. 아니, 오래전에 파선은 영주의 탐욕에서 도망쳐야 한다는 생각을 했다. 조금 늦어지긴 했지만 자신의 결정이 틀리지 않기를 바랐다.

홍 씨에게 소식을 들은 가맛골 사람들이 가마에 모여 있었다. 대부분 파선이 무슨 얘기를 할지 눈치채고 있어 말을 꺼내기가 어렵지 않았다. 가맛골이 유명세를 타기 시작하면서, 가라츠의 도칠과 기요마사 영주가 다녀가자 뭔가 새로운 기대들을 하고 있었다. 파선은 시계마사 영주와의 문제를 오래 끌 수 없었다. 영주는 전쟁보다 파선을 취하는 간단한 방법으로 가맛골을 잡아 두려 했다. 그녀는 가맛골 사람들을 가라츠로 보내고 자신만 남는 방법을 선택했다. 자신 때문에 가맛골 사람들을 희생시킬 수는 없었다.

다짐하고 각오했는데도 막상 사람들 얼굴을 대하니 파선은 쉽게 말이 나오지 않았다. 식구나 다름없는 그들을 떠나보내려니 벌써부터 목이 메었다. 다 함께 진주로 돌아갈 날만 기다리며 살았는데, 모든 게 사기장인 자신의 책임인 것 같았다. 가맛골에서 조금만 더 버티면 무역상들과 직접 거래를 해 잘살 수 있을 줄 알았는데, 꿈으로만 끝나는 것 같아 허무했다.

"짐작들 하셨겠지만, 가맛골이 유명해진 덕분에 우리와 함께 일하자는 사람들이 많아졌습니다. 저는 가라츠에서 큰 가마를 열고 있는 조선의 도칠이라는 사기장한테 가는 게 어떨까 생각합니다. 그 사람은 도석 광산과 가라츠 최고의 가마를 가지고 있고, 같은 조선 사람이라 다른 곳보다 조건이 좋습니다. 그곳으로 가기로 시게마사 영주와 이미 합의를 봤습니다. 여러분만 좋다면 내일이라도 당장 이곳을 떠날까 합니다."

"그렇게 빨리요?"

가맛골 사람들이 여기저기서 웅성거렸다. 예상은 했지만 그렇게 빨리 떠날 줄은 몰랐다는 표정들이었다. 파선은 사람들이 당장 떠나야 할 이유를 자세히 설명할 수 없었다. 그들이 가라츠에 대한 기대만 가지고 떠나길 바랐다.

"그렇게 빨리 가요?"

"사는 게 지긋지긋하긴 했지만, 그래도 정이 들었는지 떠나야 한다고 생각하니까 가슴이 답답하네."

"별일이네, 영주가 쉽게 보내 주지 않을 텐데……."

가라츠로 가자는 파선의 결정에 반대하는 사람은 없었다. 다만 급하게 떠나야 한다는 사실에 아쉬움을 표시하거나 이해할 수 없다는 표정이었다.

"물론 영주와 해결할 문제가 몇 가지 있습니다. 그래서 여러분 먼저 가라츠로 가시고, 저는 영주와의 문제를 해결한 다음 떠나려고

합니다."

"저도 대장님하고 나중에 가겠습니다."

홍 씨가 파선을 거들겠다고 나섰지만 영주하고의 문제는 파선 혼자 해결하고 감당해야 될 일이었다.

"아닙니다. 홍 씨가 함께 가야 우리 가맛골 사람들이 무사히 가라츠로 갈 수 있습니다. 걱정하지 말고 먼저들 가세요. 저도 바로 따라가겠습니다."

파선의 말이 끝나자 이번에는 박 씨가 파선과 함께 나중에 가겠다고 나섰다. 그녀는 가맛골 사람들이 한시라도 빨리 떠나는 것이 자신을 돕는 일이라고 박 씨를 설득했다. 그들의 마음을 받아 주지 못하는 것이 한없이 안타까웠고, 그들과 함께 가라츠로 가고 싶은 마음이 굴뚝같았지만 그럴 수 없는 일이었다.

"어서들 돌아가 필요한 짐만 꾸리세요."

가맛골 사람들은 밝은 표정으로 돌아갔다. 반장과 홍 씨가 성형소와 대토실 짐을 싸겠다고 자리를 뜨자 파선은 혼자가 되었다. 사람들을 가라츠로 보낸 뒤 자신은 어떻게 해야 할지 아직 정하지 못했다. 시계마사 영주를 찾아가야 할지 다다오를 기다려야 할지 판단이 서지 않았다. 대숲의 바람 소리만 요란하게 들려왔다. 벌써부터 가맛골이 텅 빈 것처럼 쓸쓸함이 몰려왔다.

파선은 문득 급히 가야 할 곳이 생각났다. 자신이 가맛골에 남은 이유이기도 했다. 영주를 만나 담판을 짓기 전에 다다오를 만나고 싶었다. 다다오도 그녀처럼 자신을 기다리고 있을지 모른다고 생각하니 마음이 쿵쿵거렸다. 그를 만나야 한다는 생각밖에 들지 않았다. 그녀는 발길이 이끄는 대로 미친 듯이 달렸다. 다다오와 함께 갔던 산막이 어디에 있는지도 모른 채 무작정 달려 야트막한 동산을 넘고 좁은 들길을 지나 또다시 작은 동산을 넘어갔다. 소나무밭 사이로 난 좁은 길을 지나자 비자나무와 대나무, 떡갈나무가 뒤엉킨 구릉 사이로 산막이 보였다. 파선은 다시 뛰기 시작했다. 치맛자락을 펄럭이며 고꾸라질 듯 달렸다. 파선의 숨소리에 놀란 까마귀가 푸드득 소나무 숲으로 날아올랐다. 저녁 이내가 석양 끝에 매달린 산막은 전보다 더 고요했고, 지붕 위의 잔설만 힘없이 풀풀거렸다. 마당으로 들어선 파선은 산막 안으로 뛰어들기 전 마지막 숨을 골랐다. 그때 산막 뒤쪽에서 말 울음소리가 들려왔다. 다다오의 말이었다. 그가 파선을 기다리고 있었다. 그녀는 자신을 기다리는 다다오를 생각하니 가슴이 터질 것만 같았다. 그를 만나 자신의 선택이 잘못되었음을 빨리 말해 주어야 했다. 다다오에게 그냥 시게마사 영주의 무사로 살라고, 그것이 당신의 삶이고 내 운명이라고 말해야만 했다.

  파선은 산막 안으로 뛰어 들어가 다다오 앞에 섰다. 다다미방 한가운데 그가 꼿꼿이 앉아 있었다. 아! 그를 본 파선은 숨이 턱 막혔다. 그러나 그는 그녀를 알은체하지 않았다. 그리움 가득한 눈으로 웃지도 않았고 두 팔 벌려 얼싸안으려고도 하지 않았다. 그리운 그녀를 기다리는 듯 꼼짝 않고 앉아 대나무 창만 바라보았다.
 그는 그녀가 그리워하는 다다오이기도 하고, 시게마사 영주의 명예로운 무사이기도 했다. 그녀는 그가 누구든 이제 상관없었다. 지금 곁에 있는 사람은 그 누구도 아닌 그녀의 연인이었다. 그에게는 그녀 역시 가맛골의 사기장이기도 하고 백파선이기도 했다. 그러나 지금 곁에 있는 그녀는 그 누구도 아닌 그의 연인일 뿐이었다. 그녀는 다다오를 관통하고 있는 긴 칼에서 가마의 불꽃같은 석양을 보았다.

나오키를 만나고부터는 사발을 찾으러 다니는 것이 아니라 그를 만나기 위해 아리타에 머물고 있다는 느낌을 지울 수 없었다. 사발 찾기를 포기한 것은 아니지만 어딜 가든 나오키 생각이 떠나지 않았다. 마치 백파선이라는 여자가 나오키를 만나게 하려고 나를 이곳으로 이끌었다는 생각까지 들었다. 그를 만나 좋은 것은 사실이지만 나오키에 대해 섣부른 기대를 하기는 사실 염치없었다. 나오키는 이번 여행의 특별 보너스 같은 선물이라고 생각해야 맞았다.

지난번에 민속자료관에서 구해 온 책은 발행된 지 20년도 넘은 것이었다. 아리타 도자기의 역사와 일본 도자기 산업에 대한 내용은 물론 조선 도공들의 눈물겨운 역사도 담고 있었다. 백파선에 대한 기록을 발견한 것은 큰 수확이었다. 나는 그녀의 이야기가 단순한 역사적

기록이 아닌 시나리오로 만들어져 공연되었다는 사실에 놀라지 않을 수 없었다. 그녀의 이야기를 소재로 한 '사쿠라'라는 제목의 시나리오가 가부키 공연으로 만들어졌다는 사실에 시큰한 자부심까지 느꼈다. 그녀는 마지막 사발을 빚은 다음 사랑을 선택했고, 이루어질 수 없는 사랑을 위한 최선의 선택을 후회하지 않았다. 짧은 내용이었지만 그녀의 치열하면서도 열정적인 삶을 충분히 읽을 수 있었다. 아쉬운 것은 이 책에 담긴 것이 그녀 이야기의 전부라는 사실이었다. 다른 사료들은 오래전에 화재로 사라지고 없었다. 마지막 사발을 구워 사랑하는 연인인 사무라이에게 주었다는 이야기는 왠지 사실일지도 모른다는 생각이 들었다. 그렇다면 시아버지가 찾는 그 사발은 필시 그녀가 사랑했던 그 사무라이 가문으로 흘러들어 갔을 가능성이 클 것 같았다. 물론 극의 이야기를 모두 믿을 수는 없었다. 그런데 이상하게도 그녀의 이야기는 뭔가 부족하고 아쉬운 느낌이 드는 게 아니라 나를 설레게 했다. 어딘가에서 그녀를 다시 만날 것 같은 좋은 예감이 들었다.

이튿날도 나는 이번 일의 도움을 핑계로 나오키를 만나 여기저기 돌아다녔다. 나가사키의 원폭자료관에도 가고, 우라카미 성당에 가서 영주들의 탄압으로 목이 잘려 나간 신부들의 끔찍한 동상도 보았다. 목이 잘려 나간 신부의 동상 앞에서 기도도 했고, 원폭자료관 옆 평화공원 광장에선 이름 없는 희생자들을 위해 묵념도 했다. 차이나타운에 들러 그 사람 팔짱을 끼고 돌아다니며 쇼핑도 했다. 그는 예전과 조금도 다르지 않았다. 나를 만나 즐겁고 행복하다는 생각밖에 하지 않았다. 나는 아직 그에게 미안하다는 말을 하지 못했다. 애써 잊어버렸던 지난 시간을 다시 들춰낼 용기가 나지 않았다. 그가 내 손을 잡고 어깨를 감싸 안을 때는 막 데이트를 시작한 연인들처럼 가슴이 벅차 미안하다는 말을 할 수가 없었다.

그를 다시 사랑하게 될까 봐 겁났다. 아니, 어쩌면 나는 이미 그를 다시 사랑하고 있는지도 몰랐다.

다행인지 불행인지 그의 머릿속에 있는 나는 여전히 사랑하는 사람이고, 민속학 교수인 자신과 비슷한 공부를 하는 줄로 생각하는 것 같았다. 솔직해지기가 어려웠다. 그래서 실패한 결혼에 대해서도 말하지 못했다. 나오키와 함께 있으면 점점 더 그를 속이고 있다는 죄책감이 커졌고 그에 비례해 그에게로 향하는 마음도 더 커졌다. 사랑을 빙자한 이기심이라는 것을 모르지 않았다. 이미 나는 그를 버린 적이 있었다. 다시 내가 그를 속이고 있다는 사실을 안다면 그와 다시는 못 만날지도 몰랐다. 무서웠다. 나도 알 수 없을 만큼 그에게로 향하는 마음을 다잡을 수가 없었다. 백파선의 행적을 쫓는 일도, 그녀의 사발을 찾는 일도 아무것 아닌 것처럼 느껴졌다. 나오키를 만나고부터 내 삶의 중심이 바뀐 것이다.

나오키가 자신의 고향에 같이 가자고 했을 때, 나는 이제 어떤 결정을 내려야 할 때가 온 것을 알았다. 그를 잃을지도 모른다는 생각을 할 때마다 가슴이 옥죄었다. 어떻게 그를 떠날 수 있을까. 어쩌자고 그를 운명처럼 다시 만나 스스로 자초한 불구덩이 속으로 뛰어들어야 한단 말인가. 그러나 끝까지 비밀로 할 수는 없었다. 나를 바라보는 그의 선량한 눈빛을 더는 마주 볼 수가 없었다. 나오키의 고향에 가서라면 고백할 수 있을지도 모른다는 생각이 들었다. 아니, 그렇게 나를 몰아갔다. 피할 수 없는 길이었다.

우리네 풍습대로라면 남자 집에 인사드리러 가는 모양새지만 그들의 문화는 그렇지 않았다. 정식으로 결혼 말이 오간 사이가 아니면 그들은 그냥 친구일 뿐이었다. 그러니까 나는 나오키의 친구일 뿐이었다. 그렇게 생각하자 한편으로는 가슴이 아팠고, 한편으로는 숨을 쉴 수 있을 것 같았다.

그의 집은 아리타에서 기차로 한 시간 정도 걸리는, 우리나라 면 소재지쯤 되는 작은 온천 마을이었다. 관광지로 알려지지 않아 입소문을 타고 온천욕을 즐기러 오는 이들과 동네 사람들이 전부라고 했다. 그가 나를 데려간 것은 고향을 보여 주고 싶어서가 아니라, 그저 함께 어딘가로 여행을 가고 싶어서였을 것이다. 사랑에 빠진 이들은 이곳과 저곳의 경계를 겁 없이 허물어뜨리기 마련이다. 두 사람이 닿는 발길은 어디라도 추억이고 여행이고 낭만이라고 생각하는 법이니까. 그 경계가 건물을 짓고 부수는 일처럼 어려운 일이 아니라는 걸 깨닫기까지는 말이다.

오랜만에 한적한 마을에 오니 마음이 차분해졌다. 바쁠 것도 드러낼 것도 없다는 듯 담장에 피어 있는 꽃들은 한없이 소박해 보였다.

나팔꽃이 피어 있는 대문 앞 벤치에 앉아 조는 할머니는 더없이 평화로워 보였고, 꼬불꼬불한 골목 사이로 마주한 집들은 올망졸망한 형제들 같았다. 순간, 나는 나오키와 이런 곳에서 조용히 살아가는 것도 괜찮을 거라는 생각을 했다. 공연한 욕심 버리고 채마밭이나 가꾸면서 저 노인처럼 늙어 가는 것도 나쁘지 않을 것 같았다.

그의 집은 골목에서 조금 떨어진 곳에 있었는데, 다른 집들보다 규모가 꽤 컸다. 그가 부유하게 자랐다는 것은 기억나는데 그의 아버지 직업이 뭐였는지는 생각나지 않았다. 나는 그를 따라 별채에 있는 신사부터 들렀다. 그들에게 신사란 생활의 믿음 같은 것이어서 너무 자연스러운 일이었다. 종교 이상의 믿음을 가지고 있기도 하지만, 그들은 종교나 이념보다 전통과 기념비적인 뜻을 기리기 위한 경우가 더 많았다. 그 사람 집에서는 어떤 신을 모시는지 궁금했다.

신사에 들어가기 전 그가 샘가 돌확에서 손을 씻어야 한다고 말했다. 그는 매우 신중하면서도 경건한 모습이었다. 그를 따라 돌확에서 손을 씻고 대여섯 개의 계단을 올라가 신사 앞에 섰다. 몇백 년의 풍상을 이겨 내느라 꺼칠한 속살이 드러난 나무 문이 그의 손에 삐걱 소리를 내며 열렸다. 문이 열리자 기다리고 있던 햇살이 먼저 뛰어들어 신사 안을 가득 채웠다. 눈이 부셨다. 희미한 향내가 났다. 향내를 맡으면서 생각했다. 이 신사 안을 들어갔다 나오면 더 이상 나오키를 속이지 못하리라고.

그가 문턱을 넘어 신사 안으로 들어갔다. 미처 신사 안으로 들어가지 못한 빛들이 나오키의 어깨에서 부서졌다. 이윽고 기도를 마친 그가 옆으로 비켜서더니 들어오라고 손짓했다. 순간 나는 그 자리에 얼어붙고 말았다. 바로 거기 있었다. 시아버지가 평생을 찾아 헤맨 그 보물이, 내가 내 조상 백파선을 위해 찾고 싶었던 그 역사가. 역사와 욕망을 부추기는 저 보잘것없어 보이는 막사발이 나오키의 고향 집 신사에 모셔져 있었다. 사진과 조금도 다르지 않았다. 사발은 흰 듯하면서 푸르고 푸른 듯하면서 흰, 딱히 무슨 색이라고 표현할 수 없는 그런 색이었다.

어떻게 이런 일이 일어날 수 있단 말인가. 그렇게 찾아 헤맨 막사발이 나오키의 집에 있다니. 꿈을 꾸고 있는 것만 같았다. 잘못 본 것 같았다. 어떻게……. 나도 모르게 막사발 앞으로 다가갔다. 나오키가 놀라 내 팔을 붙들었다. 그제야 정신이 들었다. 나오키가 왜 그러느냐는 눈빛으로 바라보았다. 검이 눈에 들어왔다. 무사의 검이었다. 사무라이의 검! 칼집과 손잡이에 난 문양만으로도 보통 검이 아님을 알 수 있었다. 그보다 더 놀라운 것은 그 사발 옆에 비스듬히 세워져 있는 긴 검이었다. 검이 뿜어내는 빛 때문인지 사발의 느낌이 사진보다 훨씬 좋았다. 그러나 검과 사발의 구도는 전혀 맞지 않았다. 시퍼런 검이 어떻게 힘없는 시골 아낙 같은 사발과 어울린다고 할 수 있는지, 보고 또 보았지만 사발의 위상이 너무 애처로워 보였다.

반신반의했던 전설 같은 이야기가 나오키의 신사에서 비로소 풀렸다. 그가 자랑스럽게 말했다. 사무라이 가문으로서의 명예가 아니라 검과 사발을 지키고 있는 자부심에 대해서. 백파선도 내게 말하는 것 같았다. '검은 검을 쥔 자에 의해 움직이는 것이 아니라, 상대하는 자의 마음이 움직이게 하는 것이다.' 그러고 보니 사발은 번뜩이는 검 옆에서 편안해 보였다.

    삶이 누군가의 제안과 협상으로 살아지는 것이라면 매일같이 꿈꿀 필요가 없다. 그 꿈은 제안자의 욕망이고 협상자의 욕심일 뿐이다. 나는 시아버지의 욕망으로부터, 그리고 그 욕망 속에 갇힌 나 자신으로부터 자유로워지고 싶었다. 자신의 의지대로 불꽃같이 살다 간 몇백 년 전의 파선이 나에게 말했다. '선택하는 순간 삶은 온전히 자신의 것이 된다.' 나는 비로소 비틀리는 내 삶을 추스를 수 있었다. 백파선의 사발은 시아버지가 가질 수 있는 그 너머의 것이었다. 사발은 여기 이 자리에서 저 검과 함께 시간을 쌓아야 할 것이다. 사발과 검이 시간을 쌓는 동안 나는 부드러운 눈빛으로 나를 바라보는 나오키와 새로운 시간 앞에 서야 할 것이다. 나오키가 내게 손을 내밀었다. 나는 나오키의 손을 잡기 전 다시 한 번 막사발을 바라보았다. 조선 여자 사기장 백파선과 사무라이의 사랑을 품은 막사발이 어느 순간 시간을 거스를 듯 빛을 내고 있었다.

불의 여신 백파선

초판 1쇄 인쇄일 • 2013년 6월 20일
초판 1쇄 발행일 • 2013년 6월 25일
지은이 • 이경희
펴낸이 • 임성규
펴낸곳 • 문이당

등록 • 1988. 11. 5. 제1-832호
주소 • 서울시 성북구 동소문동 4가 83 청구빌딩 3층
전화 • (02) 928-8741~3(영업부) 927~4990~2(편집부)
팩스 • (02) 925-5406
ⓒ이경희, 2013

홈페이지 http://www.munidang.co.kr
이메일 munidang88@naver.com

ISBN 978-89-7456-471-1 03810

값은 뒤표지에 표시되어 있습니다.

잘못된 책은 바꾸어 드립니다.
저자와의 협의로 인지는 생략합니다.
이 책의 판권은 지은이와 문이당에 있습니다.
양측의 서면 동의 없는 무단 전재 및 복제를 금합니다.